De kwekeling

Hans Werkman

De kwekeling

Roman

KokBoekencentrum Uitgevers – Utrecht

Ontwerp omslag: Bij Barbara
Foto omslag: © Jan Vriens
Lay-out binnenwerk: Crius Group, Hulshout

ISBN 978 90 297 3471 4
ISBN 978 90 297 3472 1 (e-book)
NUR 301
www.kokboekencentrum.nl

KokBoekencentrum Uitgevers vindt het belangrijk om op milieuvriendelijke en verantwoorde wijze met natuurlijke bronnen om te gaan. Bij de productie van het papieren boek van deze titel is daarom gebruikgemaakt van papier waarvan het zeker is dat de productie niet tot bosvernietiging heeft geleid.

'Het is onmogelijk om iets precies zo uit te drukken als het was, want wat je zegt kan nooit exact zijn, je moet altijd iets weglaten, er zijn te veel onderdelen, aspecten, tegenstromen, nuances; te veel gebaren die dit of dat kunnen betekenen, te veel aroma's, in de lucht of op de tong, schakeringen, te veel.'

Uit: Margaret Atwood, *Het verhaal van de dienstmaagd*

Inhoud

Deel I

1954/1955

'Het is het eindpunt van de trein,
bijna geen mens hoeft er te zijn,
bijna geen hond gaat zover mee:
Enschede.'

Uit: Willem Wilmink, 'Textielstad'

1
De heenreis

Op de vroege morgen van dinsdag 31 augustus 1954 kocht mijn vader twee treinkaartjes derde klasse Uithuizermeeden-Enschede. Voor hem een retour, voor mij een enkeltje. Ik was vijftien. Mijn moeder had in de weken die eraan voorafgingen mijn onderbroeken en hemden aangevuld tot vijf van elk, en al mijn bovenkleren door haar handen laten gaan. In de pijpen van mijn beide plusfours, een voor de dag en een voor de zondag, had ze met haar wijsvinger het elastiek laten flappen om de spanning te controleren. Ik leefde in de roes van een komend avontuur.

Mijn moeder wilde niet mee naar het station. Toen ik, lopend naast mijn fiets, omkeek, zag ik haar staan tussen de opengeschoven vitrage van het raam boven onze winkel. Onder haar hing de vlag die mijn vader had uitgestoken omdat de oude koningin jarig was. Mijn moeder wuifde zoals de oude koningin het gedaan had, met een slap handje. Ik liet één moment de koffer op de bagagedrager los en groette haar met een snel handopsteken.

Mijn vader klom als eerste de Blauwe Engel in. Ik stak mijn voorwiel naar boven de treeplanken op en hij trok mijn fiets naar het balkon. De koffer en de bolstaande boekentas tilden we naar het metalen net boven de banken. Door het raam zag ik hoe op de stationsreclame het mannetje van de Vredesteinfietsbanden vrolijk en krachtig een berg op trapte.

De Blauwe Engel reed hier nog maar een half jaar. Ik

miste de roetrook langs de ruiten, maar het was nieuw, het was modern. Bijna geruisloos reden we in de richting van Groningen. De trein stopte bij al die smalle, hoge stationsgebouwen. Op het perron van Usquert stapte een vrouw in met een kind op haar arm. Vanavond zouden zij terugkomen. De stationschef stak zijn houten spiegelei op en floot. De zwarte jongen op het reclamebord van Co-op staarde mij verbaasd met grote witte ogen na, alsof hij wist dat er in mijn koffer een verhuisbiljet zat.

Mijn vader en ik spraken bij ieder station de namen uit: Warffum, Baflo, Sauwerd, steeds verder van huis, maar dat zeiden we niet. Wel constateerden we samen dat het najaar in de lucht zat, dat ik daarginds mijn jas al wel aankon, maar dat het gelukkig een droge dag was.

Bij Winsum vroeg hij: 'Heb je de namen van die twee anderen goed onthouden?'

'Natuurlijk. Anko Boxum en Jacob Roukema. Anko zien we het eerst.'

Op Groningen-Hoofdstation zochten we de elektrische trein naar 'Holland'. Alles beneden Assen was voor ons 'Holland', waar alles anders zou zijn. Het Gronings als mijn dagtaal zou ik moeten afleggen. Maar op school had ik de taal van daarginds geleerd. Alles was voor me geregeld, ik had er zin in, en ik was nergens verantwoordelijk voor.

Op het perron van het Hoofdstation greep mijn vader een spijl van de bagagedrager van een hoge, zwarte herenfiets die werd meegevoerd aan de hand van een lange jongen, ook met koffer en boekentas.

'Jij bent zeker Anko Boxum uit Wittewierum,' zei mijn vader, natuurlijk in het Gronings.

De jongen grijnsde, riep 'joa' en vertelde dat zijn broer hem met de fiets op het station van Stedum had afgeleverd. Zijn vader moest hooien, die had geen tijd om zijn zoon naar Holland te brengen.

In Assen sjorde mijn vader het coupéraam ver omhoog en stak zijn hoofd en een arm naar buiten. Hij schreeuwde: 'Jacob Roukema!' We zagen hoe een jongen met heel lichtrood haar, fiets, koffer en tas zich omdraaide, zijn hoofd omhoog rukte en opgelucht terugriep dat hij het was. Zijn moeder had hem in Westerlee op de bus naar Assen gezet, vertelde hij toen hij hijgend bij ons was komen zitten. Zijn vader moest vroeg melken. Mijn vader was de enige die ons kon begeleiden naar Holland, want op dinsdagmiddag viel onze winkel onder de sluitingswet.

Zo reden we alsmaar verder, weg van ons noorden, drie jongens van vijftien en zestien in plusfour, en één vader.

Toen de trein in Hoogeveen een paar graden schuin in de rails optrok, moest ik naar de wc. Ik klikte de grendel dicht en mikte mijn straal in het mysterieuze gat waaronder ik de strakke rails achter mij zag wegflitsen, terwijl ze mij toch voorwaarts voerden. Had ik er nog wel zo'n zin in, in dat onbekende Enschede? In welk vreemd kamertje zou ik vanavond mijn pyjama uit mijn koffer pakken? Ik keek op het horloge dat ik op mijn vijftiende verjaardag had gekregen en legde mijn voorhoofd tegen de koude stang waaraan ik me had vastgegrepen.

In Zwolle moesten we voor de tweede keer overstappen met onze fietsen en koffers, weer in een Blauwe Engel. We boemelden verder langs wonderbaarlijke namen op stationsgebouwen: Heino, Raalte, Borne. Het leek wel of we naar een buitenland ontvoerd werden, naar Duitsland of Engeland.

Anko Boxum trok tegelijk met zijn bruine boterhammen een envelop uit zijn manchester jekker en liet ons het adres zien van het kosthuis waar hij verwacht werd: familie Wooldrik, Hegeboerweg. De post had Jacob en mij zo'n brief niet bezorgd. Mijn vader zei dat we ons daar niet ongerust over hoefden te maken en liet ons een andere brief zien: het schoolbestuur zou zorgen voor goede gezinnen, gezinnen van de kerk.

In Almelo duwden en zeulden we onze fietsen en koffers in een vierde trein, nu weer een elektrische. De laatste kilometers. Ik zag onze coupé weerspiegeld in het glas en dacht aan een dichtregel die ik gevonden had in mijn nieuwe groene schoolboek *Bloemlezing uit de Nederlandse Letteren* door Dr. E. Rijpma: 'De bus rijdt als een kamer door de nacht'. Nu zouden we deze kamer verlaten, weer verder op weg in wat ik niet kende. Ik rekte mijn linkerhand om opnieuw op mijn horloge het moment vast te stellen. De secondewijzer dreef de tijd in schokjes voorwaarts. Bijna onleesbaar klein waren de woorden 'Waterproof' en 'Shockproof'.

2
De aankomst

We ondergingen van alles voor het eerst van ons leven, ook mijn vader die meer dan dertig jaar ouder was dan wij. We lieten de boekentassen vanaf de smalle kant in de fietstassen glijden en zetten de koffers achterop. De stroom reizigers was al weg toen ook wij in de richting van het bord *Uitgang* liepen. Bij het loket stak een man met een pet zijn hand uit en we gaven hem onze treinkaartjes. We konden niet meer terug. Alleen mijn vader zei 'retour' en mocht zijn kaartje houden.

In de enorme ruimte voorbij het loket stond een kleine man met een glimlach naar ons te kijken. We hadden hem nooit eerder gezien, maar we wisten dat hij het was. Hij gaf ons alle vier een hand en zei met een kraakstem: 'Mijn naam is Hazelaar. Zozo, daar zijn jullie dan. Welkom in Enschede.'

Hij droeg een okerkleurig overhemd, ik kon er mijn ogen niet van afhouden. Wie zou in mijn dorp zo'n ongewoon overhemd durven dragen? Okerkleurig, en met een bruingeblokte stropdas. We duwden onze fietsen door de oneindige hal en kwamen buiten bij brede trappen. Hoe moest dat hier met die fietsen? Meneer Hazelaar wees ons de glijgoot langszij en zo daalden we voorzichtig af naar de begane grond van Enschede.

'Kijk,' zei meneer Hazelaar, 'ik ben met twee fietsen gekomen, ook een voor u, meneer Poorta.'

Nooit eerder had ik mijn vader 'meneer' horen noemen,

maar het klonk uit de mond van die kleine aardige man bijna gewoon.

'Ik denk dat jullie het stadsverkeer niet gewend zijn. Laten we dus eerst maar lopen totdat het wat rustiger wordt. We gaan theedrinken in de Padangstraat, daar woon ik. We kiezen de rustige route langs de singels. Dan kunnen jullie meteen de school zien.'

Wat singels waren wist ik niet, maar de school wilde ik wel zien. Meneer Hazelaar en mijn vader liepen voorop, wij jongens achter hen, een kleine vreemde optocht met koffers op fietsen aan de hand. We staken een spoorweg over.

'Het is het eindpunt van de trein,' zei meneer Hazelaar. Hij wees langs de rails naar rechts. 'Dit gaat naar Gronau, naar Duitsland.'

Geweldig, we waren bijna in het buitenland. We sloegen rechts af, links af, en niet lang daarna zagen we een kerkgebouw met een bord 'Gereformeerde Kerk'.

'Synodaal,' zei meneer Hazelaar.

We liepen het voorbij en stopten schuin ertegenover. Meneer Hazelaar wees ons een laag nieuwachtig gebouw. Naast de voordeur stond op de gevel: 'School met den Bijbel voor U.L.O.'

'De gereformeerde ulo,' zei hij met een gebaar naar mijn vader alsof hij hem wilde geruststellen dat het niet zomaar een christelijke school was. 'In de oorlog gebombardeerd, na de oorlog nieuw opgebouwd. Hier geniet onze onderwijzersopleiding gastvrijheid voor onze avondlessen.'

Jacob knikte, Anko gromde voldaan en ik dacht: *Dit is dus de plek.*

Even verderop, bij een hoge fraaie kerk met gespitste bogen ('hervormd,' zei meneer Hazelaar) waren we aangekomen op wat hij de singels had genoemd, twee rijbanen, gescheiden door een brede strook gras met een rij bomen.

'We stappen op,' zei hij, 'we proberen het.'

We reden achter elkaar, meneer Hazelaar voorop. Wie

een koffer met één hand naar achteren vasthield slingerde wat. Af en toe kwam ons een auto achterop. We volgden alsmaar de brede rijbaan, we zagen bordjes met 'Lasondersingel', 'Laarressingel', 'Hogelandsingel'.

Hogeland, dacht ik, *dat is toch bij ons in Groningen?*

Het leek of we langzaam een grote cirkel langs de buitenrand van de stad fietsten, en toen we op den duur wel begrepen hadden wat een singel was, stak meneer Hazelaar zijn linkerarm uit en ging ons voor de Padangstraat in.

Mevrouw Hazelaar was een hartelijk lachend en veel pratend mens. Wij zaten op rechte stoelen aan tafel en zeiden 'ja mevrouw' en 'alstublieft mevrouw' toen ze vroeg of we thee lustten. Onder de pot brandde al een lichtje, maar ze schonk pas in nadat ze een hele tijd had gerammeld met kopjes in een kast.

'Gevonden,' zei ze vrolijk. 'Ik hou ervan een kopje te presenteren in de kleur van je kleren. Jullie dragen alle drie zo'n leuke, sportieve plusfour, elk in een andere kleur. Dat vind ik nou enig. Dit is een bruin kopje voor Anko, een blauwtje voor Simon, een groentje voor Jacob.'

'Bij ons zijn alle kopjes wit,' zei Anko, 'en de thee smaakt er ook goed in.'

'Dat u hun namen zo goed onthouden hebt,' zei mijn vader.

'Daar heb ik op geoefend,' zei mevrouw Hazelaar. 'Ze moeten zich welkom weten. Het is toch al heel wat, zo ver van huis.'

Ze knikte ons toe en we glimlachten verlegen terug. Ik vond haar overdreven, maar heel aardig. Zonder te slurpen dronken we zwijgend onze thee, terwijl de beide mannen spraken over de lange reis, de vreemde stad, het kostgeld en de noodzaak van een gereformeerde kweekschool boven een christelijke, waar 'allerlei wind van leer waaide', zoals meneer Hazelaar zei.

'Maar nu wordt het onze hoogste tijd,' zei hij. 'Mijn

vrouw fietst met Anko naar de familie Wooldrik aan de Hegeboerweg. Daar is Tjerk Brouwer ook in huis, die gaat nu naar de examenklas, dat is een Fries, die wijst je de weg wel. Voor Jacob Roukema en Simon Poorta is plaats gevonden bij de familie Kleinlugtenbelt aan de Steenbakkerstraat, daar breng ik jullie naartoe.'

'Komen Simon en Jacob bij elkaar?' vroeg mijn vader.

'Dat lijkt de bedoeling te zijn,' zei meneer Hazelaar. 'Bij mijn weten heeft de voorzitter van het bestuur dat geregeld.'

Hij raadpleegde een vel papier met rijtjes namen.

'Kleinlugtenbelt, mensen van midden dertig, geen kinderen. Maar eerst willen jullie vast wel even gebruikmaken van het toilet?'

We leegden onze blaas en ik dacht in die kleine afgesloten ruimte: *Toilet, hier zeggen ze toilet.*

3
Kleinlugtenbelt

'Naar de plaats waar het steenbakkersleem werd verwerkt', vermeldde het blauwe bord aan een gevel in de Steenbakkerstraat. We plaatsten onze vier fietsen tegen een laag huis in een rij aaneengesloten kleine huizen. Een wc-raampje stond met een spanveer half open. Meneer Hazelaar trok aan de trekbel. We stonden daar alsof we vier verdwaalde personen waren die verlegen een gunst kwamen vragen. De boekentassen staken nog in de fietstassen. Aan onze voeten stonden twee bruine koffers. Mijn vader vertrok zijn lippen.

Binnen verschoof iemand een grendel en opende een vierkant raampje in de deur. Tussen de sponningen verscheen een klein, rond oudevrouwenhoofd vol rimpels en met strak achterovergekamd haar. Het hoofd keek verbaasd, wantrouwend. Het zei geen woord.

'Dag mevrouw,' zei meneer Hazelaar, 'we zijn hier toch bij de familie Kleinlugtenbelt?'

De gerimpelde vrouw knikte, draaide zich om en riep: 'Zus, zuhus.'

'Wat nou weer?' riep een stem daar binnen. Het oude hoofdje dook weg en daar verscheen een veel jongere vrouw met witte schortbanden over haar schouders. Ze keek verbaasd, haar ogen namen elk van ons vieren op, waarbij haar hoofd in kleine rukjes meedraaide.

'Dag mevrouw,' zei meneer Hazelaar.

'Dag meneer,' zei ze. 'Dag heren. Ik ken u niet.'

'Mijn naam is Hazelaar, directeur van de Gereformeerde

Onderwijzersopleiding aan de Blijdensteinlaan, ik kom u de beide jongens brengen. Zoals was afgesproken.'

Een paar lange seconden was het stil. Toen zei de vrouw: 'Afgesproken? Ze zijn hier zaterdag geweest om te vragen, maar we hadden nog niets besloten, we zouden nog bericht doen.'

'Ach,' zei meneer Hazelaar en hij keek een moment bemoedigend mijn vader aan, 'maar dan mogen we misschien even binnenkomen om uit te leggen hoe het zit?'

Een kleine witte hond gromde.

'Rexje, vort jij,' zei de jonge vrouw en joeg het dier achter een andere deur.

Onze koffers en uitbuikende boekentassen mochten wel even in het halletje staan. We bewogen ons onhandig en onzeker. Onze gezichten stonden strak. Meneer Hazelaar glimlachte.

De kamer stond propvol met tafels, stoelen en twee dressoirs. *Hier kunnen wij nooit bij,* dacht ik, *maar we hebben geen retourkaartje.*

We mochten gaan zitten. Een gesprek begon, een onderhandeling. We lieten het aan meneer Hazelaar over. Ook mijn vader leek met stomheid geslagen. Meneer Hazelaar speelde het beminnelijk en slim. Hij zei dat het een misverstand was waarvan hij de schuld op zich nam. Hij had het moeten navragen bij de voorzitter van de school die over de plaatsing ging. Hij legde uit wie wij waren, dat wij helemaal uit het verre Groningen kwamen ('het verre' zei hij met nadruk), hoe lang de reis was geweest en dat onze ouders gekozen hadden voor een gereformeerde opleiding en daar offers voor moesten brengen. De jonge vrouw liet af en toe haar blik over onze hoofden glijden. Observeerde ze Jacobs lichte haar en mijn bruine ogen? Zagen we haar gezicht veranderen?

'Och moeë,' zei ze, 'kun ie effen thee zetten dan?'

Nu bewogen haar ogen langs de jekkers die we boven

onze plusfours droegen. Ik voelde me bekeken.
‘Hoe oud zijn ze?’ vroeg ze.
‘Nou, jongens?’ zei meneer Hazelaar.
‘Zestien, mevrouw,’ zei Jacob.
‘Vijftien, mevrouw,’ zei ik.
Ja, er was iemand geweest. Of ze twee jongens in huis konden hebben. Maar haar man en zij... ja, haar man was natuurlijk naar ’t werk, naar ’t naaiatelier, maar ze hadden nog niet beslist. Ze hadden ook maar één bed beschikbaar, tweepersoons.
‘Maar dat is toch prima,’ zei meneer Hazelaar.
‘O, dat is toch best,’ zei mijn vader.
De oude vrouw bracht een theemuts binnen, zette kopjes en een suikerpot op tafel en schoof naast ons. Ze vorderden, ze kwamen er bijna uit, de vrouw zei dat ze het dan wel wilde proberen, haar man zou het wel goed vinden, dat dacht ze van wel. Voorlopig voor een maand, kijken of het beviel.
Mijn vader glimlachte nu voor het eerst en vroeg: ‘Is er over het kostgeld gesproken?’
Het bedrag, ja, daar was over gepraat, dat was wel goed. Mijn vader trok zijn portefeuille en telde de bankbiljetten voor de maand september uit op het tafelkleed. Gisteravond had hij ze bij het tellen van de winkelkassa-inhoud apart gelegd. Hij had ongekreukte gekozen, ze waren als nieuw. Ik telde mee: twee roodgekroonde Salomo’s van vijfentwintig gulden, één blauwkoppige Hugo de Groot van tien, twee kleine grijsblauwe Juliana’s met spitse puntkraag van een rijksdaalder. Toen hij ze naast elkaar neerflapte, werd ik geruster. We konden blijven, de nieuwe tijd kon toch beginnen.
‘Ik heb het niet zelf bij mij,’ zei Jacob aarzelend.
‘Maar daar kunt u op vertrouwen,’ zei meneer Hazelaar.
‘We zijn immers van dezelfde kerk,’ zei de vrouw lachend.
In het halletje namen we afscheid.

'Nou, Simon,' zei mijn vader en hij gaf mij een hand.

'En Jacob,' zei hij. ''t Allerbeste mit joe baaiden.'

Buiten zeiden we nog wat overbodige woorden tegen elkaar, zij stapten op hun fiets, we keken hen na toen ze de straat uit reden en links afsloegen naar het station. Mijn vader keek om en zwaaide. Wij zwaaiden terug.

'Wat voor taaltje praten jullie toch?' zei de vrouw.

'Gronings, mevrouw.'

'Grappig taaltje. Nou, wij praatn hier Enskedéés, hoor. En wij doen hier niet aan mevrouw, zeg maar juffrouw Kleinlugtenbelt.'

In de wirwar van nieuwe dingen zochten wij nu onze weg.

'Juffrouw Kleinlugtenbelt, kunnen onze fietsen bij de voordeur blijven staan?'

Ze liep buiten met ons en onze fietsen de straat uit, sloeg links af en in die andere straat loodste ze ons een smalle steeg in tussen twee blokken huizen. Ik keek naar de kuiten van die onbekende vrouw. Ook dit was dus de stad: een eind omlopen naar een andere straat om bij je eigen schuur te komen, langs een pad tussen huizen waar het zo smal was dat het stuur van onze fiets tegen de ene muur schuurde en onze schouder tegen de andere. We kwamen langs minimale grasveldjes en bloemperkjes afgeschermd door gaas, en toen klapte juffrouw Kleinlugtenbelt een tuinhekje open en stonden we achter haar huis bij de open schuurdeur waar het witte hondje ronddrentelde dat hier thuishoorde. Binnen stond één damesfiets. Onze fietsen pasten ernaast, we zetten ze een beetje klem, zodat er nog eentje van de onbekende meneer Kleinlugtenbelt bij kon.

Achter de gekruiste witte schortbanden op de rug van juffrouw Kleinlugtenbelt liepen we naar boven, waar onze kamer was. Ze wees de dingen aan met hun naam: bed, kraan, raam, kast, tafel. Wij knikten. Daarna sjouwden we onze koffers naar boven.

'Voorzichtig op de traploper,' waarschuwde ze. 'Die is nieuw, die kan slijten.'

Vreemd stonden we in het kamertje. We spraken nu weer Gronings.

'Rode traploper met koperen roeden,' zei Jacob. 'Hebben jullie die bij jou thuis?'

'Bij ons ligt er niks op de trap.'

'Bij ons ook niet.'

De kamer had twee schuine wanden. In de ene stak een dakkapel naar buiten, onder de andere stond het bed dat ons beloofd was, een gestikte deken erbovenop. Tegen de langste wand een tafel met twee stoelen. Juffrouw Kleinlugtenbelt was weer boven gekomen, greep in de kast een paar winterjassen in de kraag en wees ons de lege hangroede en legplank. En nu ging ze gauw naar Simon de Wit, zei ze, want ze had niet genoeg in huis. Tegen zes uur zou haar man thuiskomen. Ze duwde de deur achter zich dicht en daar stonden wij.

'Wie is Simon de Wit?' vroeg ik.

Jacob trok met zijn schouders en ging op de rand van het bed zitten. Ik liep naar het raam van de dakkapel en keek neer op een complex van tuinhekjes, tuinpaden, groene ligusterheggen en rode daken. Er was in de verste verte geen horizon zoals bij ons thuis. Daarna stonden we weer samen midden in die vreemde kamer in een vreemd huis in een vreemde stad, vreemden voor elkaar. We klapten onze koffers open, we hingen onze daagse plusfour met het daagse jasje op de stokjes in de kast en we verdeelden de ruimte op de legplank in een afdeling-Jacob en een afdeling-Simon voor onze overhemden, onderbroeken, hemden, truien, stropdassen, slip-overs. Tussen het stapeltje van Jacob en dat van mij waren alleen wat kleurverschillen.

Jacob schoof zijn lege koffer onder het bed. In die van mij liet ik op de bodem de laatste zorgzaamheden van mijn moeder achter omdat ik er nog geen betere plaats voor wist:

een extra stukje Lux Toilet Zeep, vier veiligheidsspelden op een halve kaart, mijn dasspeld, een doosje wybertjes, een buisje Chefarine 4 en twee potjes Tana-schoensmeer, bruin en zwart, uit onze winkel. De donkere hanen op de Tana-dekseltjes hieven verbaasd hun vleugels en snavels, alsof ze zich hier niet thuis voelden. Ik klapte mijn koffer dicht en schoof hem naast die van Jacob onder het bed waarin we samen zouden moeten slapen.

Tegen de wand bij het raam hing een kleine ijzeren wasbak met een gesleten stuk zeep. Daar legden we onze kammen, tandenborstels en nieuwe tubes tandpasta bij. Toen gespten we onze boekentassen los en stapelden onze boeken op elkaar op tafel. De Jacob-stapel en de Simon-stapel leken sprekend op elkaar.

Wat nu? We kuchten tegelijkertijd. We gingen zitten wachten. Initiatief om de trap af te dalen namen we niet. We waren immers vreemdelingen in een vreemd huis.

We hoorden een tuinhekje klappen en een hond blaffen. Een mannenstem suste het dier. Jacob en ik keken voorzichtig door het raam en zagen een grote man met een fiets aan de hand. Nu zou hij het dus ook allemaal horen. En het moeten goedkeuren. Jacob trok zijn lichtrode wenkbrauwen op en humde.

De grote man lachte breed, stak ons een grote hand toe, kneep, en zei met een luide neusstem: 'Kleinlugtenbelt, aangenaam.'

Op de keukentafel stonden vijf bordjes, een schaal met boterhammen, kaas, jam, appelstroop, margarine en iets wat op vleesbeleg leek.

'Nou jongs,' zei meneer Kleinlugtenbelt, 'even beginnen. Rexje, lig.'

De beide vrouwen sloten hun ogen, meneer Kleinlugtenbelt knakte zijn kin op zijn borst. Ook Jacob en ik deden onze ogen dicht. Maar het bleef stil met een stilte die ongepast voelde. Geen hardop tafelgebed, zelfs geen Onzevader. Hoelang moest deze geluidloosheid duren? Vanaf de stoel van meneer Kleinlugtenbelt kwam het geluid van een diepe, ruisende snuif die vanuit zijn neus in zijn hoofd verdween. Ik keek op. Iedereen zat nu weer met open ogen. Er was geen roggebrood op tafel, alleen wittebrood, geen bekers voor melk, alleen voor thee.

Meneer Kleinlugtenbelt zei: 'Jongs, tast toe. Maar wie zijn jullie eigenlijk?'

Verlegen zochten we naar antwoorden, nog onzeker van dak en bed. We spraken onze namen uit en onze woonplaatsen, maar van onze dorpen hadden ze nooit gehoord. We vertelden hoe lang de reis was geweest en hoe ver, hoe oud we waren, wat onze vaders deden, wanneer we ulo-examen hadden gedaan, dat we onderwijzer gingen worden. Juffrouw Kleinlugtenbelt kakelde ertussendoor over meneer Hazelaar, de schrik en het bed. De oude vrouw zei niets. Ze keek ons alleen met kleine oogjes nieuwsgierig aan. Even lachte ze toen ik naar het schaaltje met vleesbeleg wees. Ik had mijn opmerking goed overwogen om juffrouw Kleinlugtenbelt te plezieren. Ik zei: 'Dat lijkt me lekker, maar ik ken het niet.'

'Maar jonge, dat is knetbief,' zei juffrouw Kleinlugtenbelt.

Haar man lachte met open mond en zei: 'Weet je niet wat knetbief is? Lekker hoor, van na de oorlog, van onze bevrijders.'

Hij stond op, deed een greep achter de kelderdeur en toonde ons een blik waar 'Corned Beef' op stond. Het smaakte zacht kruidig. En steeds maar dacht ik aan de bankbiljetten die mijn vader had uitgeteld en die mij, maar ook Jacob, toch enige zekerheid verschaften.

Meneer Kleinlugtenbelt klapte bij een bladwijzer een grote zwarte bijbel open en las een stuk voor. Ieder keek naar het eigen bekruimelde bord. Toen waren wij opnieuw een tijdje stil en snoof hij nog eens. Het leek me geen ongeschikte man. De vrouw, daar wist ik het nog niet van, ze praatte te veel. De oude moeder stond als eerste op en bewoog zich traag door de kleine keuken.

Meneer Kleinlugtenbelt trok een blinkend shagdoosje met gleuf uit zijn zak, opende het, vlijde er een vloeitje in, vulde het met krultabak, bracht de doos naar zijn mond om aan het vloeitje te likken en sloot met een klap het deksel. Boven op de gleuf lag nu een kant-en-klaar gerolde sigaret. Hij rammelde even met een zwaluwdoosje, streek een lucifer af, bracht de vlam naar de punt van de tabak, hield zijn hoofd scheef, zoog de rook naar binnen, leunde breed met zijn armen op tafel en blies uit naar het plafond.

'Roken jullie al?' vroeg hij en schoof de shagdoos in de richting van Jacob.

'Bijna niet,' zei Jacob.

'Nee meneer,' zei ik om toch ook twee woorden te gebruiken.

Meneer Kleinlugtenbelt lachte luid en zei met hoog toegeknepen Enskedese klinkers: 'Het is geen man die niet roken kan.'

4
Die jongen met die blauwe pofbroek

Alleen onze fietsen waren ons vertrouwd toen we die avond achter meneer Kleinlugtenbelt naar de Wilhelminastraat reden. Hij bracht ons tot aan het hek om het plein van de Oosterkerk. Achter het hek stonden groepjes jongens en meisjes van ongeveer onze soort. Het heette 'begroetingsavond'. Een jongen van een jaar of achttien kwam op ons af en stak zijn hand uit.

'Gérard Souris,' zei hij. 'Welkom. Ik ben voorzitter van Covatjo.'

'Co-wat?' vroeg Jacob.

'Covatjo. Onze kweekschoolclub. Corps Van Toekomstige Jeugdopvoeders. Jullie club.'

Anko Boxum arriveerde, samen met een ernstig gebrilde jongen die zich voorstelde als Tjerk Brouwer, kamergenoot van Anko.

Die Souris ging nu op de bovenste tree van de kerkstoep staan, stak zijn hand op en schreeuwde: 'Allemaal naar binnen. Alleen de nieuwelingen blijven hier.'

Negen jongens en meisjes bleven achter. Hij keek ons vaderlijk aan en zei: 'Nu breng ik jullie naar binnen en dan stellen jullie je voor met je naam en je plaats van herkomst.'

In het smalle zaaltje zaten we dicht naast elkaar, vijf jongens, vier meisjes. Het was ons eerste optreden in het openbaar als blanco eersteklassers in een nieuwe wereld. Om de beurt moesten we opstaan en spreken. Anna Foekens uit Enschede, ze droeg een strak wit truitje. Riek Wisselo uit Almelo, met een grotemensenglimlach en een langzame stem. Anko Boxum uit Wittewierum. 'Boxum met een x,' voegde hij eraan toe. Hij sprak de letter uit zoals een kraai krast.

'Waar ligt dat?' vroeg Souris.

Anko hield het kort: 'In Grouningn natuurlijk.'

Jacob Roukema uit Westerlee.

'Waar ligt dat?'

Jacob legde het uit: tussen Winschoten en Veendam.

Elsje Meijer uit Hardenberg, lief, verlegen gezichtje. Peter Hobbelink uit Enschede, een brede jongen met een brede mond en arrogante lijnen in zijn gezicht. Rietje Vierdag uit Rotterdam, donker haar, pittig mondje, knapste meisje van de klas.

'Waar ligt dat?' vroeg Souris.

Rietje glimlachte, klemde haar lippen op elkaar en gaf een minachtend knikje met haar hoofd zijwaarts.

Simon Poorta uit Uithuizermeeden. Na mijn plaatsnaam zei ik onmiddellijk: 'Waar ligt dat?' Ik was Souris voor, en door de rijen achter de tafels trok gelach. Ik wist niet wat me overkwam. Ik wist ook niet wat me bezielde om dit aan mijn naam toe te voegen. Ik was wel een streber, maar nooit naar buiten, alleen vanbinnen. Als ik in de klas van mijn dorpsulo mijn vinger had opgestoken en iets vroeg, brokkelde mijn stem. Hoe kwam het dat ik in dit zaaltje vol onbekendheid een greep deed in de kleine voorraad vrijmoedigheid waarvan ik het bestaan niet eens kende? Opeens, hup, zei ik de allereerste keer in Enschede in de kweekschoolclub iets waar iedereen om lachte. Het was mijn eerste geluk ver van huis in wat mijn moeder 'Holland' noemde.

De laatste van mijn klas die zich presenteerde heette Tom Ypkemeulen, een jongen langer dan ik, met een hartelijk en goedlachs gezicht. Hij droeg een vlinderstrikje dat mij verbaasde en jaloers maakte. Nooit had ik zoiets in mijn dorp gezien. Ook hij woonde in de stad Enschede.

Eén jongen van onze eerste klas was niet aanwezig, deelde Souris mee, die jongen was synodaal, die zagen we morgen op school. Otto Stroink was zijn naam, ook uit Enschede. Hier en daar zag ik een verbaasde blik, een opgetrokken wenkbrauw.

Een verkiezing volgde. Er moest een eersteklasser in het bestuur van Covatjo. Een domme stemming, want de hogerejaars kenden van de aantredende klas hooguit alleen de drie Enschedeërs. De stembriefjes werden door de voorzitter voorgelezen. Naam na naam die ik pas op deze dag voor het eerst gehoord had. En toen opeens een omschrijving. Souris las voor: 'Die jongen met die blauwe pofbroek.' Ik kon het nauwelijks geloven, keek nog of het inderdaad mijn plusfour was, ja, er waren er drie, die van Jacob was groenig en die van Anko bruin. Ik was blijkbaar positief opgevallen toen ik snaaks gezegd had: 'Waar ligt dat?' Mijn tweede geluk binnen een uur. In deze groep zou ik me thuis gaan voelen, dat was zeker.

Maar die pofbroek zat me ook dwars. Alleen wij drieën uit Groningerland waren hier verschenen in plusfour, een stoffen zak die halverwege tussen knie en voet doodliep. De andere jongens – Gérard, Tjerk, maar ook de eersteklassers Peter en die lange Ypkemeulen – droegen de volwassenheid al rond hun benen met een strakke vouw losjes tot op hun schoenen. Ze deden het met een vanzelfsprekende nonchalance. Hier in een stad waren ze een mode verder dan wij, boerse dorpelingen in drollenvangers van groffe stof. Hoe had die lange glimlachende Ypkemeulen dat vlinderdasje bevestigd? Met mijn blik tastte ik het boord van zijn overhemd af, langs die speelse maar o zo mannelijke versiering, maar ik kon het geheim niet ontraadselen. Hij was de eersteklasser die in het bestuur gekozen werd. Maar ook ik had – hoera – een stem verworven.

We moesten niet te laat thuis zijn, zei de voorzitter om half tien.

Thuis? dacht ik.

Tjerk wist de weg en bracht ons. Voor het eerst reden onze wielen over cirkels licht van lantaarnpalen in een donkere stad. Aan de overzijde naderden ons rijen fietslantaarns.

'De nachtploeg van Van Heek,' zei Tjerk.

Nachtploeg? Van Heek? Maar ik vroeg geen uitleg, ik camoufleerde mijn onkunde, ik wilde vooral zelfstandig volwassen worden en veel weten.

Weer schoven we aan één hand onze fietsen door de nauwe gang tussen de huizen door. De muur schuurde langs onze mouwen. Welk tuinhekje was het? Jacob herkende in een witte bewegende vlek het hondje dat buiten liep.

De oude vrouw was al naar bed. Meneer en juffrouw Kleinlugtenbelt vroegen en luisterden met hun hoofden nieuwsgierig naar ons toegewend. Het leek of er ook voor hen iets interessants in de lucht hing, iets nieuws wat zij niet kenden. En of we koffie wilden, er was nog. Nee, schudden we. Ze waren vriendelijk.

Met de ruggen naar elkaar toe kleedden Jacob en ik ons uit. Jacob had het eerst zijn pyjama aan en wees naar de overkant van het bed, strak tegen de schuine wand aan.

'Zal ik daar maar?'

Ik schoof naast hem. Hij lag tegen zijn rand, ik tegen de mijne.

'Kun je slapen?' vroeg ik. 'Na zo'n dag?'

'Lukt wel,' zei hij. 'En jij?'

'Weet ik nog niet.'

We spraken weer Gronings met elkaar. 'Wait ik nog nait.' Ik wist dat ook dit moest veranderen.

We lagen op onze rug. Deed hij zijn avondgebed? Ik probeerde te bidden. *Wie is die jongen naast mij?* dacht ik. Hij dacht natuurlijk hetzelfde. Mijn snelle gedachten flitsten als botsende bliksemlichten door mijn brein. Het lukte me niet deze dag overzichtelijk te maken. Mijn moeder tussen de vitrage, ik hier in mijn pyjama naast een vreemde jongen.

Jacob draaide zich om naar zijn wand. Ik keek een poos naar de groen oplichtende en verspringende wijzers van mijn horloge. Ik was doodmoe, en doodmoe kon ik niet slapen. Ik staarde naar het plafond, waar na verloop van tijd lijnen van latten vaag zichtbaar werden.

5
De hemel

Op onze tenen daalden we die ochtend de rode loper af. Vanaf nu moesten we alles uitzoeken, onze geitenpaadjes scheppen. De keukendeur stond open, de oude vrouw zat in haar eentje bij een mandje gesneden boterhammen.

'Dag mevrouw,' zeiden we.

Ze keek ons aan door haar dunne bril en zei: 'Mevrouw? Zeg maar gewoon opoe.'

We gingen bij haar aan tafel zitten en bogen onze hoofden voor een broodgebedje.

De oude vrouw zweeg toen wij margarine op een boterham schraapten en ons mes behoedzaam in de jampot staken. Vorken lagen er niet.

'Is uw dochter weg?' vroeg Jacob.

'Zus is effen naar de winkel.'

Maar daar ging de buitendeur al open.

'Foei, foei,' riep juffrouw Kleinlugtenbelt, 'een rij klanten bij Simon de Wit.'

Ze kwam bij ons zitten, keek hoe we aten en begon te praten over het slapen, het bed, het weer, haar fiets. Ik dacht: *Hoe kan een mens zo lang praten over dingen waarover je niet lang hoeft te praten?* Bij een punt in een van haar zinnen vroeg ik: 'Is uw man naar z'n werk?'

Haar man was 'op 't atteljee', zei ze. Hij sneed overhemden en pyjama's en tussen de middag kwam hij thuis warm eten. En of ook wij om half één warm konden eten? Natuurlijk, overdag waren wij thuis, 'thuis'. Pas in de late middag begonnen onze lessen.

'Weet u ook waar je schriften kunt kopen?' vroeg Jacob. 'Ik heb nog geen schriften.'

'Schriften, schriften,' zei juffrouw Kleinlugtenbelt verbaasd, alsof ze nooit op school had gezeten. 'O, maar alles is te koop in de hemel, ga maar naar de hemel.'

'In de hemel?' zeiden Jacob en ik bijna tegelijkertijd.

'In de hemel,' herhaalde ze. 'Aan de klomp.'

Ze pakte er een krant bij die *Tubantia* heette, bladerde en legde ons een advertentie voor van een winkel met de naam Hema die gevestigd was aan een straat die De Klomp heette. We zeiden niets, bang uitgelachen te worden. Met de plattegrond van juffrouw Kleinlugtenbelt fietsten we naar de binnenstad. We reden langs onbekende straatbordjes die we voor de terugweg in ons geheugen opsloegen, Minkmaatstraat, Hoge Bothofstraat, Kalanderstraat, en als we opkeken zagen we overal vuilgrijze wimpels die traag opstegen uit fabrieksschoorstenen. Op onze ulo's hadden we geleerd dat heel Enschede textiel fabriceerde, handdoeken, manchester broeken, lappen katoen voor jurken en nachthemden.

Aan De Klomp betraden we voor het eerst van ons leven de Hema. We schoven beschroomd langs lange rekken met overhemden, schoenen, koffiekopjes en zelfs bustehouders. Helemaal achterin lagen schriften, goedkope, in pakketjes van vier. Zelf kocht ik een tekenpotlood HB, want we zouden ook het vak tekenen krijgen. Daar zou ik vast weinig van terechtbrengen, dus nam ik ook een stukje zachte vlakgum.

Tussen de middag aten we vlees dat nog aan het bot zat.

'Kabbenaadje,' zei meneer Kleinlugtenbelt verlekkerd. Met zijn rechterhand greep hij de botkant en begon te kluiven. Jacob deed het hem na. Ik was vies van vette handen en begon te peuteren met mes en vork.

Na het Bijbellezen wreef meneer Kleinlugtenbelt zich over zijn maag, hij zuchtte: 'Buikje buikje, wat heb je goeie dáágn', vlijde zijn armen op tafel, legde zijn voorhoofd erop en sliep tien minuten voordat hij weer naar zijn pyjama's en overhemden terugkeerde.

Toen we de trap opliepen, bijna zwevend boven de rode loper, riep juffrouw Kleinlugtenbelt ons na: 'Jongens, vanmiddag komen er buurvrouwen koffie drinken. Dan moeten jullie maar even kennismaken. Hoe laat begint de school? Vijf uur? Smeer dan nu maar even jullie brood, je mag het zelf wel uit de kelder pakken, daar ligt ook kaas.'

Om half vijf gaven wij twee omvangrijke buurvrouwen een hand, we noemden onze namen en juffrouw Kleinlugtenbelt zei: 'Dit is Jo Snippe, die woont linksachter, en dit Frederika God van de Minkmaatstraat.'

Ze zei het met een zekere trots, alsof ze ons al bij haar minigezin had ingelijfd, alsof ze toch wel verguld was met haar taak ons onder haar dak te laten slapen, eten en studeren.

'Ja, die jongens, hè, je moet toch wat,' zei ze tegen de vrouwen.

We zaten een kwartier bij hen. Thuis dronk ik alleen thee of melk, maar juffrouw Kleinlugtenbelt had al ingeschonken. Ik dwong me tot een volgend leven en ik slurpte voorzichtig van het bittere vocht dat mijn lippen deed krullen. Zwijgend luisterde ik naar het soort loze gekwaak dat ik niet kende, over de smaak van de koffie, de vorm van het koekje, de hoogte van de huishuur. Het verdween allemaal snel door de zeef van mijn brein. Zulke zaken bespraken mijn vader en moeder nooit. En ook zouden zij niet met minachting praten over een nieuwe buurvrouw die Oostindie heette.

'Oostindië?' vroeg Jacob. 'Wat een leuke naam.'

Nee, zeiden ze, geen Oostindië, gewoon Oostindie, en dat mens hoorde daar ook. Je kon zo zien dat ze geen nagel had om haar gat te krabben, maar ze had wel een eigen wasmasjien met een wringer erop, op afbetaling natuurlijk. Raar mens, niks voor hen.

6
Het loepje

Meneer Stuvé, een veertiger in een grijs kostuum waarvan het ene jaspand ruim over het andere viel, kwam steil het lokaal binnen en schoof in dezelfde houding op de hoge stoel achter de katheder.

'Bonsoir,' sprak hij met een lichte buiging.

We hadden inderdaad avondlessen, dus wij lispelden 'bonsoir' terug en wachtten af. Hij sprak een gebed uit, las uit een psalmboekachtig boekje met het woord *Psaumes* op het omslag een Franse psalm voor waar ik weinig van verstond, en stak daarna een lichtblauw boekje omhoog dat *Aide Traducteur* heette. Wij groeven uit onze bruinleren schooltassen een exemplaar met dezelfde titel op. Hij knikte en gaf ons allemaal een korte leesbeurt om onze uitspraak te testen.

Anna Foekens (ze had dat witte truitje van gisteravond aan) las op de eerste bladzijde: '*J'ai passé une journée à fainéanter.*'

'En wat betekent dat, Anna?'

'Ik heb een dag met luieren doorgebracht. Maar dat staat erachter, meneer.'

Hij glimlachte voorzichtig en gaf de beurt door aan mij: '*Tous mes amis m'ont abandonné.* Al mijn vrienden hebben mij verlaten.'

Vervolgens schraapte Anko Boxum zijn keel en las: '*Le vrai sculpteur sait animer le marbre.*'

'Lees dat nog eens.'

'*Le vrai sculpteur sait animer le marbre.*'

'Zeg nog eens: *sculpteur.*'

'*Sculpteur,*' zei Anko alsof het rijmde op achterdeur.

Meneer Stuvé corrigeerde hem in hoog Frans: '*Sculpteur.*'

'*Sculpteur,*' zei Anko met een Groningse uh en eu.

Meneer Stuvé stond op van zijn katheder, liep naar de bank van Anko en zei: 'Doe je mond eens open, misschien mankeert er iets aan je huig.'

Anko sperde zijn ruimgebouwde kaken open. Meneer Stuvé speurde in zijn keel, haalde zijn schouders op en zei: 'De ware beeldhouwer weet het marmer leven in te blazen, denk eraan, jongen.'

Na een strak en doodstil lesuur wandelde meneer Stuvé even steil de deur uit als hij binnengekomen was.

Zes uur, eetpauze. Het was een warme dag geweest, boven de 25 graden, de avond bleef klam. Wij jongens hadden de mouwen van onze witte overhemden opgerold tot aan onze spierballen. De meisjes hadden van zichzelf al korte mouwen aan hun dunne jurken. De mouwtjes van Riek Wisselo waren zo kort dat er donker okselhaar uitpuilde als ze een arm optilde. Vier uit onze klas waren hier op de ulo geweest en wisten de weg. Wij volgden hen als ongewende schapen naar de smalle strook gras tussen de school en het fietsenhok, waar de tweede en derde klas al brood zaten te kauwen. Wij tienen gingen in een kringetje bij elkaar op het gazon zitten. Tom Ypkemeulen en Peter Hobbelink hapten in hun brood. Anko mompelde iets en sloot zijn ogen.

'Nou ja,' kwaakte Peter, 'die Stuvé met z'n *double-breasted* colbert was weer niet op z'n best. Zette jou voor schut, eh, hoe heet je ook alweer?'

Anko deed verstoord zijn ogen open.

'Anko, Anko Boxum met een x,' zei hij. 'Maar ik zat net...'

Peter hoorde het niet of praatte eroverheen. De helft van onze klas kwam dus uit Enschede of omgeving, niks geen overgangsproblemen, niks geen vreemderigheid. We vroegen elkaar bij welke Enschedese kerk we hoorden en of we elkaar daar zouden zien. Er waren hier drie grote vrijgemaakt-gereformeerde kerken. Jacob, Anko en ik hoorden bij Noord, de anderen bij Oost of Zuid.

'En jij?' vroeg Riek Wisselo aan Otto Stroink, die we niet op de begroetingsavond hadden gezien.

Otto wees met zijn duimnagel schuin naar de overkant van de Blijdensteinlaan, naar het gebouw dat wij op onze allereerste dag met onze fietsen aan de hand voorbij waren gelopen.

'O zeg, dan ben jij die synodale jongen,' zei Riek.

'Pas maar op, hij deugt niet,' riep Peter.

'Klopt,' zei Otto, 'daar hoor ik bij.'

Hij had mooi golvend haar en een open lach. Het leek of hij er zelf niet onder leed dat hij synodaal was.

'Maar hij gaat met een meisje van onze kerk,' fluisterde Anna in mijn oor. 'Er is hoop.'

Zo dichtbij had ik nooit eerder een meisjesadem gevoeld.

Meneer Tulp kwam binnen met een bruinleren motormuts op die hij losgespte en met zijn voet onder het schoolbord schoof. Hij had een ovaal jongensgezicht met rossig haar dat aan de zijkanten voorzichtig grijs begon te kleuren.

'Mijn naam is Tulp,' zei hij. 'Zitten hier Grunnegers in de klas? Ik ben een Grunneger.'

Jacob, Anko en ik staken de hand op.

'Echte Grunnegers, geen Stadjeders?' vroeg hij.

We knikten enthousiast.

'Echte,' zei Anko, 'geen Franse.'

De klas lachte luid en Anna legde het uit. Meneer Tulp zei na het verhaal over het strottenonderzoek van meneer Stuvé: 'O' en 'Zo' en trok daarbij zijn dunne wenkbrauwen op. Toen stak hij zijn gesloten vuist omhoog.

'Hier zit iets in wat ik ook jullie gun.'

Hij opende zijn hand en we zagen een klein vlak voorwerpje liggen van dof blinkend metaal. Hij vouwde het open, het was een loepje. Hij zette het op de katheder en plaatste er een half geopend boek rechtop naast: *Leerboek der Plantkunde, in 't bizonder voor het onderwijs aan de Kweekscholen* door A. Mellink.

'Hebben jullie het bij je?' zei meneer Tulp. 'Bladzijde 3, het Voorbericht. Lees dit nu aandachtig door en straks zal ik vragen wat je is opgevallen.'

Wat een aardig Voorbericht was dat. A. Mellink deelde mee dat hij allerlei spitsvondigheden had weggelaten die vroeger wel in leerboeken voor kweekscholen stonden, zoals het onderscheid tussen middelpuntzoekende en middelpuntvliedende bloeiwijzen, tussen valse en ware tussenschotten en gedeelde en gespleten bladeren. Hij wilde veel liever 'inzicht geven in het wondere geheel van de een of andere levensgemeenschap, die binnen de waarneming van de leerling ligt'. Ik hield niet in het bijzonder van plantkunde. Mijn kennis van bloemennamen ging niet veel verder dan de paardenbloem, het madeliefje en de brandnetel in de bermen van ons dorp.

Meneer Tulp hoefde ons niks uit te leggen, onze klas had de belangrijke punten uit het Voorbericht mooi opgepikt. Het ging om de praktijk van het bloeiende leven en niet om het stampen van de termen. Dat sprak me aan, maar het kwam ook door het licht-Groningse accent van de man voor de klas. Op zijn gezag besloot ik zo'n loep te kopen om de wereld dichterbij te halen. Hij noemde de winkel en het adres.

Het laatste lesuur van de eerste schooldag was meer een vaderlijk gesprek van de directeur meneer Hazelaar, tevens leraar aardrijkskunde, geschiedenis en Duits. Hij zat gemoedelijk op de hoge stoel voor de katheder, stak zijn pijp aan, leunde op de lessenaar en gaf ons adviezen. Jammer, hij droeg niet zijn okerkleurige overhemd.

'We doen het programma in drie jaar, één jaar korter dan de dagkweekschool, maar jullie hebben ook meer tijd om te studeren, overdag. Een bijbaantje is goed, maar er moet wel gestudeerd worden. Als je in een kosthuis woont, stel je dan bescheiden op, vraag hoe laat je thuis moet zijn, ook op zaterdag en zondag. Jullie zijn minderjarig, je ouders zijn verantwoordelijk voor je, maar vergeet niet dat je kostouders ook verantwoordelijkheid voor jullie ervaren. Hou contact met je medescholieren, dat geeft een band, vooral voor hen die hier vreemd zijn. Jullie zijn jong, je moet nog veel leren. Je bent niet alleen kwekeling om onderwijzer te worden, je bent ook kwekeling om volwassen te worden. En vergeet niet de oorsprong: dit is een gereformeerde kweekschool, geboren uit de kerk des Heren, en dat schept verplichtingen.'

We luisterden stil, onder de indruk. Ook Otto Stroink had de laatste vermaningen aangehoord met zijn hand onder zijn kin, zijn hoofd schuin naar meneer Hazelaar gewend, en zonder commentaar. Hij leek me ook helemaal geen jongen om dwars te liggen.

Meneer Hazelaar zei dat we de volgende dag het *Leerboek der Algemene Geschiedenis* deel I door D. Langedijk mee moesten brengen. Hij toonde ons zijn exemplaar, sloeg het open en kondigde aan dat hij nu de allereerste zin zou voorlezen. Nadat hij de tabak een moment zachtrood had laten opgloeien en zijn pijp in de hand had genomen, las hij met nadruk: 'Dit leerboek gaat uit van het standpunt, dat de komst van Jezus Christus op aarde het hoogtepunt is van de wereldgeschiedenis.'

Het klonk vertrouwd en goed, en dat lag aan de manier waarop hij ons aankeek, met vriendelijke ogen vanachter zacht glanzende brillenglazen.

'En vrijdag nemen jullie je aardrijkskundeboek mee,' zei hij. 'We beginnen dan dicht bij huis, in de Twentse bodem. Ik was gisteren in de Steenbakkerstraat' (hij glimlachte naar Jacob en mij) 'en toen dacht ik er weer aan dat hier in Twente onder de oudere gronden ook het tertiaire leem voorkwam, opgedolven uit leemkuilen. Dat te weten heet aardrijkskundige archeologie. Zo heeft alles zijn betekenis in Gods koninkrijk. Laten we danken.'

Hij vouwde zijn handen.

In de keuken zat juffrouw Kleinlugtenbelt op ons te wachten. Opoe was al met hoofdpijn naar bed. Later kwam meneer Kleinlugtenbelt thuis van een avond EHBO, waar hij les had gegeven in verbanden en verbinden. Ze waren nieuwsgierig naar onze eerste schoolavond. Wij vertelden over loep en leemkuilen en zij keken verbaasd.

Voor we naar bed gingen, vroeg ik of die ene buurvrouw van de koffie echt Frederika God heette.

'Ja, wat dacht je dan?' zei juffrouw Kleinlugtenbelt.

'God?' herhaalde ik met extra articulatie.

'Hoe kom je daar nou bij?' zei ze verwijtend. 'Frederika heet Gort.'

Voor de tweede keer lagen we naast elkaar in bed.

'Die Tulp en die Hazelaar, die mag ik wel,' zei Jacob. 'Maar het is nog wel wennen, hier.'

'Ja,' zei ik, 'je denkt dat je voor schriften naar de hemel moet en met God koffie drinkt.'

Jacob humde vragend. Hij vond het geloof ik geen goed grapje.

De volgende dag leende ik van juffrouw Kleinlugtenbelt opnieuw de plattegrond van de stad, fietste naar de winkel die meneer Tulp genoemd had en betaalde *f* 1,95 voor het apparaatje waarmee ik alles wat klein en onduidelijk was helder kon vergroten. *Cowllands* was het merk, *made in*

England. Terug in onze kamer plaatste ik het op een reepje vel dat zich losmaakte uit de nagelriem van mijn duim. Met verbazing ontdekte ik het net van licht gebogen lijntjes in de structuur van mijn huid.

7
Het badhuis

'Wie zich niet op tijd verskóónt, krijgt luizn als kamééln,' grinnikte meneer Kleinlugtenbelt. Het was vrijdagavond en daarna kwam als vanzelf de zaterdag van de wasbeurt. We hadden beschroomd aan onze kostbaas gevraagd hoe dat hier ging. Zijn vrouw gaf het antwoord: het badhuis, maar ze kende de openingsuren niet en ze begon klagerig te vertellen dat er in de dure huizen aan de singels badkamertjes gebouwd werden met zo'n ding boven je hoofd waar water uit sproeide. Aan de arbeidersbuurten dacht de gemeente niet. Hier in huis deden ze het zaterdagsavonds aan de kraan bij het aanrecht, om de beurt, met een ketel heet water, wie klaar was ging noar bedde hèn, en dan begon de ander.

Maar dergelijk gespetter wenste juffrouw Kleinlugtenbelt niet aan de wasbak op onze kamer. We moesten maar een kaart voor het badhuis kopen, een knipkaart. Meneer Kleinlugtenbelt legde ons de volgende dag uit waar het was, dichtbij, aan de Tulpstraat. Juffrouw Kleinlugtenbelt tastte om de hoek van de kelderdeur, gaf ons allebei een oude *Tubantia* om onze spullen in te rollen en zei:'Vergeet de zeep niet.'

Bij het bord 'Badhuis Laares' keken we omhoog naar de platte schoorsteen die vanaf de grond mooi strak de lucht in stak. In de kleine hal kwam ons een zepige damp tegemoet. Achter een loket zat een man zoals op het postkantoor.

'Eh, we zijn hier voor 't eerst,' zei Jacob en hij noemde het woord dat juffrouw Kleinlugtenbelt ons in de mond had gelegd: knipkaart.

De man nam twee witte kaarten van een stapel, wij betaalden elk *f* 1,50, hij nam een tang, knipte er als een conducteur een gaatje in en schoof ons de kaarten toe met twee genummerde bonnetjes. 'Goed voor 10 stortbaden', stond er op de kaarten.

'Schiet es op,' riep een vrouw in de rij achter ons.

'Mannen linksaf,' zei de conducteur.

Ik stootte de deur open en een morsige damp omhulde ons. Langs de wanden zaten mannen en jongens op banken te wachten met een tas of een volle opgerolde krant op schoot. We gingen maar naast elkaar zitten en keken de rijen langs. Wij kenden niemand, niemand kende ons. Nummers waren wij allemaal. Jacob wees op een bord met zo'n nummer en vergeleek zijn bonnetje ermee.

'Wachten,' zei hij. 'Jij bent straks vóór mij.'

Onder het nummerbord stond een man met een natte zwabber. Deuren waren er, veel deuren, en op al die deuren een kartonnen klok met roestende wijzers. De man liep nors op een deur af, bonkte er met zijn vuist op en riep: 'D'roet, ie bent al te loat.'

Daarachter klonk een schreeuw die op 'ja' leek, de deur ging open, een jongen die een paar jaar ouder was dan wij kwam stomend naar buiten, zei boos: 'Rustig an kerelman,' en verdween door de deur naar de hal. De badman trok zijn zwabber een paar keer over de natte vloer en riep: '38!' Een kale man met een tasje stond op, verdween in de damp van het hok, trok de natte deur dicht. We hoorden een slot klikken. Zo ging dat dus, zo hoorde je je hier te gedragen.

De badman schoof de wijzers een kwartier en het nummerbord één nummer verder. Ik probeerde de stank in deze onfrisse ruimte te herkennen. Het was een slechte variant van de wasgeur die op maandagmorgen uit de wasbalie van mijn moeder opsteeg. Hier drong er een mengsel van zuur zweet en vuile sokken doorheen. Vanuit het gekletter van water achter de deuren begon een stem schrapend te zingen: 'O me lieve zwartkop, voel es hoe me hart klopt...'

Mijn nummer stond nu voor. Jacob stootte mij aan. De man met de zwabber zwabberde water weg van een houten vlonder en stak zijn hand naar me uit. 'Bonnetje,' gromde hij en ik duwde het in zijn natte hand.

Ik schoof het slotje dicht en was alleen. Een kwartier voor mijzelf. Ik keek op mijn horloge, stopte het in mijn broekzak, kleedde me als de bliksem uit en hing alles aan de wandhaken. De spiegel aan de deur was dik beslagen. Met mijn washand veegde ik de mist weg en daar zag ik mezelf staan, voor het allereerst naakt in deze onbekende wereld waar ik drie jaar zou wonen. Ik stapte op het glibberige plankier en zag door de houten naden het afvoerputje met haren. Niet naar kijken, dacht ik en ik draaide de kraan open. Water viel op mijn hoofd, water een paar graden warmer dan mijn lijf. Mijn eerste stortbad.

Gehaast waste ik haren, hoofd, oksels, romp, onderbuik en ik trok, op één been staande, het washandje stevig door de zweetplekken tussen mijn tenen, draaide de kraan dicht en droogde me snel af. Overschrijding van de tijd, daar wilde ik niet op betrapt worden. Het was op mijn horloge veertien minuten na binnenkomst toen ik met de gevulde *Tubantia* opgerold onder mijn arm en met halfnatte haren naar buiten stapte. Tien, twaalf mannen keken naar me.

Terwijl ik eenzaam op Jacob wachtte, ving ik uit hun mond woorden op als Van Heek, Twentse Boys, mooie meid, gèdver. Dat laatste was een vloek in het openbaar en daar moest ik volgens onze catechismus tegen protesteren, maar net op tijd bedacht ik dat het ook over de Getfertsingel kon gaan, een naam die ik op de plattegrond van Enschede had gelezen. Ik boog mijn rug en deed alsof ik het krantenpakje op mijn schoot bestudeerde. Naast een oud weerbericht verscheen in het papier langzaam een vochtplek, die als een lichte droefheid mijn maag binnensloop.

8
Zondag

We plooiden het elastiek van onze zondagse pofbroeken om de rand van onze hoog opgetrokken kousen, zodat de pijpen omlaag hingen in aanvaardbare zakvormen. Tijdens het ontbijt stond meneer Kleinlugtenbelt zich met een scheermes een laag schuim van de wangen te krabben.

'Agattejakkesbah,' riep juffrouw Kleinlugtenbelt, 'man, scheer je niet onder het eten.'

Meneer Kleinlugtenbelt reageerde er niet op.

'Moeten jullie je niet scheren?' vroeg hij.

We streken rond onze zachte onbehaarde kinnen en zeiden: 'Nog niet.'

Opoe was boven. Die voelde zich nooit lekker genoeg om naar de kerk te gaan, verklaarde juffrouw Kleinlugtenbelt, daar moesten we maar niet op letten. De fietsen bleven in de schuur. We gingen vandaag niet de achterdeur maar de voordeur uit. Juffrouw Kleinlugtenbelt droeg een beige dopje op haar hoofd en haar man had zijn zondagse hoed opgezet.

De route raakte bezaaid met de vragen die wij stelden. Hoe ver was de wandeling naar de kerk? Hoeveel collectes werden er in de kerk gehouden? Wie preekte er? Hoe heetten de bomen in het singelgras? Wat betekende 'Lerares Mensendieck', wat we voorlazen vanaf een naambord aan de singel? Hoe stak je over bij de stoplichten op de kruising met de Oldenzaalsestraat? Juffrouw Kleinlugtenbelt schudde geërgerd en geamuseerd haar hoofd en zei: 'Ie vragescheetn, ie moet nich alles willn weetn.'

Halverwege de zijmuur van een lang stenen gebouw dat aan het trottoir grensde, trok meneer Kleinlugtenbelt een voorgerolde sigaret uit het borstzakje van zijn colbert en stak hem vergenoegd tussen zijn lippen. Hij bleef staan, wij stokten ook. Met zijn hand schermde hij de vlam van zijn lucifer af, hij zoog de brand naar binnen en wij vervolgden onze mars naar de kerk.

Voorbij de langgerekte muur keek ik achterom naar het grote symmetrische gebouw met kleine hoektorens en een dakruiter op de nok. Voor de ingangspoort lag op het trottoir een omvangrijke kei. Ik vroeg wat dit voor gebouw was. Dat bleek meneer Kleinlugtenbelt wel te weten: 'Het museum.'

'En wat is daar dan binnen?'

Hij haalde zijn schouders op, was er nooit binnen geweest.

'Dat komt er zo niet van,' zei hij.

Ik besloot meteen dat het er met mij wel van zou komen.

De Lasondersingel was een mooie singel met strakke puntdaken op vierkante herenhuizen. In het stuk na het museum zag ik in een ruime voorkamer een man zitten. Hij las in een lage leunstoel een boek dat hij met beide handen optilde naar zijn ogen. Het was een oude heer, grijs, in rust en vol aandacht. Terwijl we zijn huis passeerden, hield ik even in, wipte me op mijn tenen op en keek. Ik bedacht dat hij alle vrijheid bezat om zich te wijden aan het boek dat hij zelf gekozen had en ik besefte dat ik nog een zee aan boeken wilde opslorpen, maar dat ik de vrijheid van deze man niet bezat.

Meteen daarna liepen we langs een fabrieksterrein. Hoge rechthoekige ramen weerspiegelden in de regenplassen voor de poort. Een rood-witte slagboom hoefde niets tegen te houden want het was zondag, het terrein zag er doods uit.

'Is dat nou een textielfabriek?' vroeg ik.

Meneer Kleinlugtenbelt keek vanuit zijn ooghoek zijwaarts en zei: 'De Bamshoeve, van Blijdenstein, katoenspinnerij.'

Terwijl ik naar de hoge fabrieksschoorsteen staarde die zelfs op zondag rook uitademde, dunne witte rook vandaag, maakte ik me een voorstelling van de drukte op het terrein, van honderden arbeiders die onder een van de dreigende klokken verdwenen in de vale gebouwen. We staken over naar de spitsboogramen van de Noorderkerk. Achter de wijzerplaat aan de toren klepte de klok.

Meneer Kleinlugtenbelt mikte zijn peuk door het rooster voor de hoofddeur. We hingen onze natte jassen in de hal. In het kwartier daarna vulden alle banken zich met rustige kerkgangers, die hun buren even toeknikten en daarna zwijgend afwachtten. De mensen leken door hun kleren op elkaar. Dat had ik ook al in mijn dorpskerk een bijzonderheid gevonden: door de week bewogen zich in de winkels en op straat mensen die van elkaar verschilden. Aan hun kledij alleen al kon je zien wie kruidenier, schooljuffrouw, slager, schilder, boerenarbeider, schoenmaker of dienstmeisje was. Op zondag droegen ze kleren waarin ook de ander zich had kunnen steken, misschien op de hoeden van de vrouwen na.

Boven de kansel hing het orgel. Ik kon de pijpen niet goed van elkaar onderscheiden omdat ik wat kippig was, maar de vorm boeide me, een halve cilinder met stijgende pijpen aan weerszijden en links en rechts daarnaast kleine open spitsboogvensters. Achter het linker venster zag ik een schim voorbijschieten, daarna trok iemand bij het rechter venster met een ruk een beige gordijn dicht. Kort daarna begon er een licht spel, een zachte regen van klanken die ik niet kende omdat ik van muziek weinig wist, maar die wel bij mij hoorde. Nooit had ik in onze dorpskerk op zondagmorgen iets zo uit de pijpen horen ruisen als dit tingelen als van een engel.

Meneer Kleinlugtenbelt onderbrak een moment het aangename zwijgen, wees in de richting van het orgel en fluisterde ons toe: 'Franswa, heel beroemde orgelspeler.'

We wisten niet wie hij bedoelde.

'Franswa de Beer,' zei hij met enige drang.

We knikten, het zou wel.

Een stevig gebuikte man in zwart pak beklom de kansel. Meneer Kleinlugtenbelt fluisterde: 'Dominee De Beer, Franswa z'n vader, een goeie.'

We hoorden de formule die we hadden verwacht: 'Onze hulpe staat in de Naam des Heeren...', maar we schrokken omdat deze liturgische woorden krakend uit het galerijplafond boven onze hoofden schenen te komen. Behoedzaam keek ik schuin omhoog. Daar hing een kleine kubus, geverfd in de kleuren van de kerk, met een gerasterd rooster naar ons toegekeerd. Het was ongekend en verbazingwekkend: een kerk met luidsprekers.

De psalmen die we zongen verschilden niet van die bij ons thuis, op één geweldige uitzondering na. We zongen alle psalmen ritmisch, met in de nootlengte steeds weer de tintelende regelmaat van vertraging en versnelling. In onze dorpskerk was ritmisch zingen alleen aan de orde als uitzondering en vlak voordat de dienst begon. Het orgel zette dan krakend van onwennigheid in en de gemeente golfde nog aarzelender en onwenniger mee. De open noten in mijn psalmboekje zongen we lang, de zwarte noten kort. Slechts enkele gezinnen zaten dan met de lippen stijf op elkaar omdat Gods Woord hun de oude paden voorschreef. Vanavond zou ik dat nieuwe van hier vermelden in mijn brief aan thuis.

'Wij zullen nu den Heere aanroepen in gebed,' sprak de predikant.

Daar paste voor mij maar één reflex bij: met een ruk ging ik staan en ik leunde met mijn bovenbenen tegen de richel waar mijn psalmboekje op lag. Jacob verrees op hetzelfde moment. Meteen daarna merkte ik iets vreemds: meneer Kleinlugtenbelt bleef zitten. In onze dorpskerk schoten bijna alle mannen bij het begin van het gebed in de benen. Alleen de luiaards, de onverschilligen en de stokouden bleven zitten. Een misselijke onrust vulde mijn maag. Ik wilde me niet afwijkend gedragen, niet ter verantwoording kunnen worden geroepen. Ik gluurde door de spleet van mijn ogen. Gelukkig, er stonden meer mannen. Een slungelachtige jongen van onze leeftijd hing met neergeknakt hoofd scheef tegen de bankleuning vóór hem. Het was een lusteloos staan, maar het wás staan. Toch zag ik in die ene seconde her en der in het kerkgebouw ook vele krachtige mannen zitten. Was dit toegestaan? In een gereformeerde kerk hoorde je als man te staan bij het bidden. Dat begon al wanneer je zeven was en je nog tegen je vader kon leunen die hoog naast je oprees terwijl de stroom woorden vanaf de kansel over je heen golfde. Dat hóórde bij eerbied. Konden hier, ver van huis, gewijde tradities zomaar veranderd zijn?

Na het bidden ordende de man in de verte zijn papieren en wachtte op het wegebben van voorzichtig scheurend Kingpepermuntenpapier. Meneer Kleinlugtenbelt boog zich naar mij toe en gaf een rol door, maar het was geen pepermunt, het was Rang. Weer zoiets. Jacob nam er een uit en verstopte hem in zijn vuist. Ook ik nam mijn Rang omdat weigeren beledigend zou kunnen zijn en stopte het snoepgoed in mijn mond. Meteen wist ik dat ik fout zat. Ik had automatisch Kinggedrag vertoond: de rol uit, de mond in. Dit was een Rang, het papiertje zat er nog omheen. Met mijn tongpunt zocht ik tevergeefs de afwikkelplek. Niemand keek naar mij, anders had iemand aan mijn wangbewegingen kunnen merken hoe mijn tong door mijn mond wroette en ik de Rang naar voren schoof tegen mijn ondertanden. Eindelijk raakte die bevrijd. Ik tastte in mijn broekzak naar mijn zakdoek en deed alsof ik mijn neus snoot. Met slinkse tongbewegingen duwde ik het kledderige papiertje in mijn zakdoek.

Dominee De Beer was achter zijn borstwering in vuur ontstoken. Ik kon volgen maar niet onthouden wat er vanaf de kansel naar mij toe stroomde, want iets dwong me om me te concentreren op het rukken van zijn hoofd en het beheerste zwaaien van zijn armen, een steun voor mijn bijziendheid. Nog een keer boog meneer Kleinlugtenbelt zich naar ons en fluisterde: 'Let op z'n handen. Zo meteen doet ie wat, astie tenminste zo vurig blijft.'

Meneer Kleinlugtenbelt bleek een profeet. Dominee De Beer rukte aan de onderkant van zijn mouwen, zijn manchetten schoten los, hij schudde ze van zich af op de vloer van de kansel en hij preekte verder met bevrijde polsen die uit zijn mouwen omhoog schoten. Ik wilde dat ik nu een bril had.

Bij de laatste psalm op het psalmenbord leek hij te aarzelen: 'Onze slotzang zij...' Hij keek omhoog naar het gordijn van het rechter spitsboogvenstertje en riep naar boven: 'Och nee, François, een andere, psalm drie vers drie nog maar es weer.'

Ik zocht het haastig op in mijn zakbijbeltje, het orgel begon zachtjes en we zongen: 'Ik lag en sliep gerust, / van 's Heeren trouw bewust, / tot ik verfrist ontwaakte; / want God was aan mijn zij, / Hij ondersteunde mij / in 't leed dat mij genaakte...'

Een vreemde emotie overviel me. Het zachte spel en de woorden van de psalm kropen naar mijn keel, ik kon niet goed meer zingen en toch zong ik zo waarachtig als ik nog niet vaak gezongen had.

'Wat 'n dominee, wat?!' zei meneer Kleinlugtenbelt enthousiast toen we weer op straat stonden.

Die avond hadden we een afspraak. We zouden als klasgenoten met onze fietsen verzamelen aan de Blijdensteinlaan bij de school.

'Met de fiets? Op zondag?' zei juffrouw Kleinlugtenbelt argwanend.

We legden het uit. Ze moest niet denken dat we in overtreding waren. De kwekelingen gingen op zondagavond naar een tehuis voor bedlegerige bejaarden, het heette Bruggerbosch, en daar zouden we dan zingen.

'Zingen? Wat zingen?'

'We moeten ons psalmboekje meenemen,' zei Jacob. 'En we zingen denk ik ook van *Op bergen en in dalen* en *Nooit kan 't geloof te veel verwachten*.'

'Ja, Bruggerbosch, dat is halverwege Glanerbrug,' zei meneer Kleinlugtenbelt. 'Daar kun je moeilijk lopend naartoe. Wat denk je, vrouw, fietsen is geen zonde.'

Het was de eerste keer dat we hem iets tegen haar hoorden inbrengen.

Aan de Gronausestraat fietste ik opeens naast Anko Boxum. Hij vertelde over zijn kosthuis, een gezin met rumoerige kinderen aan tafel en een strenge vader. Anko's kamer was een kamertje, en dan nog te delen met de Friese Tjerk.

''t Kin ja ook gain boerderij wezen,' zei Anko.

Ik antwoordde hem ook in het Gronings. Jacob en ik hadden ons Gronings al opgeschort. We wilden accentloos Nederlands leren spreken. Wie kon immers weten waar we ooit voor de klas zouden staan? Bovendien was zijn Gronings heel anders dan dat van mij. Jacob zei *fietse*, ik zei *fiets*, hij zei *vare*, ik zei *vaier*, hij at een *zoere appel*, ik een *zure abbel*. We lachten elkaar een beetje uit om elkaars moedertaal en we kozen, ver weg van onze oude basis, voor de toekomst. Maar Anko had meer moeite zijn Gronings hier te vervangen dan wij. Hij vertelde me, onderweg naar Bruggerbosch, dat hij zijn dikke, gebreide hozen op een stapeltje in de kast had gelegd en dat Tjerk niet wist wat hozen waren.

'Waistoe wat onderbroek is ien 't Hollands?' vroeg hij mij.

'Gewoon onderbroek.'

'O ja? Ik wis nait woar ik mien onderbroeken ien kaast leggen mos en dou vroug ik: "Tjerk, waar moet ik mijn directoires leggen?" En dou laachde hai mie oet.'

In de hal van Bruggerbosch groepeerden we ons rond de piano, twintig, dertig jongelui van de kweek en een paar anderen van de kerk. De piano werd betingeld door een rechtop zittend meisje met een kleine verfijnde mond. Een poppetje was het en ze droeg het haar op zolder. We zongen van *Als g'in nood gezeten* en *Daar ruist langs de wolken*. Dat meisje imponeerde me door haar vanzelfsprekende pianospel dat mij volstrekt vreemd was. Ze was voor mij onaanraakbaar en dat stelde me gerust. Na Bruggerbosch mochten we bij haar thuis koffie drinken, ze nodigde ons allemaal uit. Tom Ypkemeulen, met wie ik opreed, vertelde me dat ze Lodie Lok heette en in de examenklas van de ulo zat. Tom trok zijn wenkbrauwen er vrolijk bij op en maakte een beweging met zijn hoofd alsof hij haar amusant vond, maar op afstand.

De kamer stroomde vol, een mooie kamer met schilderijen waarbij de sloot met boot die bij ons thuis eenzaam aan de wand hing een dikke onvoldoende zou krijgen. De tussendeuren werden opengeschoven, er stond een piano in de achterkamer. Lodie nam een aantal langspeelplaten uit een koffer en startte de grammofoon. We speelden een spel dat ik nog nooit gespeeld had. Lodie schermde de titel van de plaat af, draaide de muziek en wij moesten raden wat het was en van wie. Ik zat met stomheid geslagen tussen Anko en Jacob, die ook al niets zeiden. Niet één keer kwamen wij drieën op een antwoord. Ook niet toen het prachtige regentje van die morgen in de kerk hier opeens als kamermuziek uit de grammofoon kwinkeleerde en twee uit ons groepje meteen riepen: 'Bach, *Jesu meine Freude*.'

Ik moest opletten, ik moest bijleren, ik moest inhalen, maar het duizelde me, vooral toen er muziek losbarstte die volgens Lodie een opera was. *La Traviata* van Verdi, zei Peter Hobbelink uit onze klas met zijn neus in de lucht. Toen de klanken van Verdi waren weggestorven, gingen ook wij weg. Nooit te laat thuiskomen, zo had meneer Hazelaar ons immers in zijn eerste les gemaand.

De lange Tom kwam weer naast mij fietsen, hij moest dezelfde kant op. Hij neuriede de melodie van Verdi en zong er opeens woorden bij: 'Looodie hef pukkeltjes op de boek, Looodie hef pukkeltjes op de boek...'

'Op de boek...?' vroeg ik. 'Welk boek?'

'Dat is Twents, man. Op de buik.'

Op deze zondag vol openbaringen zong ik het met die vrolijke Ypkemeulen mee, in het Twents, op de fiets aan de Oliemolensingel tussen de Gronausestraat en de Lipperkerkstraat: 'Looodie hef pukkeltjes op de boek...'

9
Brieven

Juffrouw Kleinlugtenbelt verscheen in de deuropening met drie witte brieven die ze tegen haar stralend witte schort klemde.

'Eén voor Jacob, twee voor Simon.'

Ik zag mijn naam staan in de puntige vulpenletters van mijn vader en stak net als Jacob mijn hand uit. Maar zij begon onze namen met háár adres hardop voor te lezen van de enveloppen. Alsof ze ons inlijfde. Het was onze eerste post van thuis. Jacob pakte een tip van zijn brief vast en trok voorzichtig. Ze keek hem stekelig aan en zei: 'Asjeblief dan.' Haar brede schortstrik verdween in de kier van de deur.

'Beste Simon,' schreef mijn vader, 'ik kreeg direct wel de indruk toen ik daar was in je kosthuis dat je daar wel kunt wezen. Het was voor hen ook eerst vreemd. Het is hier de hele week mooi warm weer. Je kunt nu nog best je sandalen dragen. Lezen jullie het Gezinsblad daar? Als dat niet zo is, zouden ze het goed vinden dat ik jou elke maandag een pakje stuur met vier kranten? Is Kleinlugtenbelt wel een meelevend persoon op kerkelijk gebied? Ze gaan toch zeker altijd wel 2 keer naar de kerk? Ik eindig met de hartelijke groeten ook aan de fam. K.'

Mijn ouders maakten zich dus bezorgd over mijn geestelijk leven. Ik zag mijn moeder tegenover mijn vader zitten en hem dicteren: vraag nog even naar 't *Gezinsblad*, vergeet niet die mensen de groeten te doen. Het *Gereformeerd*

Gezinsblad had ik hier niet zien liggen, die dunne krant vol grauwe drukletters die vier keer in de week door de post bezorgd werd en waarop alleen slappe vrijgemaakten niet geabonneerd waren. De krant van P. Jongeling, de krant van de vrijgemaakte kerk, waarin je kon lezen welke vrijgemaakte dominee een nieuwe gemeente kreeg, hoe overduidelijk God wilde dat je op het GPV stemde als je eenmaal 23 jaar was, en waarin je gewapend werd tegen dans en bioscoop, zaken die in de synodale kerken hand over hand toenamen. Hand over hand, deze term kende ik zo goed uit de krant van Jongeling. Waarom lazen ze die hier in de Steenbakkerstraat niet? Slapjanussen? Maar dat zou ik natuurlijk niet hardop zeggen tegen de mensen die ons welwillend hadden ontvangen en ons goed te eten en te slapen gaven. Maar met juffrouw Kleinlugtenbelt was het uitkijken, zoals ze zich nieuwsgierig met onze post had bemoeid.

Mijn zusje had onderaan de brief van mijn vader geschreven: 'Moeder denkt almaar dat er nog iemand thuiskomen moet.'

De tweede brief was van mijn broer Wolter, die om de andere week trots naar huis kwam in zijn matrozenpak van de Marine. Wolter had vooral een vraag: hij wilde mij een keer opzoeken in Enschede 'als er daar tenminste plaats voor mij is om te slapen. Maar spreek er eens over met je kostjuffrouw.' Dit plan was hem natuurlijk door mijn moeder voorgezegd. Zij vond dat haar oudste zoon best even kon gaan controleren of het met haar jongste zoon naar wens ging.

Onderaan de trap riep juffrouw Kleinlugtenbelt nadrukkelijk: 'Oehoe, koffie.' Jacob en ik zakten af naar de keuken en hoorden allerhande nieuws: dat rare buurvrouw Oostindie liedjes zong die niemand kon verstaan, dat het nichtje van juffrouw Kleinlugtenbelt uit Hengelo nu naar de ulo ging omdat ze verbazend goed kon leren, zelfs Engels, dat de weduwe Vis met de weduwnaar Slot zou gaan trouwen en dat ze tegen juffrouw Kleinlugtenbelt had gefluisterd dat ze er zo tegen opzag om met die man in één bed te liggen en dat ze eigenlijk geen asbak meer in huis kon verdragen.

'Een brief van je moeder?' vroeg juffrouw Kleinlugtenbelt aan Jacob.

Hij knikte en zweeg.

'Van m'n vader,' zei ik. 'U moet de groeten hebben en hij heeft een vraag.'

'Ik vond dat toch zo'n vlotte man,' zei juffrouw Kleinlugtenbelt. 'Hij telde de briefjes zo uit op tafel, pats, pats, daar lag het geld.'

Jacob had z'n kostgeld pas na drie dagen overhandigd. Hoe dat zat, ik wist het niet en ik vroeg er niet naar.

'Wat had je vader te vragen dan?'

'Kent u het *Gereformeerd Gezinsblad*, die krant?'

Ze trok een rimpel en aarzelde. Ja, ze zag die krant weleens liggen bij mensen van de kerk. Maar het was een dure krant. Zij lazen de *Tubantia*, samen met de buren.

'Mijn vader vraagt of u het goed vindt dat hij mij die krant nastuurt. Dan kunt u hem natuurlijk ook lezen.'

'Waarom níét?' zei ze gretig.

Ik kreeg het idee dat ze het prettig vond iets nieuws mee te maken. Was het ook daarom dat ze ons na een korte aarzeling had opgenomen in haar huis zonder kinderen?

Met de middagpost kwam voor mij de derde brief van de dag. Opnieuw stond juffrouw Kleinlugtenbelt plotseling in onze kamer en begon voor te lezen met een klap van haar stem op 'Jónge': 'Aan de Jongeheer S. Poorta...' Toen ik mijn hand uitstak liet ze los en verdween.

Mijn vriend Pieter had een envelop van zijn vader gebruikt met het voorgedrukte afzendersadres 'Scholtens

– Gedipl. Maatkleermaker – Tweed – Flanel – Kasjmier'. De man was gewoon kleermaker met twee maatpoppen zonder kop. Pieter zat als volbloed bèta op een technische school, was al zeventien en liep met een meisje, wat van zijn ouders niet mocht omdat hij te jong was maar wat hij toch deed. Om dat vanzelfsprekende verzet bewonderde ik hem. Eén keer had ik hem met dat meisje zien zoenen, haar hand op zijn fietsstuur.

Op zondagavond speelden we Monopoly of draaiden we plaatjes op Pieters grammofoon, het vaakste *Vaya con Dios, my darling* (dat zongen we mee) en *De Fremersberg*. *De Fremersberg*, ach, dat welluidende hoorngeschal waarmee het opende, dat draven van paarden op de holle klank van trompetten, die plotseling opklaterende fluiten ('meisjes', fluisterde Pieter), de plotselinge stiltes, de gierende wind. En dan opeens het lied van de overwinnaars *Grosser Gott wir loben Dich*. Ik vond dat op een slagveld wel raar, zelfs een beetje meer Godgeklaagd dan Godgeprezen, maar mooi was het wel.

Pieter liet mij in het verre Enschede niet in de steek. 'Gisteravond het gewone scharreltje gehad,' schreef hij, 'je weet wel.' Hij wist dat ook ik zoiets als verliefd was. Zij was veertien en zat een klas lager op onze ulo. Ze woonde in een dorp even verderop dat Roodeschool heette. Nog nooit had ik haar gesproken. Toch was dat lastige maar zoete wringen achter mijn maag uitgelekt, ook naar haar. Zij keek mij neutraal voorbij.

Op een dag stopte een jongen uit mijn ulo-examenklas me een briefje in de hand. Ik vouwde het open en zag een tekening: twee dikke naakte billen met een klein hoofdje daarachter en op de plek waar die billen bij elkaar kwamen een prop donkere sprieten. Daaronder stond haar naam: 'Hilly'.

Die jongen griste me het papiertje weer uit de hand. Maar voor het eerst van mijn leven schoot ik door de grenzen van mijn verlegenheid heen, ik vloog hem aan, wrong zijn hand open, kreeg het briefje weer te pakken en vluchtte weg. In het fietsenhok scheurde ik het in kleine snippers en duwde die met trillende vingers door het rooster van een regenputje.

Kort daarna kwam een schoolfotograaf onze klas voor de eeuwigheid bewaren. Ik kocht die foto, briefkaartformaat, met de gulden die ik van mijn ouders meekreeg, en met diep leedvermaak zag ik dat de gulp van die jongen niet in orde was en dat hij dat dankzij de foto nooit meer herstellen kon.

Ondanks mijn diepe verlegenheid kwamen Hilly en ik op een warme augustusdag samen op één kleine foto terecht. Pieter en ik fietsten naar Uithuizen om de rozentuin van de Menkemaborg te zien. Daar, bij de fietsenstalling, verscheen opeens Hilly met een vriendin. Ik schrok, Pieter niet. Hij stapte op hen af, ik kon niet anders dan meelopen. We zeiden een paar onnozele zinnen, maar ik vermeed haar ogen, ik keek langs haar heen naar de gedoornde rozen. Toen we met ons vieren weer bij onze fietsen terug waren, had Pieter het Agfaboxje in zijn hand dat hij op zijn zeventiende verjaardag van zijn ouders had gekregen. Later gaf hij mij een afdruk met ribbelrand. Toen ik naar Enschede vertrok stelde Pieter mij voor dat ik haar op afstand zou benaderen. Vanuit de verre verte durfde ik het wel aan. Ik zou een briefje voor haar bijsluiten als Pieter en ik elkaar schreven en hij zou het haar op zaterdagmorgen (dan had hij geen school) toestoppen. 'Wanneer hoor ik iets van jou?' schreef Pieter me nu. 'Doe er maar een briefje bij voor *École Rouge*.'

10
Automatten

De wind blies Jacobs bruine machester jopper open die hij los over zijn witte overhemd droeg. Ik fietste in mijn slip-over. Het was een rustige septemberdag. Meneer Kleinlugtenbelt had ons met wijde gebaren de weg gewezen. Maar Twekkelerveld en Twentekanaal bleven voor ons even raadselachtig als Timboektoe en Trinidad. Pas op de plattegrond veranderden de namen in wegen naar een doel.

We fietsten de singels af langs walmende schoorstenen en fabrieksborden met 'Bamshoeve' en 'Van Heek', we sloegen de Hengelosestraat in, vonden uiteindelijk de brug over het Twentekanaal en remden aan de Binnenhaven af bij het gevelbord 'Havetex Textielbedrijven N.V. Automatten voor alle modellen'. We keken elkaar aan, krabden in ons haar en drukten een deur open. De hal rook naar pas gelegd tapijt. Jacob tikte dof met een knokkel op een glazen deur, maar niemand hoorde het. Toen duwde hij de kruk omlaag en de deur naar binnen.

Aan een bureau liet een meisje haar vingers ratelend over een typemachine rennen. Haar rug begon met een blote driehoek. Ze keek niet op en niet om. Achter een tweede bureau zat een man in overhemd gebogen over een opengeslagen ordner. Jacob en ik wachtten. Achter de man hingen twee kleine matten aan de wand, omzoomd, grijs van kleur. Automatten? De man tikte zijn sigaret af in een asbak vol peuken, zag ons staan en zei: 'Ja?'

'Dag meneer,' zei Jacob en hij kuchte nerveus. 'Wij komen op de advertentie in de *Tubantia*. U vraagt een jongste bediende.'

We mochten gaan zitten op twee rechte stoelen tegenover de man. Zijn ogen bewogen van Jacob naar mij en van mij naar Jacob.

'Ik vroeg één jongste bediende,' zei hij. En met stemverheffing: 'Juffrouw, hoeveel jongens zitten hier?'

Het rammelen van de toetsen stopte, het meisje draaide zich naar ons om en antwoordde: 'Twee, meneer.'

'Ik wou maar zeggen,' zei de man.

Jacob en ik zochten naar woorden: we kwamen helemaal uit Groningen, we zaten hier op school, we gingen onderwijzer worden, we wilden nu iets bijverdienen, het was een avondschool, en we hadden gedacht...

'Waarom komen jullie uit Groningen naar Enschede om schoolmeester te worden?' vroeg de man.

Vertrouwde hij ons niet? Dacht hij misschien dat we uit huis geplaatst waren? Jacob en ik keken elkaar weer aan. Hoe zouden we zo'n Enskedéééër, zo'n man die waarschijnlijk niks wist van kerk of klooster, uitleggen waarom wij niet gewoon op een kweekschool in Groningen voor schoolmeester leerden?

Hij greep een luciferdoosje, rammelde ermee, stak een nieuwe sigaret op en riep ongeduldig: 'Juffrouw, stop even met dat getikker, ik kan mezelf niet verstaan. Nou, jongens?'

Ik liep voor de werkelijkheid weg. Ik zei dat dit in Enschede een particuliere school was met avondlessen, en dat we hier al na drie jaar examen konden doen in plaats van na vier in Groningen. Het was allebei waar, maar wij waren niet geschoold in het uitleggen van gereformeerde principes aan onwetenden.

'Eén jongste bediende,' sprak de man langzaam. 'Voor de hele dag, van negen tot vijf en een half uur middagpauze. Geen twee. Of moet ik kiezen, een van jullie?'

'We wilden afwisselen, meneer,' zei Jacob. 'Hij 's morgens,

ik 's middags, of andersom. We hebben 's avonds les, en we moeten 's morgens of 's middags studeren.'

'Hoe had je je dat voorgesteld?' vroeg de man verbaasd en hij blies rook over de tafel. 'Als de één een stapel enveloppen geadresseerd heeft, ik neem aan dat jullie kunnen schrijven, hoe weet de ander dan 's middags waar hij verder moet gaan?'

'Dat kun je toch zien aan de enveloppen,' zei Jacob slim. 'Beschreven of onbeschreven.'

Het meisje keek met een glimlach achterom.

'En hoe weet de één waar de ander gebleven is met het ordenen van de stapels in het magazijn?' vroeg de man.

'Stapels?' vroeg ik.

'Automatten liggen op stapels, jongeman. Op kleur en op maat.'

'Voor alle modellen,' citeerde Jacob het gevelbord. 'Dat kunnen wij toch leren, dat kunnen wij toch aan elkaar doorgeven? Of misschien kunnen wij samen de ochtenden komen?'

'Maar wat als ik 's middags iemand nodig heb om de post naar het postkantoor te fietsen? Ach juffrouw, schrijf even hun adressen op. Jullie horen van me.'

Drie dagen later bracht de morgenpost twee brieven, één voor Jacob, één voor mij. We lazen elkaar de teksten voor, maar dat was nergens voor nodig, ze waren identiek. Juffrouw Kleinlugtenbelt had ze boven gebracht en stond met gestrekte hals in onze deuropening mee te luisteren.

Mijnheer,

In antwoord op Uw mondelinge sollicitatie moeten wij U tot onze spijt mededelen, dat wij van Uw diensten geen gebruik zullen kunnen maken, aangezien voor de door ons aangeboden functie slechts volle werkdagen in aanmerking komen.

Hoogachtend
HAVETEX TEXTIELFABRIEKEN N.V.

'Mijnheer, hij zegt mijnheer tegen jullie,' grinnikte juffrouw Kleinlugtenbelt.

Aan de middagmaaltijd prikte meneer Kleinlugtenbelt zijn gehaktbal aan zijn vork, hief hem naar zijn mond en knabbelde eraan. Onderwijl las hij de beide brieven.

''t Was ook wel een heel end fietsen, elke dag,' zei hij. 'Ik heb misschien wat anders voor jullie. Vanmorgen onder de koffie heb ik aan mijn directeur meneer Robersen van 't atteljee gevraagd of die nog wat wist voor jullie en hij zei dat de Eiercentrale aan de Hengelosestraat altijd verlet had om eiersorteerders. Jullie moesten maar eens naar 't bedrijf fietsen, zei hij, en vraag dan naar de chef van de expeditie, meneer Niezen.'

11
Eieren

Juffrouw Kleinlugtenbelt streek met haar vingers langs mijn kin en trok mijn stropdasknoop netjes tegen mijn adamsappel. Ik dacht: *Ze is mijn moeder niet.* Jacob liet ze het zelf doen. Toen schoven we onze fietsen door de smalle steeg naar de straat.

Bijna alle klasgenoten hadden of zochten een baantje. Anna Foekens bediende op zaterdag een kassa van V&D, Otto Stroink schreef rekeningen voor een lampenwinkel, Peter Hobbelink sorteerde flessen in een slijterij, Gérard Souris had een bepleisterde hand getoond, hij stond op zaterdag achter de snijmachine van een slagerswinkel, Riek Wisselo maakte op zaterdag het kantoor van de Boekeloosche Stoombleekerij schoon. Ik kon moeilijk achterblijven, ik moest flink zijn.

Voor Jacob was het noodzaak. Zijn ouders hadden nog veel meer voor de gereformeerde principes over dan die van mij. Dat maakte ik op uit een brief van mijn vader: 'Hoe gaat het met Jacob Roukema? Kun je met hem overweg? Krijgt hij aanvulling van de school? Zijn pa heeft weinig inkomen.' Had mijn vader dat met hem besproken toen ik in de trein naar de flitsende rail onder het gat van de wc staarde?

Kon ik met Jacob overweg? Gesprekken hadden we eigenlijk niet, het waren meer opmerkingen die we tegen elkaar maakten. Behalve één keer in onze eerste week. Meneer Hazelaar had Jacob even uit een les gehaald. 's Avonds in bed vroeg ik ernaar.

‘O, niks,’ zei Jacob, ‘over de suppletie.’

Ik kende dat woord niet, Jacob wel. Hij zou elke maand een toelage uit het suppletiefonds krijgen omdat zijn ouders de opleiding niet helemaal zelf konden betalen. 65 gulden kostgeld, 25 gulden schoolgeld, 20 gulden zakgeld, dat was al 110 gulden iedere maand.

‘Mijn pa is melker, maar hij is niet sterk. Het geld komt bij ons niet makkelijk binnen.’

Hij was een minuut lang vertrouwelijk geworden in het donker van de slaapkamer onder de zomerdeken.

‘De christelijke kweekschool in Groningen was goedkoper, dan kon ik thuis blijven wonen. Maar ik had me te laat opgegeven, die school zat vol. Toen was er nog plek in Assen, daar kon ik elke dag met de bus naartoe. Maar opeens zat de dominee bij ons in de keuken en die zei dat vrijgemaakt-gereformeerde leerlingen op een gereformeerde school hoorden, en die scholen in Groningen en in Assen waren bij lange na niet gereformeerd. Die dominee zette er druk op en zo ben ik in Enschede gekomen.’

‘Wilde je zelf wel?’

Ik voelde hoe Jacob onder de deken zijn schouders ophaalde.

‘Daar ga ik niet over,’ zei hij. ‘Maar nu kost ik mijn vader en moeder de helft van hun inkomen. Dus. Welterusten.’

Hij draaide zich om.

En na een paar minuten stilte: ‘Niet beneden vertellen. Die hebben daar niks mee te maken.’

Meneer Niezen benoemde ons onmiddellijk tot eiersorteerder. Er was hier zwaar gebrek aan personeel, dus elke halve dag was welkom. We spraken af dat we alle zes ochtenden zouden komen van acht tot twaalf. Hij nam ons mee naar de sorteerzaal, een ruimte met kleine hoge ramen en stoffige peertjes waarvan het licht op donkergroene sorteerbakken viel. Jongens en meisjes van onze leeftijd in stofjassen grepen bliksemsnel eieren die over banen op hen af kwamen rollen en plaatsten ze met twee, drie tegelijk in grauwe eierdozen. Verontrust keek ik naar die onmogelijke vingervlugheid.

'Dat went wel,' zei meneer Niezen. 'Het loon voor jullie leeftijd is twee gulden zeventig per volle dag. Morgen beginnen. Donderdag, vrijdag, zaterdag, dan beur je nog een halve week.'

'Dat is dik acht gulden in de week,' rekende Jacob tevreden uit op de fiets terug. 'Drie tientjes in de maand.'

Om kwart voor acht duwden we onze fietsen in de beugels van het fietsenhok. Meneer Niezen stond in de deur van zijn kantoor en wenkte ons met gekromde vinger. Hij gaf ons elk een groene stofjas en ging ons voor naar de sorteerzaal. Er was nog geen mens. Sorteerbakken stonden stil in het gelid. Meneer Niezen wees naar kratten tegen de wand.

'Vers van de boer. Vanochtend vroeg opgehaald. Boeren sorteren niet, dat gebeurt hier dus. Op grootte. Dat doet de machine zelf. Er komt ook automatisch een rood stempeltje op, NL 1, NL 2, enzovoort. Morgen liggen ze in de winkel, de eentjes voor negen cent, de tweetjes voor tien, enzovoort tot een cent of veertien toe.'

'Moet die aan?' vroeg Jacob en hij wees op de stofjas.

'Dat is je geraden.'

De jassen vielen uit de vouwen en geurden naar zeep toen we ze aantrokken.

'S. Poorta, ben jij dat? Jij gaat naar deze sorteermachine.'

Ik posteerde me voor zo'n geheimzinnige bak die met schotten verdeeld was in smalle genummerde goten. Aan mijn rechterhand stond een stapel in elkaar verzonken eierdozen. Ook aan de andere machines verschenen nu jongens en meisjes in uniforme stofjassen.

'Ik doe het voor,' zei meneer Niezen en hij haalde een hendel over. Aan het kopeinde van de machine startte een geluid van rommelen en glijden. Door de goten begonnen eieren op meneer Niezen af te komen. Hij greep er steeds twee in elke hand en plaatste ze in dozen, nu eens in deze, dan in die. Er stonden vijf soorten dozen naast elkaar. Meneer Niezen haalde de hendel weer over. Het licht van de hangende peertjes glansde verraderlijk in de ovale bollingen van eieren die over vijf goten verspreid tot stilstand waren gekomen. Een zweetdruppel liep naar mijn ooghoek.

'Nu jij. Goot 1 moet in dozen 1, goot 2 in dozen 2 en de rest kun je raden. Bij problemen zet je de machine stil met de hendel.'

Hij haalde de handgreep opnieuw om en onheilspellend dobberde een lichtbruine vloed op me af. Uit goot 1 greep ik één ei per hand, ik plaatste ze in een doos 1 rechts naast mij. In goot 3 schoof het aan. Ik greep, twee links, één rechts. Naar doos 3.

'En jij,' zei meneer Niezen tegen Jacob, 'haalt de volle dozen weg, zet ze op een steekkar, hier, en rijdt ze naar het magazijn.'

Die steekkar leek me makkelijker. Maar ik durfde er niets tegen in te brengen en bovendien had ik daar geen seconde tijd voor, want ik moest die aanzwellende overmacht aan eieren verplaatsen. Ik graaide en greep van NL 2 naar 5 naar 3 naar 1, hier werd een mens gek van. Goot 4 dreigde te overstromen naar goot 3. Een ei ontglipte mijn hand en spatte aan mijn voeten uiteen. Ik trapte in schaal en struif. Doorgaan. Nu lukte het al twee eieren in elke hand te grijpen. Op de nummers letten.

Een kleine schim vloog mij voorbij en petste achter mij uit elkaar op de betonnen vloer. Even keek ik op. Achter de sorteermachine tegenover mij grijnsde een jongen. 'Vang,' schreeuwde hij en nu raakte een ei mijn schoongewassen stofjas. Ik wreef over de glibberige vlek, maar ik begreep snel dat wrijven in een vlek alles erger maakt. Ik greep in goot 3, kreeg kramp in mijn vingers, liet twee eieren vallen en toen stond daar opeens meneer Niezen naast mij die de hendel omzette.

'Het leert al, jongeman. Maak eerst de boel maar schoon, de vloer, je jas.'

Hij wees naar een hoek waar onder een kraan een emmer stond met een dweil ernaast. Met beide handen schepte ik de kapotte eierschalen in de emmer. Tussen mijn vingers kleefden vliezen van geelwit slijm. Zwemvliezen. Ik dweilde bukkend, wrong uit onder de kraan, waste ten slotte mijn handen, maar ze bleven kleven. Aarzelend tastte ik naar de hendel, en daar begon het weer. Zwemmen of verzuipen.

De morgen duurde eeuwen. Daarna zat ik opeens verdwaasd weer op de fiets naast Jacob, die iets onbegrijpelijks zei: 'De morgen vloog voorbij.'

Die avond regende het en zaten we in de pauze tussen de lessen op de banken ons brood te happen. Jacob vertelde van zijn steekkar vol eierdozen. Ook ik maakte een verhaal van de honderden eieren die ik greep, van de eentjes die ik in dozen 2 had gezet, van vak 3 dat een keer overstroomd was zodat er zeker tien, vijftien drietjes op de vloer uiteengebarsten waren voordat ik met mijn hand bij de hendel was. Iedereen lachte. Anna Foekens, die achter me stond, duwde een moment haar strakke truitje tussen mijn schouderbladen. Mijn adem stokte. Dat allemaal gaf me voldoende moed om de volgende ochtend weer richting de Eiercentrale te fietsen.

Aan het einde van die eerste week, zaterdagmorgen om twaalf uur, schuifelden de sorteerders een voor een het kantoor van meneer Niezen binnen. Ik naderde zijn bureau. Hij keek me niet onvriendelijk aan en stak me iets toe in de kleur van de eieren, lichtbruin.

'Je loonzakje,' sprak hij. 'Elke week op zaterdagmorgen. Tel even na.'

Ik woog het zakje trots op mijn hand. 'Oostelijke Pluimvee-Coöperatie Enschede-Coevorden' stond erop. En onderaan het bedrag van mijn loon: *f* 5,18. Ik peuterde het nietje uit het zakje, stak mijn vinger naar binnen en trok een strookje papier tevoorschijn. Voor het eerst van mijn leven aanschouwde ik zo'n smal, wel zeven keer gevouwen reepje papier met blauwe lijntjes, een loonstrookje. Mijn eigen verdienste. Maar wat me plaagde was het dagelijks wegduiken voor aansuizende viertjes en vijfjes en vooral de geelbeglibberde stofjas die ik na werktijd in de wasmand wierp. Nooit volgde ik het dringende advies van Jacob: 'Smijt een ei terug.'

Met een steeds zwaarder wordende brok in mijn maag fietste ik 's morgens naar de Hengelosestraat, aan mijn zijde een opgewekte Jacob. Elke ochtend verscheen meneer Niezen wel even in stofjas in de sorteerzaal voor een wandeling langs de rommelende bakken. Hij zag hoe ik soms al drie eieren in één hand kon verplaatsen, hij zag ook dat ik met mijn duim een schaal kapot drukte en het kleverige ei in de struifbak liet vallen. Hij bleef even bij mijn sorteerbak staan, ik keek hem schichtig aan, zijn gezicht stond neutraal, hij liep naar de deur van zijn kantoor. Op dat moment raakte een krakend ei mij tussen mijn ogen. Ik riep: 'Hé!'

Meneer Niezen draaide zich om naar de ijverig graaiende werkploeg en zag hoe ik mijn stofjas optilde om mijn druipende gezicht te poetsen. Hij verdween in zijn kantoor. Ik moest mezelf redden, maar ik had nooit geleerd mij te verweren.

In de Steenbakkerstraat zweeg ik over het leed dat dagelijks van mijn stofjas droop. Jacob was me trouw in zwijgzaamheid.

Naar huis schreef ik alleen dat het werk nog moest wennen. Ik zag hen daar samen op zondagavond aan tafel zitten in de huiskamer die ik miste, mijn vader met een leeg blad van zijn schrijfblok voor zich, uit de inktpot inkt opzuigend in zijn vulpen, en mijn moeder die over haar roman heen hem aankeek en zei: 'Hij kan niet wennen. Die eieren, dat lijkt me niks.' In de brief van mijn vader stond: 'Die eieren, is dat wel wat voor jou?'

Dat greep ik aan om tijdens het middageten te zeggen dat mijn vader en moeder het beter vonden dat ik met die eieren stopte omdat ze me te veel in beslag namen. Het was immers de waarheid, maar wel op een andere manier. Juffrouw Kleinlugtenbelt keek medelijdend naar mij en gebiedend naar haar man. De volgzame meneer Kleinlugtenbelt was wel zo goed om die avond naar meneer Niezen te fietsen met de boodschap dat de jongens niet terugkwamen. De jongens, want Jacob was op de een of andere manier solidair, ik begreep niet waarom, we hadden daar geen gesprek over gehad, maar ik waardeerde het.

Algauw had hij een nieuw baantje. Hij fietste voortaan door de stad met aan het stuur een grote rieten mand met klapdeksel van slagerij Meuleman, gevuld met koteletten, blinde vinken en speklappen. Het verdiende zelfs beter dan bij die eieren. Soms bracht hij in vetvrij papier een onsje gesneden lichtrood paardenrookvlees mee.

12
École Rouge

Toen ik de volgende brief van Pieter na lezing wilde terugduwen in de envelop, merkte ik weerstand. Met mijn pink haakte ik er een mini-envelopje uit dat met gluton dichtgelijmd was. Er zat een briefje in van Hilly uit *École Rouge*. 'Bijlage. Persoonlijk!' had Pieter erop geschreven.

Ik haastte me weg van Jacob, de rode loper af, ik deed beneden de wc-deur op het haakje, ging op de bril zitten en vouwde het briefje open. Mijn vingers beefden. Nog nooit had ik rechtstreeks een gesproken woord met haar gewisseld. Dit was, na mijn aanvangsbriefje, onze eerste communicatie. Mijn vingers bevoelden het papier waarop haar hand had gerust. Indirect raakten we elkaar aan. *Her touch was my touch*. Ze schreef kort, alsof het een plicht was, over het fietsen naar school, een zieke leraar en de regen. En toch bonsde mijn hart en ik greep een keer mis toen ik de wc doortrok.

Ik schreef haar terug en vouwde het briefje vier keer dubbel in mijn envelop aan Pieter. Hij antwoordde me dat ik er niet zo'n dikke prop van moest maken, want zijn ouders hadden gevraagd waarom er in die envelop uit Enschede zo'n bobbel zat. Op de morgen dat Jacob biefstuk rondfietste, nam ik de foto in mijn handen waar zij ietwat onduidelijk samen met mij op te zien was. Pieter had zijn boxje niet goed stilgehouden. Ik tuurde naar haar vage gezicht en naar de wielen van haar fiets, ik legde mijn hand op mijn navelstreek om te doorgronden wat daar huisde.

Het zat er, maar ik snapte het niet. Het voelde prettig en storend.

Opeens stond juffrouw Kleinlugtenbelt achter me, onhoorbaar binnengekomen. Ik duwde de foto geschrokken tegen mijn borst. Zij had het blad met koffie al neergezet en greep naar mijn hand.

'Laat zien. Wat heb je daar? Een foto. Wie is dat?'

Ik duwde haar hand weg en maakte van de mijne een vuist zodat het kiekje een prop werd.

'Toe, toe, wie is dat?' fleemde ze. 'Heb jij een vriendinnetje? Laat zien.'

Ik weigerde.

'Flauw hoor,' zei ze lachend en klagerig.

Toen ze met mijn lege kopje verdwenen was, herlas ik de laatste brief van Pieter. Hij beschreef mij een natuurkundeproef: hoe je een hardgekookt en afgedopt ei door de smalle hals van een fles kon laten glijden. 'Dat is dus net iets voor jou. Jij hebt toch genoeg eieren!'

Ik schreef hem niet terug dat zijn proef mij worst was, maar wel dat het met die eieren voorbij was. In de hoek van de envelop stopte ik een twee keer gevouwen en dichtgeplakt briefje voor Hilly waarin ik opschepte over mijn kamer, mijn school, mijn huiswerk. Zou haar dat interesseren? Over voorheen mijn eieren schreef ik haar niets. Er kwam geen briefje terug uit *École Rouge.*

'Hoe is het met je sjans?' schreef Pieter me. 'Of heb je daar een nieuwe zitten?'

Als antwoord op die onhandige vraag voegde ik er weer een briefje voor Hilly bij en ditmaal kreeg ik snel antwoord van haar: 'Mijn vader en moeder vinden het beter dat ik jou niet meer schrijf. Nou, het beste.'

Ik vond het flauw. Bijna werd ik boos. Mijn hart bonsde tegen de knoop van mijn stropdas. Ze had het geheim doorbroken en er met haar ouders over gepraat. Of hadden die mijn briefje gevonden? Ik verzamelde het schamele aantal opgevouwen episteltjes van haar, aarzelde even of ik ze zou herlezen, maar ik propte ze in elkaar. Terwijl ik de trap afliep, voelde ik hoe mijn hart zijn reguliere gang hernam.

Juffrouw Kleinlugtenbelt was niet thuis, ik wist het, anders was ik niet zo gerust de keuken in gelopen. Opoe zat aan tafel te breien. Ze had weer eens haar hoofdpijnhoofd, ik zag het, ze keek me aan met vage ogen. Ik nam de pook en tilde de kleinste ring van de kookkachel op. Toen wierp ik de proppen uit *École Rouge* in de lage vlammen. Eén ervan bleef op de tweede ring liggen. Ik tikte er met een vinger tegen, ik keek in het gat en zag hoe mijn prille verliefdheid rustig de vuurdood stierf. Kalmte daalde in mij. Verliefd zijn, dichtbij of veraf, was ook wel verschrikkelijk lastig. Ook de fotoprop van Hilly met fiets en mij liet ik los boven het hete gat. In een oogwenk was het voorbij, het mysterie.

'Wat doej' daar?' vroeg opoe.

'O, niks, ik verbrand even wat papier.'

'Dat hoort anders in de schuur bij de ouwe kranten,' zei ze.

'Och, 't was bijna niks,' antwoordde ik en ik lachte haar toe.

Ze haalde verbaasd haar schouders op en glimlachte pijnlijk terug.

'Mien heufd, mien heufd,' klaagde ze. 'Ik wol dat ik 'n andere kop har.'

Toen Jacob terug was van de slager, vroeg ik hem: 'Kan ik bij jou even oefenen?'

Ik zou die avond bij meneer Ottevanger een leesbeurt krijgen, ik moest een gedicht voorbereiden, ik had iets van A. Roland Holst gekozen uit de bloemlezing van Rijpma. Jacob keek op, hield een vinger bij de regel waar hij gebleven was in *Lichaamsoefeningen voor de Lagere School* en zei: 'Begin dan.'

Ik begon: 'Laten wij zacht zijn voor elkander, kind – /

want, o de maatloze verlatenheden,/ die over onze moegezworven leden / onder de sterren waaien in de oude wind.'

Jacob onderbrak me: 'Ben je verliefd?'

'Dat heeft er niks mee te maken,' zei ik, stug omdat hij het gedicht interrumpeerde en het niet begreep. 'Dit gaat trouwens over liefde, niet over verliefdheid.'

'Is het uit dan?'

Hij wist van niks, dus ik zei: 'Heeft er ook niks mee te maken. Het is een gedicht.'

'Vin je daar wat an?' vroeg hij verbaasd.

'Ik vin het mooi.'

'Waarom vin je dat mooi?'

Ik kon het niet uitleggen. Ik kon alleen zeggen dat dit goed voelde, warm, liefde, smart en verwarring in één adem, maar ik zei het niet. Jacob tikte op zijn gymnastiekboek.

'Dit vin ik mooier', zei hij. 'Lees dat gedicht vanavond in de klas maar verder.'

Ik was ook helemaal niet van plan deze parel nog verder voor het zwijn te gooien.

13
De kapper

Aan de Laarressingel had ik aan een gevel een wit emaillen bord gezien met in zwarte letters 'Kapsalon Het Singel'. Ik wantrouwde het lidwoord, maar toen het haar in mijn nek langer en vlassiger werd tot over mijn overhemdskraag, wandelde ik toch naar dat bord. De stoep telde drie treden. Een elektrische bel belde toen ik de glazen deur openduwde. De twee kapstoelen stonden leeg voor de twee kaptafels en de twee spiegels. Het rook er naar lotion en crème.

Een lange man, niet oud, niet jong, met donker haar, kwam door een binnendeur de salon in. Hij lachte voorzichtig naar me, wees op een tafeltje met rechte stoelen in een hoek en zei: 'Knippen? Ga daar eerst maar even zitten.'

Op het tafeltje lagen tijdschriften. Ik nam een dun blad dat ik niet kende en dat er vrolijk uitzag. Op het omslag stond een aangeklede eend met een druipende verfkwast in zijn poot. Hij had de vloer rondom zich net helemaal geverfd en zat nu lelijk te kijken met een vraagteken boven zijn kop, want hij wist niet hoe hij bevrijd moest raken uit zijn eigen ongeverfde plek in het midden. Vanuit een open raam stak een ladder naar binnen met op de treden drie kleine aangeklede eendjes die hem stonden uit te lachen. Ook ik lachte en de man zei: 'Leuk?'

Ik knikte, en toen was hij klaar met het opruimen van de kaptafel en kon ik komen.

'*Donald Duck*,' zei hij. 'Een nieuw blad voor de jeugd.

Of beledig ik je daarmee? Hoe oud ben je?'

'Vijftien,' zei ik.

'Een blad voor jong en oud,' zei de man. 'Ik ben geabonneerd, voor de zaak, je mag er straks wel een meenemen, ik heb er zat.'

Hij sloeg een dunne kapmantel om mij heen en vroeg: 'Alleen knippen dus?'

Ik knikte.

'Nog niet scheren?' vroeg hij met een lachje en hij raakte een moment mijn wang aan.

Ik antwoordde niet.

Hij begon mijn haar te kammen.

'Je hebt zacht haar. Er zit wel wat roos in. Ik zal het er straks uit borstelen.'

In de spiegel zag ik hoe hij steeds een strook haar van mij tussen twee vingers nam en het met een flitsende schaar begon in te korten. Hij zocht mijn ogen en vroeg in de spiegel: 'Tevreden tot nu toe?'

Ik knikte en zweeg. Achter zijn rug hing een reclamebord van Brylcreem. Met een borstel stond een perfecte man zijn perfecte haar te doen vanuit een wit potje. Hij leek op de kapper, maar die zag er verlegener uit, hij zei nu al een tijdje niets.

'Zit je op school?' vroeg hij eindelijk.

'Ja, ik leer voor onderwijzer,' zei ik, en ik dacht dat er iets van trots in mijn stem lag.

Hij reageerde er niet op. Met een handtondeuse begon hij aan mijn nekharen. Koel gleed het apparaatje langs mijn huid.

'Ik kan niet onder je kraag komen,' zei hij. 'Kunnen je strop en het bovenste knoopje los?'

Hij hielp me door met een vinger de ruimte tussen mijn hals en de kapmantel wat losser te maken.

'Je hebt veel haargroei in je nek,' zei hij.

'O,' zei ik.

'Of hoort dat bij je? Heb je misschien overal op je lichaam zoveel haar?'

Geschrokken hield ik een moment mijn adem in. Toen mompelde ik neutraal: 'Hmm,' en deed er het zwijgen toe, want – ik besefte niet hoe het kwam – ergens in mij was een stil alarm op oranje gefloept. Wat had deze man te maken met het haar op mijn benen, mijn borst, en met de plek waar het sinds enkele jaren ook behaard was geraakt?

Hij begon mijn hoofd te borstelen. Minieme vlokjes roos sneeuwden op mijn schoot tussen het zichtbare haar dat hij afgeknipt had.

'Even ogen dicht,' zei hij.

Hij spoot een geurtje over mijn gezicht en wreef het in de huid van mijn wangen. Wat waren zijn handen warm.

Toen ik uit de stoel was opgestaan en hij de kapmantel op de vloer uitschudde, vroeg ik: 'Hoeveel is het?'

'Voor jou negentig cent.'

Ik gaf hem een briefje van een gulden, wachtte tot hij een dubbeltje in mijn hand had teruggelegd en liep naar de deur. Alleen mijn overbodige haar bleef achter. Hij pakte een smalle stofbezem en begon het bijeen te vegen tot een donkerblonde vlek op de donkerder vloer. Ik moest even denken aan de aangeklede eend die in zijn plek midden op zijn pas geverfde vloer opgesloten zat en ik dacht: *O, ik mocht dat blad meenemen, maar ik doe het niet.*

'Tot de volgende keer dan maar,' zei hij. Hij praatte zacht.

'Dag meneer.'

'Je vergeet je *Donald Duck*,' riep hij me na.

Hij snelde naar het tafeltje en drukte me de beknelde eend met het lachende drietal in de hand. Zijn vingertoppen raakten me een moment. Ik trok mijn hand terug.

Toen ik de drie treden af sprong, voelde ik zijn ogen door de glazen deur heen in mijn rug. De wind stroomde koel langs mijn geknipte hoofd. Het blad borg ik weg in de binnenzak van mijn jekker.

'Je bent naar de kapper geweest!' riep juffrouw Kleinlugtenbelt en ze aaide mijn haar.

'Bij welke kapper ben je geweest?' vroeg meneer Kleinlugtenbelt toen we warm aten.

Ik legde het uit.

'Ga daar maar niet meer heen,' zei hij. 'Die kapper heeft geen goede naam.'

'Wat bedoel je?' riep juffrouw Kleinlugtenbelt. 'Die jongen is toch keurig geknipt!'

'Hij heeft geen goede naam,' herhaalde Kleinlugtenbelt.

Na de maaltijd nam hij me apart in het halletje en vroeg: 'Zei die kapper nog wat tegen je?'

'Ja, natuurlijk wel.'

'Wat dan?' hield hij aan.

Toen zei ik het maar, want ik voelde dat hij het goed met me meende.

'Hij vroeg of ik overal op mijn lijf zoveel haar had.'

'Dát zei hij? Je moet daar niet meer naartoe gaan. Ik zal je het adres van mijn kapper geven.'

'O, goed,' zei ik.

Toch snapte ik, ondanks mijn ingebakken alarmsysteem, maar vaag wat hij bedoelde.

14
Grote broer

Op een zaterdagmiddag haalde ik Wolter van het station. Wolter was achttien en had dikke verkering. Hij had een weekend met háár opgeofferd voor een weekend met mij. Ik zag hem in zijn kraakfijne matrozenpak aankomen, baret op zijn hoofd, in zijn hand een weekendtas met het wapen van de Marine erop. Hij lag in Hilversum; hij was schoenmaker, net als mijn vader, maar bij de Marine. Er was sprake van dat hij op de kruiser De Zeven Provinciën uitgezonden zou worden naar Nieuw-Guinea om in Hollandia met het repareren van Marineschoenen onze kolonie te verdedigen tegen Soekarno.

Wolter en ik verschilden veel meer dan die drie jaar. Hij was een kameradenjongen. In ons dorp had hij gevoetbald bij De Heracliden en hij was ook lid van de plaatselijke schietvereniging. Het enige wat me daaraan interesseerde was de taart of de leverworst die hij thuisbracht als hij had gewonnen.

Ik had niet de indruk dat hij belang stelde in wat ik las en dacht. Eens had ik omstreeks Moederdag op de magere zaterdagmarkt een tegeltje gekocht waarop in een achtergrond van paarse heide met wankele letters geschilderd stond: 'Mijn moeder is op deze aard, mij meer dan alle schatten waard.' 'Och, wat ja mooi,' had mijn moeder gezegd, maar Wolter had zwijgend toegekeken toen mijn vader een spijker in de keukenwand sloeg om het op te hangen.

Ik voelde me nogal onvolwassen naast hem, zoals hij met

ferme passen voortliep over het Stationsplein. Ik kende hem niet anders dan als iemand boven mij. Zo'n smijchelig tegeltje zou hij nooit kopen, maar als hij in de weekends thuiskwam had hij in zijn tas soms voor mijn moeder twee handdoeken uit de Marinewinkel en voor mijn vader een doos sigaren van het merk Agio Hoera. Volwassen cadeaus zonder uiterlijk sentiment.

Groot en stralend stond hij met die mooie slag in z'n haar in de keuken aan de Steenbakkerstraat.

'Nou nou,' zei juffrouw Kleinlugtenbelt, 'wat een fijn pakje heb je an.'

Ze streelde over de diepblauwe mouw van zijn jas en over zijn matrozenkraag met drie schuine witte strepen die in het krullend borsthaar van zijn open hals verdwenen. Hij liet dat aaien van mijn hospita toe, hij leek het leuk te vinden, want in één vloeiende beweging met haar gestreel trok hij uit zijn weekendtas een grote doos rumbonen en drukte die in haar handen. Ze kraaide bedankjes. Meneer Kleinlugtenbelt troonde ons mee naar de voorkamer, waar de kolenhaard zacht gloeide.

Wolter sprak tot mijn opluchting geen Gronings tegen mij en Jacob. Hij bracht de Nederlandse beschaving der Koninklijke Marine met zich mee. We dronken thee en later dronken we koffie, we staken onze benen behaaglijk naar voren vanuit onze fauteuils, we spraken met elkaar over de Marine, de school, de kerk, weer de Marine met de zilverkleurige verdedigingsschepen in de haven van Den Helder. We aten met elkaar en daarna vertelde Wolter over De Zeven Provinciën. Hij had er al rondgekeken, er was een schoenmakerij aan boord, hij zou meevaren naar Nieuw-Guinea en een jaar in Hollandia blijven. Maar voor zijn meisje was dat natuurlijk niet leuk, zei juffrouw Kleinlugtenbelt.

Het gesprek verschoof naar de politiek. 'Kijk,' zei mijn broer, 'dat eiland is van ons en moet van ons blijven. Er gaat ook een zendeling van onze kerk naartoe. We hebben daar nog veel goed werk te doen. De Papoea's lopen daar nog zowat in hun blote niks, de vrouwen alleen met een grasrokje en de mannen alleen met een koker om hun dinges heen.'

'Nou nou,' zei nu meneer Kleinlugtenbelt en hij kreeg achter zijn sigaar een hoestbui. Opoe stond op om naar bed te gaan en juffrouw Kleinlugtenbelt haalde nu snel glaasjes uit de kast. Wolter vertelde over de tropenkleding die al voor hem klaarlag, mugdichte hemden en broeken tegen malaria en knokkelkoorts, een hoed tegen zonnesteek en daarginds zou hij slapen onder een klamboe. Voordat we het wisten was het bedtijd. Jacob was uitbesteed in de Minkmaatstraat bij Frederika Gort, die een leeg bed op de vliering had staan.

Wolter en ik kleedden ons uit naast het tweepersoonsbed. Hij droeg mooi strak lichtblauw ondergoed van de Marine. Plotseling tikte hij lichtjes op de verheffing achter zijn gulp en zei: 'Weet jij wat voor wit goedje dat is wat hieruit komt?'

Het kwam te onverwacht. We hadden samen tot aan mijn twaalfde en zijn vijftiende in één bed geslapen. Bij kou voelden we elkaars warmte, bij hitte trokken we onze pyjama's uit. Hoewel we drie jaar verschilden, deelden we elkaars jeugd en kenden we elkaars lichaam. Bij onweer waakten we samen en toen we nog veel jonger waren en de donderslagen aanhielden, riepen we beangst naar elkaar dat we moesten bidden, en onze knieën zakten weg in het zachte matras terwijl de bliksem de kraan van de wastafel gemeen deed glanzen. Toen ik bijna twaalf was had hij een misverstand bij mij opgeruimd door me te vertellen dat kinderen niet vanuit de gleuf tussen de borsten geboren werden, maar uit die andere geheimzinnige gleuf. 'Hoe komt een kind daar dan in?' vroeg ik. Daarop had hij de voorlichting praktisch afgerond met een paar korte mededelingen.

Misschien hadden mijn goede vader en moeder mij wel met een knagend geweten naar Enschede laten gaan, immers zonder dat ze me hadden verteld van de hoed en de rand die Wolter mij onthuld had. Maar ik miste hun intieme inlichtingen in het geheel niet. Sterker, ik zou het niet verdragen hebben dat mijn vader of mijn moeder zich rood van verlegenheid in een rol had geperst die geen van beiden paste.

Naarmate Wolter en ik ouder werden verschilden we meer van elkaar. Op Wolters vijftiende verjaardag was het nieuwe kamertje klaar dat mijn vader voor hem op zolder getimmerd had. In de drie jaar daarna waren we onze gewenning aan elkaar verloren.

Kort nadat we afzonderlijk waren gaan slapen, moest ik voor mijn moeder een boodschap doen bij de manufacturier. Het ging om een speldenkussen of zoiets. Ik stond in die naar badstof en wol ruikende winkel en keek alsmaar naar een doos met het woord 'Damesverband'. Ik dacht: *Hebben mannen andere pleisters dan vrouwen?* Ik stond op het punt het te vragen aan de man achter de toonbank, maar er was iets wat me waarschuwde, een soort ingebouwde antenne die ervoor zorgde dat ik net op tijd mijn mond hield over die geheimzinnigheden.

Mijn moeder was geabonneerd op *Vrouwenpost*. Ik schoof weleens nieuwsgierig het bandje van dat tijdschrift af als de post het had gebracht. Zo maakte ik onverhoeds kennis met een progressief nummer over kinderen krijgen, geïllustreerd. Verbluft zag ik foto's van een bed met naakte, krampachtig omhooggestuwde vrouwenknieën, waartussen het vlekkerige hoofdje van een kind verscheen, in zwartwit, maar toch schrikaanjagend. Later liep ik onze kamer binnen en hoorde ik mijn moeder met een halve zin tegen de buurvrouw klagen over dat tijdschrift. 'Heel raar blad,' zei ze. Het lag op tafel. Ze nam het meteen onder de hoede van haar handen en zei tegen mij: 'Dit heb jij toch niet gelezen? Hè?' Mijn antenne fluisterde me het antwoord in. 'Nee, wat is dat dan?' 'Niks,' zei mijn moeder.

En nu mijn broer, met dat witte goedje. Hier, in deze nieuwe stad, in dit andere bed, had ik ook deze ervaring voor het eerst ondergaan. Plotseling was ik half wakker geschrokken door een opwindende prikkeling die ik onmogelijk had kunnen afbreken en die tot een natte plek in mijn onderbroek leidde. Later had ik, al half uit de slaap, die stuwing opnieuw voelen opbruisen, een onweerstaanbare beving van het lijf. Had Jacob het gemerkt? Ik wist het niet. Sliep hij of had hij zich slapend gehouden? Toen het zich in de weken daarna af en toe herhaalde zonder dat ik ziek of misselijk werd – integendeel, het voelde heel aangenaam – concludeerde ik maar dat het erbij hoorde.

Wolter keek mij na zijn vraag met zijn blauwe ogen aan. Ik mompelde iets wat op 'ja' leek en stapte in bed. Zwijgend lagen we naast elkaar, broers, een man van de Marine en een jongen van vijftien.

De volgende morgen moest ik controleren of zijn matrozenkraag van achteren wel recht hing. Ik streek een blauwe plooi glad, ik telde de strepen van een tot drie en vond dat ik met deze broer wel voor de dag kon komen. Hij ritste zijn weekendtas open en trok er een plat pakje uit.

'Voor jou,' zei hij. 'Maar ik heb niet op Jacob gerekend, voor hem heb ik niks bij me, ik geef het je hier boven maar.'

'*Het Grote Dierenboek*,' zei ik. 'Door B. Swanenburg. Met veertig gekleurde platen van A.J. van 't Hof. Dank je wel, wat een mooi boek.'

Het was ook een heel mooi boek. Het begon met een verhaal over Witpluim, het duinkonijn, dat op de plaat inderdaad lichtbruin door duinzand huppelde.

'Ik dacht, daar heb je wel wat aan als je schoolmeester bent,' zei Wolter.

'Ja,' zei ik, 'jazeker,' en ik vond die broer van mij eigenlijk heel aardig.

15
De Beer & zoon

Dominee De Beer was een teddybeer met een volle buik gehuld in de donkergrijze gladde vacht van zijn kostuum. Hij zat rond voor de klas, toonde ons de spanning op de knoopsgaten van zijn vest en doceerde met bruine stem. Zijn lach kwam van onder zijn middenrif en verliet zijn mond in schokgolfjes: uch uch uch. Als de as van zijn sigaar in de plooien van zijn vest bleef hangen, leken de ogen van Anna Foekens te smeken of ze zijn buik mocht afkloppen. Hij wist ons te interesseren voor de vrouw van Lot en het zoutgehalte van de Dode Zee. Hij bezat slanke vingers en een verdikte onderlip, erfenissen die hij had doorgespeeld aan zijn zoon François die ons muziekles gaf.

Dominee De Beer vond lesgeven heerlijk en wij vonden hem een heerlijke man. We begonnen de doppen van onze vulpennen al los te schroeven wanneer hij nog maar de punt van zijn bolknak bestudeerde en in zijn vestzakje naar zijn sigarenknipper grabbelde.

Dominee De Beer noemde een naam: Karl Barth. Daar hadden wij nooit van gehoord. Een Zwitserse theoloog, zei dominee De Beer, dapper tegen de nazi's in de oorlog, maar fout in zijn beschouwingen over de Heilige Schrift. Dominee De Beer las op de kop in het schrift van Tom Ypkemeulen die vooraan zat: Karel Baard. Hij lachte uitbundig kuchend, rees op, trok het schoolbord aan de handvatten omlaag naar schrijfhoogte en greep een krijtje.

Karl Barth had geschreven dat Genesis 1 een literairreligieuze introductie op de Bijbel was en geen historie over het ontstaan van de aarde. Dat zou dominee De Beer ons weleens beter inpeperen, zei hij. Afkeurend liet hij de r's rollen: literrairr-rreligieus. Hij vertelde ons over relatieve ouderdomsbepalingen van de aarde, hij tekende op het schoolbord formules van halveringstijden van uranium naar lood, en die klopten met de getallen van Genesis, met de zesduizend jaar ouderdom van de aarde die men gevoeglijk kon aannemen, hooguit tienduizend misschien. Het woord 'miljoenen' sprak hij uit als een ketterij. Wij knikten, wij tekenden alles na.

'Heb je dat nu allemaal in je schrift staan?' vroeg dominee De Beer. 'Maar dat was niet nodig, lieve kinderen, dat komt volgende week in een artikel in het *Gereformeerd Kerkblad*. En later in mijn boek *De Geschiedenis der Godsopenbaring* deel 3, waarvan jullie deel 1 en 2 natuurlijk al bezitten of met sinterklaas cadeau vragen, uch uch uch.'

Van de les resteerden nog tien minuten.

'Riek Wisselo,' zei hij, 'ben je op de fiets? Rij eens even naar de pastorie om te kijken hoe het met de twee jongste kinderen is, mijn vrouw is niet thuis. Elsje Meijer, ga jij maar mee, een vrouw moet in de avond niet alleen op pad.'

Hij peuterde in zijn andere vestzak: 'Hier, de sleutel. En wie heeft er een klein vraagje?'

Anko Boxum stak zijn vinger op.

'Ze willen in mijn kosthuis dat ik met vork en mes eet, maar dat vinden wij bij mij thuis nergens voor nodig.'

'Doen!' riep dominee De Beer. 'Wiens brood men breekt, diens woord men spreekt. Heb je vork en mes bij je? Nee? Valt me tegen. Neem dan pen en potlood, de ene bij je linkerhand, de andere bij je rechter, denkbeeldig bord ertussen met gekookte aardappelen en spinazie. Zo.'

Hij kwam omhoog van zijn stoel, ging naast Anko staan en duwde nog wat tegen het schrijfgerei. Wij kwamen er lachend omheen staan. Maar dominee De Beer zei: 'Dit is een levensles. Schuif met je mes een stukje aardappel en een flard spinazie op je vork, niet te veel, breng het omhoog en eet. Niets laten vallen.'

'Stukje aardappel?' zei Anko. 'Ik prak altijd, veel makkelijker.'

Dominee De Beer keek nu net zo ontzet naar hem als zojuist naar Karl Barth.

'Gij zult niet prakken,' sprak hij. 'Ken je manieren, kinderen. Nog twee minuten voor een laatste vraag.'

Het was een hartsvraag van Rietje Vierdag: 'Uw zoon heeft mij gevraagd om mee te zingen in zijn koor, het Toonkunstkoor, bij de *Matthäus-Passion*, sopraan. Mijn vader vindt het eigenlijk niet goed, hij zegt dat die mensen in dat koor niks geloven van wat ze zingen en dat het dus verkeerd is. Hij zegt: je moet geloven wat je zingt, anders hou je je mond maar.'

Dominee De Beer grinnikte even en zei: 'Die mensen moeten niet het zingen laten, maar hun ongelovigheid.'

Wat voelde ik me hier thuis op school.

François de Beer kwam binnen met zijn stemvork nog in de hand van de vorige les.

'Wat hoor ik,' zei dominee De Beer, 'ronsel jij sopranen voor de *Matthäus-Passion*?'

François keek nors, mompelde 'Niet mee bemoeien' en kroop op de hoge stoel achter de lessenaar.

Matthaüs-Passion, dacht ik, *wat is eigenlijk Matthaüs-Passion?* Maar ik durfde het niet te vragen, want iedereen leek het te weten.

Elsje Meijer en Riek Wisselo kwamen terug.

'Waar komen jullie vandaan, jullie zijn te laat,' zei François de Beer.

'Maar meneer...'

'Laat maar zitten. Hier heb je een kwartje, ga even een

nierbroodje voor mij halen op het Stationsplein, ik heb nog niet gegeten. Hier, een stuiver erbij, met tomatensaus.'

'Dan missen we alweer een stuk van de les,' zei Riek.

'Ik ga wel,' riep Anna Foekens.

'O, Foekens, en een beetje opschieten graag.'

'Ik heet Anna,' zei Anna strak.

'Ik zag dat je mijn foto in je agenda hebt geplakt,' zei François listig.

Toen ze al half in de gang was riep hij haar na: 'Uit de *Tubantia* geknipt? Foekens?'

De les begon. Toontreffen. Otto Stroink moest naast zijn bank gaan staan en als eerste een o zingen.

'Omdat je naam zo begint,' zei François.

Hij tikte de c aan met zijn stemvork, Otto hief zijn kin en zong.

'Voortreffelijk,' zei François.

'Een mooie synodale o,' plaagde Peter Hobbelink en Otto lachte want Peter was zijn vriend.

Wat Anko Boxum zong was zeker geen o, eerder een ou of een au. François haalde zijn schouders op. De o van Rietje Vierdag klonk net iets te Rotterdams, vond hij.

'Maak je mond wat ronder. Maak een kusmondje.'

Rietje zong een kusmondje in de lucht in de richting van François de Beer en haar oogjes flikkerden. Ook ik moest naast mijn bank staan. Ik probeerde een Hollandse o te zingen, zonder Groningse knauw.

In de *Tubantia* van de familie Kleinlugtenbelt had ik gelezen dat er een grote toekomst openlag voor de jonge begaafde Enschedese musicus. In het *Gereformeerd Gezinsblad* had hetzelfde gestaan en er was aan toegevoegd: 'Organist van de Noorderkerk te Enschede en zoon van de bekende plaatselijke predikant A. de Beer, auteur van *De Geschiedenis der Godsopenbaring*.'

François de Beer schreef een woord op het bord: 'contrapunt'. En hij dicteerde: 'Bij een contrapunt gaan twee of meer stemmen tegelijkertijd ritmisch en melodisch zelfstandig hun gang.' Ik moest op dat moment niet aan muziek denken, maar aan juffrouw Kleinlugtenbelt die zich als een hanige moederkloek naast ons voortbewoog.

Nu stak ik toch mijn vinger op. 'Meneer, wat betekent contrapunt, het woord bedoel ik?'

'Noot tegen noot,' zei François de Beer.

'Met een t of een d?'

Hij leek even na te denken voordat hij antwoordde: 'Met een t.'

Daar had ik voldoende aan. Het was dan misschien wel een muziekterm, maar het was een woord van het bestaan, van een leven met tegenkrachten. Het had eigenlijk ook met een d gemogen.

Anna Foekens kwam terug met iets in vetvrij papier.

'Dank je, Foekens,' pestte François de Beer haar. Hij nam een hap van het nierbroodje en kauwde met een sliert tomatensaus op zijn verdikte onderlip, wat hem slordig en kunstzinnig stond.

'Maar meneer,' zei Elsje Meijer, 'wilt u nou eens uitleggen hoe dat werkt, een contrapunt?'

'Hoe dat werkt?' zei François verbaasd. 'Wel, gewoon, ik zal het uitleggen.'

Hij greep een krijtje en begon te praten, maar na drie zinnen zei Elsje: 'Ik snap dit niet.'

'Ik ga het nog eens uitleggen,' zei François verbaasd.

'Nee, doe maar niet,' zei Elsje, 'ik vraag het wel aan Peter.'

Ze draaide zich om naar Peter Hobbelink en die legde amicaal een hand op haar arm (ik werd op slag jaloers, zoiets durfde ik niet) en begon met langzame zachte zinnen tegen haar te praten. François zweeg en de les verflodderde. Hij keek op zijn horloge, stopte zijn *Algemene Muziekleer* van Sem Dresden al in zijn tas en klampte Tom aan.

'Ypkemeulen, zie ik je nog terug op orgelles?'

'Nee meneer. Mijn ouders zien ervan af. Het wordt te

duur nu ik op de kweekschool zit.'

François haalde weer zijn schouders op, keek teleurgesteld en borg in het rumoer nu ook zijn stemvork in zijn tas.

'Heb jij orgelles van hem?' vroeg ik aan Tom.

'Had. Ik kan best een riedel spelen, maar François weet veel te veel om ons soort mensen les te kunnen geven. Ik zat naast hem op de orgelbank boven in de Noorderkerk, maar hij beweerde dat mijn benen te lang waren. Toen haalde hij twee dikke boeken uit de studeerkamer van zijn vader, zó dik, er stond 'Bavinck' op en 'Dogmatiek'. Hij schoof ze onder mijn kont, links en rechts. Ze sneden me in mijn billen. Hij vond ook dat ik mijn bovenbenen te ver uit elkaar sperde als ik het pedaal bespeelde. Hij trok zijn riem uit zijn broek en bond daarmee mijn knieën aan elkaar vast. Toen ik thuiskwam voelde ik nog de striemen in mijn billen en ik zei tegen m'n moeder: ik wil van orgelles af. Waarom? vroeg ze, en ik zei waarom. Toen moest ik mijn billen laten zien en mijn moeder zei: jij gaat niet weer naar François de Beer.'

16
Herfstvakantie

De Blauwe Engel uit Almelo remde in Zwolle af. Tussen het spoor en de straatweg zagen we hopen brandstof liggen, glimmend antraciet, doffe cokes, platte briketten, van elkaar gescheiden door schotten. Ik las Jacob hardop de namen voor in de volgorde waarin ze ons naderden op de borden die bij de bergen brandstof waren geplant: 'Talens' kolen', 'Pierik Brandstof', 'Kolen Van den Berg'. We gingen richting thuis. Op het perron van Zwolle stond de elektrische trein al klaar. 'Groningen', las ik op het bord dat aan de zijkant hing en ik sprak de naam hardop uit tegen Jacob: 'Groningen'. We zochten de derde klasse.

Juffrouw Kleinlugtenbelt had ons beslist naar de trein willen brengen, maar foeterde dat we zo vroeg vertrokken. Dat kon toch ook wel 's middags, we konden toch ook wel nog de zaterdag en de zondag hier blijven, de herfstvakantie duurde twee lange weken. Twee weken zat zij nu zonder ons, klaagde ze.

Jacob en ik antwoordden niet. We begrepen niet dat ze ons niet begreep. Twee maanden hadden wij onze vaders en moeders niet gezien. Al die tijd was ze zorgzaam geweest. Ze had ons toegelaten tot haar broodtrommel in de kelder om onze boterhammen te kiezen, ze had onze hemden en onderbroeken gewassen, ze had voor mij kadetjes gekocht toen ik me liet ontvallen dat ik die lekker vond. Maar voor Jacob had ze geen ongeschilde aardappelen gekookt nadat hij verteld had dat die thuis zo echt naar aardappel geurden als hij ze op zijn vork naar zijn mond bracht.

'Dat is van de boeren,' zei ze misprijzend, 'boeren koken aardappels voor de varkens in de schil en wij bint geen boern, Jacob.'

Jacob had gezwegen.

Vanmorgen was ze vroeg voor ons opgestaan, ze wilde mee naar de trein om te helpen met de koffers.

'Maar die wegen zowat niks, met alleen onze kleren, dat hoeft niet,' zeiden wij.

'Je kon ook wel es wat dankbaarder wezen,' zei ze bits.

We zwegen, we moesten haar te vriend houden. Wij gingen lopend, zij probeerde onze koffers naast elkaar op haar bagagedrager te proppen maar dat mislukte, er was maar plaats voor één. Jacob moest dan maar zijn eigen koffer dragen, besloot ze.

Ik kreeg hetzelfde gevoel als bij het overhemd van Jacob. Een paar weken geleden had hij op een vrijdag gevraagd: 'Juffrouw Kleinlugtenbelt, zou u mijn witte overhemd kunnen wassen, misschien? Ik ben vergeten het maandag bij de was te doen. Het is vuil in de kraag en ik wil het zondag graag schoon aan.'

Hij stond er aarzelend mee in zijn handen en zijn toon was verlegen. Maar zij had opeens een boze luim uit de kast getrokken, ze riep: 'Wat denk je wel, dat juffrouw Kleinlugtenbelt maar voor je klaar kan staan? Ik ben je slaaf niet. Slavin niet.'

Jacob had verbaasd en geschrokken gekeken en die zondag zijn witte overhemd gedragen met groezelige boord en zweetplekken in de oksels.

Tegen mij zei hij: 'Zo zou mijn moeder nooit doen.'

'Die van mij ook niet,' zei ik.

Ik trok zijn partij, maar ik hield mijn mond tegen juffrouw Kleinlugtenbelt.

Hinderlijk liep ze mee de stationshal in. Verwachtte ze dat wij een perronkaartje voor haar kochten? In de hal, vlak voor het controlehok, gaven we haar een hand. We maakten dat we wegkwamen, langs de kaartjesknipper, we keken nog even om en staken onze hand op. Daarna zwegen we erover.

In Assen tilde Jacob zijn koffer uit het net. Terwijl de trein optrok, zag ik hem met z'n heel lichtrode haar op weg naar het busstation. Hij liep krachtig.

Mijn Blauwe Engel boemelde tussen de okerkleurige klei langs Warffum, Usquert, Uithuizen. In mijn dorp stapte ik uit. Vreemd stond ik op het perron. Op hoge benen liep ik door de ongewoon geworden straat. Na twee maanden was ik nu een stadsjongen, een kwekeling. Wat waren deze huisjes laag, wat kneuterig de borden van Persil en Verkade naast de smalle deur van het kruidenierswinkeltje, wat pieterig de simpele blauwe spits op het hervormde verenigingsgebouw waar ik ooit gymnastiekles had gehad, zo lang geleden. Hoe luchtig en licht liep ik hier met mijn koffer aan de hand. Toen zag ik in de verte de etalage van mijn vader. Ons huis groeide naarmate ik naderde. Ik kromp weer, ik kon erin schuilen. Ik was ook van daarginds geworden, maar nu vooral van hier.

Achter de kraaiende haan van 'Tana Schoenpoets' op de glazen ruit van onze winkeldeur bewoog een klant. Daarom koos ik onze achteringang. Ik liep de werkplaats van mijn vader binnen en de sterke geur van leer en lijm omhulde me zodat ik er één moment duizelig van werd. Mijn vader sprong al op van zijn kruk, klopte zijn blauwe schort af en stak mij zijn hand toe.

Toen liep ik naar de woonkeuken om te wachten tot mijn moeder klaar was met haar klant. Ik stond in deze ruimte waarin het tikken van onze klok de stilte verdiepte. Ik tilde mijn koffer op tafel en klikte het slot open. Mijn hemden lagen bovenop. Mijn moeder zou mijn ondergoed weer wassen. De winkelbel tingelde en daar hoorde ik haar voetstap al.

Tussen de middag aten we aardappelen, sla met bruine suiker en gele vla waar een smakelijk vel op lag dat mijn zusje en ik samen deelden. We spraken weer Gronings, maar mijn zusje zei: 'Wat praat jij raar, je zegt geen *wel*, maar *wah*.' Had ik me al aangepast aan het Twents van de Steenbakkerstraat? Dan zou ik dat vandaag nog moeten afleren.

Ik luisterde naar het dankgebed van mijn vader ('dat wij elkander weder in gezondheid mochten ontmoeten en begroeten') en daarna liep ik de trap op. Achter mij hoorde ik mijn moeder aan het aanrecht neuriën. Op zolder stond ik een moment stil tussen de rekken met schoenendozen waarop vertrouwde merken mij welkom heetten: Jator, Avang, Rupax, Swift.

In de dagen daarna leefde ik langzaam. Ik fietste door het dorp, bracht gerepareerde schoenen naar immobiele bejaarden en groette met een kort 'moj' weer alle landarbeiders die in de namiddag vermoeid naar huis fietsten. Ik zocht Pieter op in zijn kamertje waarin de vage geur van 'Tweed, Flanel, Kasjmier' hing, ik zong in de kerk weer op lange noten de psalmen mee en ademde aangenaam in de beperktheid van dit voorbije leven. Af en toe was er het verlangen naar de Blijdensteinlaan, naar mijn school waar de kennis van het leven alsmaar groeide en waar ik mij goed voelde in de kameraadschap van mijn klas en kweekschoolclub. Mijn moeder, die zich niet kon voorstellen wat een kosthuis was, vroeg of die mensen van de Steenbakkerstraat wel aardig waren, of mijn was op tijd gedaan werd, hoe het eten smaakte, hoe die andere jongen was. Al mijn antwoorden waren positief, maar ik vertelde niet alles.

Op een avond legde mijn vader zijn grote roodleren rekeningenboek op de keukentafel en vroeg: 'Kun je me helpen?' Hij prevelde me vanuit zijn reparatiekladboek voor wat ik op de rekeningen in het alfabetisch klantenbestand moest bijschrijven aan schulden. Het was een plezierig werkje waarin mijn vader en ik één waren in woorden en letters. Er ontstond een intimiteit waarin we samen de zolen, de hakken, de teenstukken en de verkochte schoenen wegwerkten. De volgende dag rangschikte ik de rekeningen in de leren schoudertas en fietste langs de klanten. Ik trok aan trekbellen, ik klopte aan achterdeuren, ontving bankpapier en muntgeld en telde het een paar uur later samen met mijn moeder uit op het tafelkleed dat met zijn pluche prettig in de flanken van mijn handen prikte.

Omdat ik vanwege mijn kippigheid altijd op de voorste bank zat om het schoolbord te kunnen lezen, bezocht ik in het Groot Ziekenhuis in Groningen een oogarts en daarna een brillenwinkel met het amusante rijm 'Mijn ogen gun ik een bril van Van der Munnik'. In spanning leefde ik een week toe naar mijn nieuwe gezicht. Het bleek verruimd, verbreed, verwijd, vergroot.

17
Punaises

Daarna leefden wij met ons vijven weer verder aan de Steenbakkerstraat, juffrouw Kleinlugtenbelt aan het roer, goedhartig op zichzelf gericht. Als iemand haar tegensprak, wat zelden gebeurde, schudde ze verbaasd haar hoofd. In haar witte schort warrelde ze door het huis, veegde met de zachte bezem het tapijt in de kamer en de mat in de keuken. Op de trap deed ze voorzichtig met de handveger de loper, haar kostbaarste huisraad. Veel klaagde ze over de prijs van de stofzuiger die buiten haar bereik lag. Zij deed inkopen en veranderde die in smakelijke maaltijden. Vreemd vond ik alleen dat ze het overschot van de zondagse soep op de cementen bodem van het twee treden diepe keldertje plaatste om het ons op dinsdag als toetje voor te zetten. Maar daaraan waren we sneller gewend dan aan haar onverhoedse nukken.

Ik had een grijs prentje van Joost van den Vondel tegen het behang van onze kamer geprikt. Jacob had de wand in evenwicht gebracht met een plaat van een opengewerkt schip van de Amerika-lijn, waarin alle dekken, salons en soorten van hutten zich blootgaven. Juffrouw Kleinlugtenbelt keek fronsend naar dat kleurige scheepsmodel en vroeg: 'Wat moet dat daar?'

'Heb ik gedaan,' zei Jacob.

'Je moet m'n behang niet verknoeien,' zei ze. 'Je hebt er vier punaisegaten in geduwd.'

'Vondel van mij hangt ook aan vier punaises,' zei ik voorzichtig en ik wees.

'Heet die man Vondel? Maar dat plaatje is veel kleiner. Wie is die man? Leuk puntbaardje. Nou, laat maar hangen dan, is nou toch gebeurd.'

Meneer Kleinlugtenbelt voegde zich naar zijn vrouw, bracht op vrijdagmiddag zijn loonzakje in en kwam op zaterdag terug van de markt met als vaste verrassing een zak sinaasappels en een bosje fresia's. Jacob had weleens een Pandaverhaal gelezen en noemde hem Joris Goedbloed. De enige misse daad bedreef meneer Kleinlugtenbelt als hij lui languit in zijn fauteuil lag te zuchten: 'Och vrouw, doe mij een beetje melk in de koffie, toe.' 'Agattejakkesbah, kerel,' riep zij dan en ze stoof naar het keldertje zonder toe te geven dat zij de melk vergeten had. Ruzie maakten die twee nooit.

Meneer Kleinlugtenbelt had na enkele weken tegen Jacob en mij gezegd dat ze geen 'meneer' meer tegen hem moesten zeggen. 'Meneer' behoorde voor hem bij de status van meneer Robersen, de directeur van het naaiatelier aan de Blekerstraat waar hij elke dag naartoe fietste om Robson-overhemden en -pyjama's in elkaar te zetten. Kleinlugtenbelt was een toeschietelijke man. We hadden nog maar één nadeel in hem ontdekt: nooit sprak hij zijn vrouw tegen.

Opoe zat vaak zwijgend aan tafel te breien, af en toe het hoofd krabbend met een breinaald en zuchtend: 'Mien heufd, mien heufd, 'k wou da'k 'n andere kop har.'

Jacob en ik werden meestal geroepen om 's morgens koffie en 's middags thee met de beide vrouwen te drinken. Juffrouw Kleinlugtenbelt vroeg ons dan uit over de levensjaren die we achter de rug hadden, thuis. Ze presenteerde ons een plak ontbijtkoek of een kletskop, ze was goed voor ons en ze besefte het, er hing een air van weldoenster om haar heen. Op een keer beseften wij het niet, toen wij 's avonds de appel die voor ons op het tafelzeil klaarlag mee naar boven namen zonder dank u wel te zeggen. Bij het ontbijt zweeg ze tegen ons. Wij niet tegen haar, maar zij zei niets terug.

'Heeft ze wat?' vroeg ik boven aan Jacob.

Hij trok met zijn schouders. Ook bij de koffie keek ze ons voorbij en sprak alleen tegen haar moeder.

'Wat heeft ze?' vroeg Jacob nu in andere volgorde toen we na het bedrukte kwartier terug waren bij onze boeken.

'Is er wat?' vroeg Kleinlugtenbelt bij de middagmaaltijd aan zijn nors uitziende vrouw. Ze maakte met haar hoofd een rukkende beweging in de richting van Jacob en mij en zei nijdig: 'Die jongens, je zou ze, die kennen geen dankbaarheid.'

Daarop spoelde het haar mond uit: de appel, nog geen woord van dankjewel, wij zagen haar goedheid niet, wij dachten maar: van juffrouw Kleinlugtenbelt kun je wel plukken. Ik keek Jacob aan, hij keek mij aan, we kregen allebei snel een rood hoofd. Kleinlugtenbelt legde zijn hand op de schouder van zijn vrouw en zei: 'Ja vrouw, je bent te goed.'

'Ondank is werelds stank,' zei zij.

Die uitspraak verraste mij. Ze had het spreekwoord onwetend verbouwd, maar mijn antenne waarschuwde me fel dat ik haar niet mocht corrigeren. Jacob en ik mompelden iets van 'neem me niet kwalijk'. Na de beklemmende stilte van het dankgebed werkten we haastig de afwas weg – ons aandeel in de huishouding – en we maakten dat we weer in ons hok kwamen.

'Snap jij dat?' vroeg Jacob.

Van huis uit kenden wij dit boze zwijgen niet, en evenmin deze striemende verwijten waar we ons onmogelijk tegen konden verdedigen omdat we ze niet begrepen en omdat we niet durfden.

's Avonds na school schoof ze ons elk een glas melk toe.

'Dank u wel,' zeiden Jacob en ik tegelijkertijd, en dat klonk volgens ons vooral komisch.

'Ja ja,' zei juffrouw Kleinlugtenbelt.

18
Geur- en reukvrij

November deed ons rillen. In de keuken sudderde nu elke week een keer 'erfensoep' op de 'kokmesien' (we leerden in huize Kleinlugtenbelt een mooi mondje Twents). In de kamer stak juffrouw Kleinlugtenbelt tegen de kou de *Tubantia* tussen de potplanten en het raam. Daar stond nu ook een gevulde kolenkit en op zondag werd de kolenhaard ontstoken. Boven strekten Jacob en ik onze voeten naar een elektrisch kacheltje met één gloeistreep. Juffrouw Kleinlugtenbelt zag wel dat we twee truien over elkaar droegen en zei op een striemende regendag tegen haar man: 'De jongs kunt nich langer in de kou zittn.'

Juist op die dag bracht de post de wekelijkse kranten van mijn vader, maar deze keer was het een groot pakket met bijgesloten brief: 'Pantoffels voor jou, ik dacht dat maat 43 wel goed is. De sloten liggen hier al dicht met ijs. De aardappels en de bieten zijn anders nog lang niet van 't land. Ik zal hier ook een cheque bij in doen dan kun je dat Woensdag of Donderdag wel ophalen. Moeder doet je er ook nog 2 hemdjes bij in en die moet je aantrekken als het koud is zegt je Moeder. Ook vier Gezinsbladen van de afgelopen week. Lees je die wel? Ook wel goed voor de fam. Kleinlugtenbelt. Moeder zegt doe ze de groeten. Van Wolter ontvingen wij een luchtpostbrief aan boord van vliegtuig naar Bangkok en dan naar Hollandia. Verder geen nieuws. Hartelijk gegroet.'

Toen we 's avonds uit school terugkwamen zat Kleinlugtenbelt in de vier *Gezinsbladen* van de voorbije week te bladeren.

'Grappig krantje,' grinnikte hij. '*Tubantia* is tien keer zo dik en komt elke dag.'

Grappig – dat wist ik al – betekende in Twente: vreemd, afwijkend.

'Maar wel een goeie krant,' zei ik wijsneuzig.

'Goeie krant,' beaamde Kleinlugtenbelt, 'wel een beetje moeilijk te snappen soms. Die krant van jullie moet niks van Europa hebben.'

'Van een verénigd Europa,' vulde Jacob aan. 'Mag ik even kijken? Zie je wel.'

Uit het hoofdartikel las hij voor: 'Een verenigd Europa zal zijn klauwen uitsteken naar ons Koningshuis, aan wie de door God geschonken regeermacht dreigt ontnomen te worden.'

Toen stuitte Kleinlugtenbelt op de advertentie voor het kacheltje. Op de afbeelding was het een kleine toren van ijzer, zwart, glimmend, met een hengsel. 'Voor najaar en winter,' las hij hardop. 'De B.E.S. Petroleumgaskachel brandt op asbestring. Geur- en reukvrij. Heerlijke warmte voor slechts 5 ct. per uur. Het ideale verwarmingsapparaat voor studeerkamer, kantoor, keuken, *f* 49,50.'

De volgende dag kwam Kleinlugtenbelt in een kil motregentje thuis met achter op zijn fiets in een kartonnen doos de zwarte B.E.S.-cilinder die ons bestaan zou gaan verwarmen. We stonden er in de keuken keurend omheen.

'Een hele prijs,' zei juffrouw Kleinlugtenbelt.

Maar Jacob en ik hadden immers net elk onze 65 gulden kostgeld betaald. Petroleum was er niet in huis.

'Dat kunt de jongs wel haaln,' zei Kleinlugtenbelt.

'Jacob?' zei zijn vrouw.

Jacob kwam verregend terug en waste aan de gootsteen zijn stinkende handen waar een scheut petroleum overheen was gegaan.

Zo zaten wij voortaan in een 'heerlijke warmte voor slechts 5 ct. per uur'. Na de eerste dag keken wij elkaar aan, trokken onze neus op, wreven in onze ogen en zeiden: 'Het zal wel wennen.'

Het wende niet. 's Morgens stak een van ons het kacheltje aan met een lucifer vlak bij de van petroleum doordrenkte ringvormige katoendraad. Een blauwe vlam kroop snel rond over de cirkel. Samen met de warmte verspreidde zich vanuit onze geur- en reukvrije kachel ook een dunne petroleumstank en na een uur moesten we ons bedwingen om onze ogen niet rood te gaan wrijven.

Juffrouw Kleinlugtenbelt adviseerde ons het raam op een kier te zetten. Maar dat trok kou aan, en dan moest de vlam hoger en steeg het prikgehalte. Mijn weetgierigheid had mij al geleerd dat zoiets een vicieuze cirkel heette, een noodlot dat niet alleen het goede maar ook het kwade aan de omloop van ons bloed toevoegde. Ik begon dat traanbuis prikkelende kreng dwangmatig te associëren met de *Matthäus-Passion* waarover ik voor het eerst van mijn leven had gehoord in de lessen van François de Beer: '*Wir setzen uns mit Tränen nieder.*'

Op het midden van de middag draaide een van ons de vlam uit, tilde het stinkende monstertje aan zijn hengsel naar de overloop en zette het raam op een bredere kier. We smeerden onze boterhammen en fietsten door de frisse lucht naar school. In het lokaal van onze warmhartige klas omringde ons, geur- en reukvrij, de warmte van radiatoren.

19
Vormen

Mijn nieuwe bril stond mij toe wat verder naar achteren te gaan zitten in de klas. De krabbels van dominee De Beer op het bord waren opeens veel toegankelijker geworden en ik kreeg minder vaak een beurt.

'Leuke bril, jij,' had Anna Foekens op de eerste schooldag na de herfstvakantie tegen me gezegd en ze had haar knokkels licht tegen mijn schouder geduwd. Kippenvel, ik.

Meneer Ottevanger kwam binnen. Zijn geheven neus prikte vanuit zijn scherpe gezichtsprofiel het lokaal in. Hij sloeg het grammaticaboek open, maar begon niet meteen ons huiswerk te controleren. Uit het boek trok hij een ansichtkaart en hield hem met de adreszijde naar ons toe. Op de postzegel zagen we een breed mannenhoofd met plat haar. Meneer Ottevanger gaf de kaart aan Anko en zei: 'Lees eens voor wat er op de postzegel staat.'

'2 ct + 3,' las Anko. 'Wie betaalt er nou drie cent te veel voor op een ansichtkaart?'

'Zomerzegels, jongùùùh,' riep meneer Ottevanger. 'Drie cent extra voor cultuur waar jij nog nooit van gehoord hebt.'

'O,' zei Anko. 'Maar er staat nog meer op, meneer. Martinus Nijhoff 1894-1953.'

'Die is dus al een jaar dood,' zei Tom Ypkemeulen met een glimlach.

'Een hond is dood,' zei meneer Ottevanger. 'Een mens is gestorven en dichters leven immer voort. Luister.'

Bij het laatste woord had hij zijn stem getemperd. Hij haalde een dun, grijs boekje uit zijn tas. Ik was mijn bril dankbaar, want ik kon nu lezen wat er op het omslag stond: '*Vormen* – Gedichten van M. Nijhoff'. Hij bladerde even en herhaalde: 'Luister. De kinderkruistocht. Zij hadden een stem in het licht vernomen. Laat de kinderen tot mij komen.'

De cadans van de eerste regels en het vanzelfsprekende rijm deden me even onbeweeglijk zitten. Toen sloeg ik snel mijn grammaticaschrift open en krabbelde de titel neer. 'De kinderkruistocht.' En de naam van de dichter. 'Nijhoff.' Maar nu was ik een paar regels kwijt. Meneer Ottevanger las van 'wolkewit lam' en 'de grootste der sterren schoof met hen mee', en toen besloot ik dat boekje te gaan zoeken. Misschien in de bibliotheek op de Markt? Twee regels noteerde ik toch nog haastig, omdat ik ze onmiddellijk wilde herlezen. 'Met een dunne hand voor haar gezicht dempte de maan de helft van haar licht.'

Meneer Ottevanger zei dat het godgeklaagd was dat literatuur pas vanaf volgend jaar op het programma stond van De Nieuwe Kweekschool.

'Li-te-ra-tuur,' herhaalde hij.

'Godgeklaagd?' vroeg Rietje Vierdag kritisch.

Maar meneer Ottevanger zei dat dit geen ijdel gebruik van Gods naam was, maar een streep onder de waarheid.

'Letterlijk aan God geklaagd, lieve Rietje. Ik ben leraar Nederlands en ik mag jullie, aanstaande cultuurdragers, geen li-te-ra-tuur onderwijzen, geen Couperus, geen Roland Holst, geen Geerten Gossaert. Alleen die stomme grammatica ben ik verplicht jullie in de maag te brommen, hoewel dit natuurlijk ook z'n nut heeft. Nee, Riek, haal je schouders niet op, zit niet te kletsen met je buurvrouw. Enfin. Ik steel af en toe een kwartier poëzie voor jullie. Laat meneer Hazelaar het niet horen.'

Met getuite lippen, die zijn profiel nog scherper maakten, tuurde hij opnieuw naar de postzegel. Toen stak hij de ansichtkaart tussen de bladzijden van *Vormen* en begon aan de onbepaalde voornaamwoorden met beperkende bepaling.

De volgende dag fietste ik naar de Markt, beklom een hoge villastoep met daarnaast het gevelbord 'Openbare Bibliotheek en Leeszaal' en duwde de langzame deur open. Een schrale vrouw met een bril die aan koordjes op haar borst wiebelde, keek me over een tweede bril aan en zei: 'Ja? Jongeman?'

'Kan ik een boek lenen?'

'Ben je lid?'

Ik schudde van nee.

'Hoe oud ben je?'

'Vijftien, mevrouw.'

'Juffrouw. Dan moet je toestemming hebben van je ouders.'

'Ik woon niet bij mijn ouders.'

Dat moest haar wel zielig in de oren klinken. Maar ze vroeg zakelijk wie er verantwoordelijk voor me was en dat mijn hospes of hospita (zo zei ze dat) misschien ook een handtekening konden plaatsen, maar dat ik vanaf m'n zestiende zelfstandig lid kon worden, 85 cent contributie per jaar. Wel mocht ik, zonder lid te zijn, boeken inzien op de studiezaal. Ik dacht dat het verstandiger was om Kleinlugtenbelt en zijn vrouw buiten de *Vormen* te laten en ik vroeg dus of ik *Vormen* van M. Nijhoff kon inzien. Ze keek me verbaasd aan.

'Vijftien?' vroeg ze. '*Vormen*? Nou, goed.'

In de studiezaal zaten op rechte stoelen aan lange tafels mensen met hoofden naar boeken gebogen. Bij een lege stoel legde ik het boek op tafel. Het was er heel stil. Er kwam een regel in mij op die ik in de examenklas van de ulo in een boek had ontdekt en uit het hoofd geleerd: 'De stilte ruist zo prettig, als de mensen zwijgen.'

Ik begon te lezen. Naast het boek had ik een nieuw schrift gelegd met een etiket waarop ik 'Gedichten' had geschreven. Het was onmogelijk om *Vormen* helemaal over te schrijven. Ik schroefde mijn vulpen open en schreef 'De soldaat die Jezus kruisigde' over en 'Kinderkruistocht' en 'Het derde land' waar ik niets van begreep. Bij 'De wolken' moest ik denken aan mijn eigen moeder die nooit naast mij in de hei zou gaan liggen, maar die toch zou kunnen begrijpen dat een kleine jongen 'Scandinavië' en 'Schapen met een herder' roept als hij de wolken namen geeft.

Licht in mijn hoofd fietste ik terug naar de straat die mijn straat niet was.

20
Loops

De kraan drupte in de metalen wasbak en spatte tot in de roestige hoeken. Ik knelde hem beter dicht en wendde me naar het kleine raam van onze kamer. De wereld was in tranen, het regende en woei. Ik dacht aan mijn kamertje thuis, de knotwilgen in de zomer achter in onze tuin, het torentje van 't Zandt aan de horizon, de hamerslag van mijn vader vanuit de schoenmakerswerkplaats, het verre ruisen van de keukenkraan waaronder mijn moeder slakjes uit een krop sla spoelde.

November, november. De doornatte bomen drupten op de lompe ligusterheggen die de achtertuinen van de Laarressingel van elkaar scheidden. In de dakgoot onder ons raam kolkte het water naar het gat van de regenpijp. Ik zag hoe een paar laatste afgeknipte nagels van mij meespoelden. De dag lag languit en mistig voor me. Vanavond op school Duits, aardrijkskunde en natuurkunde. Drie boeken open op tafel, *Schwere Wörter*, *Hoofdtrekken der Aardrijkskunde* en *Systematische Natuurkunde*. Mijn tegenzin nam toe.

Op de binnenvensterbank lag een rood met geel luciferdoosje van Jacob. Soms rookte hij een sigaret. Een zwarte zwaluw met witte buik trok aan zijn snavel een lint voort met het opschrift 'Sinds 1895'. Jacob fietste met zijn slagersmand door de stad. Hij kon nu zijn regencape afleggen, het was plotseling droog geworden. De keukendeur klapte dicht. In het natte stukje gras deed Rexje een plas. Daarna vouwde ze zich om en likte haar achterste. Een straathond verscheen om de hoek van de brandgang, liep door het open tuinhekje en duwde begerig zijn natte kop tegen Rexjes aars.

De stem van juffrouw Kleinlugtenbelt: 'Rexje, Rexje, hier! Ie zölt er nog wat van kriegn met die hond!'

Ik keek neer op haar hoofd terwijl ze met driftig handgeklap het andere beest wegjoeg en riep: 'Vort hond, ie heurt hier nich.'

Het hekje klapte met een klik dicht. Ik legde mijn hand boven mijn navel, waar ik treurigheid voelde zwellen. Aan tafel keek ik *Schwere Wörter* in, stutte mijn hoofd in mijn handen en las de eerste zin: *Die Tante gab dem Jungen eine derbe Ohrfeige.* Op dat moment riep juffrouw Kleinlugtenbelt onderaan de trap: 'Siiiimon, koffie!'

Ik liet de jongen over aan de tante, wreef in mijn prikkende ogen, draaide de petroleumvlam laag en betrad de rode loper naar beneden.

Er was bezoek, blijkbaar aanzienlijk bezoek. Ze zaten niet in de keuken maar in de kamer. De kolenhaard gloeide. Een plompe dame keek mij nieuwsgierig aan.

'Je kent mevrouw De Beer toch wel?' zei juffrouw Kleinlugtenbelt.

Nee, mevrouw De Beer kende ik niet, haar man en haar zoon wel.

'Zou je haar niet eens een hand geven?' zei juffrouw Kleinlugtenbelt.

Ik aarzelde, met handen schudden hoorde die dame te beginnen. Dat had haar eigen man ons ingeprent in de laatste etiquetteminuten van een les over geloofsleer. Hij vertelde dat een nieuwe leerling zijn hand naar hem had uitgestoken om kennis te maken. 'Fout,' riep dominee De Beer. 'Bij begroeting of kennismaking steekt een jongere niet als eerste de hand uit. Nimmer. Goed bedoeld, maar incorrect. Die jongeman had wel mogen zeggen: "Meneer, dominee, mag ik even kennismaken?" En dan had ik mijn hartelijke hand uitgestoken, en hij had die gedrukt. Levensles. Onthouden. Uch uch uch.'

Verward stak ik nu toch mijn hand uit en zij accepteerde. Stilletjes dronk ik mijn koffie tussen de beide alsmaar kwekkende vrouwen. Opoe zat rechtop en zei als gewoonlijk maar een enkel woord. Wel keek ze met een kleine glimlach naar het hoofd met de slordige knot van mevrouw De Beer.

Het gesprek golfde over me heen. François de Beer had verkering met Heleen Heupers, hoorde ik. Heleen Heupers was onderwijzeres en woonde op kamers aan de Staringstraat. Heleen Heupers was niet zo van het huishouden en had een werkster nodig en nu had mevrouw De Beer gedacht aan juffrouw Kleinlugtenbelt. Ik zag dat de ogen van juffrouw Kleinlugtenbelt begonnen te glimmen. Het bleek een eervol verzoek.

Maar mevrouw De Beer kwam ook voor zichzelf. De Messerschmidt van François kon niet zomaar voor hun huis aan de Singel staan, daar was het autootje te bijzonder voor, dat trok dieven. Mevrouw De Beer had het vloerkleed in haar serre bedekt met oude gordijnen die nog op de zolder van de kerk lagen en nu reed François na zijn concerten 's nachts terug naar de pastorie in Enschede, klapte het dak van zijn Messerschmidt open, stapte uit, duwde met handen en schouder het driewielige vehikel het trottoir op, de donkere tuin in en wipte met een kleine aanloop de drempel over en de gordijnen op. Soms verving mevrouw De Beer een stuk gordijn als er olie op gelekt was. Dus, juffrouw Kleinlugtenbelt kon wel begrijpen dat niet alleen Heleen maar ook zij een werkster nodig had, ze werd een dagje ouder.

Juffrouw Kleinlugtenbelt bleef vereerd en geïnteresseerd kijken. Maar waarom had mevrouw De Beer nu net aan haar gedacht? Dat was, antwoordde mevrouw De Beer, omdat juffrouw Kleinlugtenbelt altijd zo kittig liep en thuis niet veel te doen had zonder kinderen. Maar ze had natuurlijk wel de twee jongens en opoe, dus mevrouw De Beer kon het geheel billijken dat juffrouw Kleinlugtenbelt het eerst met meneer Kleinlugtenbelt wilde bespreken. Eén middag in de week bij haar en één bij Heleen, dat was toch ook wel een mooie afwisseling in het leven van juffrouw Kleinlugtenbelt. Ze betaalde goed, daar hoefde juffrouw Kleinlugtenbelt het niet om te laten.

En wat vond juffrouw Kleinlugtenbelt van de Prix d'Excellence voor François! Mevrouw De Beer was zo trots als een beer, zei ze lachend. Die orgelwedstrijd in Amsterdam in de Westerkerk! Nu stond de telefoon niet stil van de concertverzoeken. Daarom had François zijn Messerschmidt gekocht. Op de grote weg haalde hij de 75 kilometer per uur. Soms ging Heleen met hem mee, ze paste net naast hem, zo leuk. Dan bracht hij eerst Heleen thuis. Ja, dat werd altijd nachtwerk en uitslapen.

'Nachtwerk? Uitslapen?' vroeg juffrouw Kleinlugtenbelt.

'In alle eer en deugd,' riep mevrouw De Beer.

De deurkruk kraakte. Jacob stak een nat hoofd en een pakje in vetvrij papier om de hoek.

'Twee koteletten,' zei hij. 'Niet besteld door de klant en niet teruggenomen door de slager.'

'Leg maar in het keldertje,' zei juffrouw Kleinlugtenbelt vriendelijk. 'En neem koffie, staat op het fornuis.'

Tegelijk met hem verdween ik uit de kamer. Jacob wreef zijn haren droog en zei: 'Zat jij daar bij die wijven koffie te drinken?'

'Waarom niet?' sputterde ik tegen, maar meteen wist ik dat hij gelijk had. Ik had me laten gebruiken. Juffrouw Kleinlugtenbelt had de vrouw van de dominee op bezoek en ze had me geshowd.

Kleinlugtenbelt zette zijn fiets bij de schuurdeur op de stander, schoof aan tafel en vroeg: 'Waar is de hond?'

‘Die zit in de schuur en daar blijft ie,’ zei juffrouw Kleinlugtenbelt nijdig. ‘Die is loops.’

Ik keek toe hoe ze vanuit de aardappelpan een hete geelwitte straal in de gootsteen goot en ik vroeg: ‘Loops? Wat is dat?’

Kleinlugtenbelt begon luid door zijn neus te grinniken. ‘Hij weet nich wat loops is. Ie bint nog nich dreug achter de oorn, jong.’

Nu lachten ze alle drie, hij, zij en de oude vrouw. Mijn antenne had me te laat gewaarschuwd, ik voelde hoe het bloed naar mijn kaken steeg.

Jacob kwam als laatste de keuken binnen.

‘Hij weet nich wat loops is,’ riep Kleinlugtenbelt. ‘Weet ie dat, Jacob?’

‘Een hond is loops,’ zei Jacob.

Toen werd het stil, want Kleinlugtenbelt had gesnoven voor het tafelgebed. Ik bad niet, ik geneerde me.

Terug in onze kamer zag Jacob me bladeren in Koenen Endepols. Hij zei: ‘Ze hadden je te pakken. Weet je al wat loops is?’

‘Tochtig, teken van geslachtsdrift,’ las ik en ik zei: ‘Ik weet het al.’

21
Nagels

Toen we die avond onze fietsen hadden weggezet in het schuurtje en de keuken binnenkwamen, zagen we op het gezicht van juffrouw Kleinlugtenbelt een donderwolk. Opoe was al naar bed. Kleinlugtenbelt gaf les op zijn EHBO-cursus. Ze vroeg niet naar school, ze zweeg toen ze ons koffie inschonk, ze ging tegenover ons zitten aan de korte kant van de tafel, tastte in de zak van haar schort en legde een luciferdoosje op het tafelzeil.

'Wat betekent dit?' vroeg ze dreigend.

'Dat is een luciferdoosje,' zei ik en ik las neutraal voor: 'Säkerhets Tändstickor. De Zwaluw. Sinds 1895.'

Jacob zei niets, keek haar alleen aan met een soort ontstelde verbazing.

Zij rammelde met het doosje. Het ruiste naar iets lichters dan lucifers.

'Nagels!' riep ze en ze herhaalde het woord met iets ervoor wat wij op school bij grammatica 'negatief adjectief' hadden leren noemen: 'Smerige nagels! Van wie komt dit af?'

'Van mij,' zei Jacob.

'Smerige nagels in een doosje stoppen en op je tafel laten liggen,' snauwde ze.

'Ik heb ze toch netjes in een doosje gestopt?' zei Jacob voorzichtig.

'Netjes, netjes? Netjes is als je ze knipt en naar de schuur brengt, in de ton. Dit wil ik niet meer zien.'

Ze stond rukkerig op, pakte de pook, lichtte de eerste ring van de kookkachel en mikte het doosje in de vlammen.

'Ik zal eraan denken,' zei Jacob.

Hij dronk snel zijn koffie op en vertrok naar boven. Mijn kopje was nog halfvol.

'Een boer, dat is ie,' zei ze smalend tegen mij.

Ik zette het kopje aan mijn lippen om haar niet te hoeven aankijken. Ongelukkig voelde ik me. Ik moest Jacob verdedigen. Maar zij zou me tegenspreken en ik durfde haar gunst niet te verliezen. Ik liet hem in de steek, ik zei welterusten en sloop de trap op.

Jacob stond al in pyjama zijn tanden te poetsen. Toen ik me ging uitkleden, zei Jacob vanonder de dekens: 'Dat kan ze nou wel beweren, maar ik vind dat jij veel smeriger deed met je nagels. In de dakgoot.'

'Maar dan spoelt de regen ze weg,' zei ik zwak.

'Als het niet regent doe je 't ook,' zei Jacob.

'Jij hebt geen schuld,' zei ik. 'Maar ik kan niet tegen haar op.'

'Ziezo,' zei Jacob. 'Welterusten.'

Op de zaterdag daarna werd Jacob zeventien. Hij moest al vroeg de deur uit naar de slager, kwam laat in de middag terug en reikte juffrouw Kleinlugtenbelt een zak met vijf voorgebraden gehaktballen. Cadeautje van de slager.

'Nou nou,' zei ze tevreden en ze schoof over het tafelzeil drie brieven naar hem toe die de post gebracht had. 's Avonds na de boterham fietste Jacob naar het badhuis en kwam terug met vijf patat. Juffrouw Kleinlugtenbelt zette de gehaktballen op het vuur. Kleinlugtenbelt knorde tevreden zijn slagzin: 'Buikie buikie, wat héb je goeie daagn.'

Ik gaf Jacob een Prismapocket van Theo Thijssen, *Kees de jongen*. En of ik dat van hem mocht lenen als hij het uit had, vroeg ik. Lachend antwoordde hij dat het meteen wel kon, want hij kwam er zo gauw niet aan toe.

Juffrouw Kleinlugtenbelt tastte in haar schortzak en reikte Jacob een dun pakje aan. Een dasspeld. Opoe had meebetaald, zei ze, anders was het natuurlijk te veel, zei ze. Het is geen cadeautje, dacht ik. Ze gaf hem een dasspeld omdat ik er ook een had. Elke zondag schoof ik die smalle versiering zorgvuldig aan mijn stropdas. Het cadeautje was een correctie.

22
Matthäus-Passion

François de Beer zette zijn gonzende stemvork op de klankbodem van de lessenaar. Om de beurt zongen we vanuit de c een toonladder voor stemvorming. De klank varieerde van de volle nachtegaal van Anna tot de onverbeterlijke kraai van Anko. Toen meneer De Beer het boek van Sem Dresden wilde openslaan, stond Peter Hobbelink opeens naast zijn bank en zei met officiële stem: 'Meneer De Beer, namens onze klas wilde ik u van harte feliciteren met uw Prix d'Excellence.'

Hij zette een applausje in dat wij lachend overnamen.

'Is dat nou het mooiste orgel van het land, daar aan de Prinsengracht?' vroeg Peter, die op zondag hier en daar voor een zakcent een kerkdienst begeleidde. Het gelukte hem onmiddellijk de les buiten het gezichtsveld van François de Beer te loodsen.

'Het mooiste orgel is dat van de Grote Kerk in Zwolle.'

'Waarom?'

'Omdat het agressief is. Ik ben zelf ook nogal agressief.'

Anna Foekens slaakte een korte gil.

François keek haar minachtend aan en zei: 'Ik heb het over muziek, Foekens.'

In Anna's blik verscheen iets zwijmelends.

'Maar meneer,' zei Riek Wisselo, 'uw orgel in onze Noorderkerk is toch mooi genoeg?'

'Jij denkt te calvinistisch,' zei François. 'Er bestaat meer op de wereld dan een gereformeerd orgel. Maar ik kan er hier goed mee uit de voeten.'

Anko stak zijn vinger op. Ik waagde me aan geen vraag, van muziek had ik geen verstand, maar ik betwijfelde of Anko Boxum iets behoorlijks over een orgel zou kunnen zeggen.

'Hoe luistert u dan naar de preek, als u daar zo boven achter het orgel zit, meneer?'

'Wil de heer Boxum mij de maat nemen?' zei François droog. 'Kijk jongeman, een dominee zegt meestal te veel in een preek, ik kan dat in tien woorden samenvatten.'

'U bedoelt dus: zo weinig,' zei Anko.

'De lezing van de Bijbel is het mooiste van een kerkdienst,' antwoordde François ontwijkend. 'Ook een uitvoering van de *Matthäus-Passion* is een eredienst. Als ik de *Matthäus* dirigeer, word ik aangegrepen door het evangelie.'

'Maar het gaat toch om de kerk?' zei Anko.

François haalde zijn schouders op en zei: 'Ik ben maar een eenvoudige ziel. Een preek kán me boeien, maar ontroert me zelden. En de kerk boeit me zelden.'

'Maar uw vader...'

'Mijn vader is een goed mens en hij preekt niet slecht. Bovendien zit de muziek mij vanuit zijn familie in het bloed. Maar niet zijn dogmatiek. Dat eeuwige ruziën in de kerk, mijn kerk nota bene. Mijn vader kan zich hevig druk maken over de kerk en de zuiverheid ervan. God beware mij. Ik snap er niet de ballen van. Al dat rumoer, daar weet men over honderd jaar niets meer van.'

Hij keek op zijn horloge, zag dat het bijna tijd was, stak zijn stemvork in de zijzak van zijn colbert en verdween. Ik zag dat Anko en Riek met gefronste voorhoofden een ernstig gesprek met elkaar begonnen. Ik bemoeide mij er niet mee en herkauwde wat François in een zeldzame bui van vertrouwelijkheid gezegd had.

Vanaf begin december fietste juffrouw Kleinlugtenbelt iedere week naar haar werkhuizen, één ochtend naar de etage van Heleen Heupers aan de Staringstraat, één middag naar de pastorie naast de Noorderkerk. Ze klaarde ervan op, kwam met verhalen thuis, voelde zich gewaardeerd, vooral door Heleen. Die zette iets lekkers klaar voor bij de koffie, verdween naar haar school en prees in de middagpauze de stofvrije vensterbanken en het opgemaakte bed. Om half een was juffrouw Kleinlugtenbelt weer thuis en had opoe de aardappels en groente gekookt die haar dochter panklaar had gemaakt.

Na de eerste keer opende juffrouw Kleinlugtenbelt haar hand en liet vier briefjes van een gulden zien, vier roze Juliana's die ze in een recht rijtje schikte in haar handpalm. Heleen betaalde per keer. Mevrouw De Beer deed het aan het einde van de maand. Ze hadden daar een stofzuiger en mevrouw De Beer had bij de koffie een visje gepresenteerd omdat haar vader, een oude Urker visser, op bezoek was geweest.

Juffrouw Kleinlugtenbelt was enthousiast een onvermoede wereld binnengestoomd. Jacob en ik zeiden verbaasd tegen elkaar dat ze met haar werkhuizen nu ook haar nukken onder controle leek te krijgen.

Na de tweede werkochtend bij Heleen zat ze half verontwaardigd en half lachend met ons aan de keukentafel. Ze had daar een witwasje gedaan, de bloemen een beurt gegeven en stond de ramen te zemen toen opeens François de Beer in Heleens kamer stond.

'Ik schrik,' zei juffrouw Kleinlugtenbelt. 'Hoe komt u hier nou binnen?'

'Ik heb een sleutel,' zei François.

'U hebt een sleutel. Waar is dat nou voor nodig?'

'Bemoeit u zich niet met mijn zaken.'

Hij begon zoekend rond te lopen, zei 'verdorie' en toen: 'Hebt u mijn dirigeerstokje gezien? Dat moet hier ergens zijn. Zo meteen moet ik de repetitie van de *Matthäus* dirigeren.'

'Hoe komt zo'n stokje dan hier in huis?'

'Mag ik soms niet bij mijn verloofde op bezoek, mevrouw?!'

'Hoe ziet zo'n ding er dan uit?'

'Dat weet u toch wel?'

'Hoe kan ik dat nou weten?'

'Zwart stokje, glimmend, van hout, zo lang.'

'O, zo'n zwart stokje. Dat heb ik bij de sansevieria gezet, die zakte scheef. Zo'n handig stokje. Mocht dat dan niet?'

'Sansevieria?' vroeg François. 'Wat is dat?'

'In de vensterbank,' zei juffrouw Kleinlugtenbelt en ze wees.

François deed één woedende stap, rukte het stokje uit de potgrond, smeet met de deur en rende de trap af naar de *Matthäus-Passion*.

23
Het museum

De peinzende Japanner steunde zijn kale hoofd als een volgroeide vrucht tussen zijn handen. In zijn zwarte gewaad leunde hij met zijn ellebogen op zijn schrijftafel. Tussen zijn rechtervingers stak zijn schrijfstift schuin omhoog, nog werkeloos. Wat een fascinerende tekening. Naast zijn open inktpot lag een blanco vel papier. Rondom zijn mond begon de glimlach te ontstaan van iemand die met gesloten ogen inspiratie aanzuigt en een startpunt nadert. Die rust, die overgave!

De illustratie sierde het kaft van een blad dat bij meneer Hazelaar op tafel lag, *Stijl. Gereformeerd Cultureel Tijdschrift*. Hoe kwam een heidense Japanner op dít blad terecht? Het was een prent van Hokusai, las ik op de binnenzijde van het omslag. Ik voelde hoe gewaagd de combinatie was, en hoe aantrekkelijk.

We waren met de klas op zondagavondbezoek bij onze kweekschooldirecteur. Opgewekt gepraat golfde tussen de open suitedeuren door. Anna Foekens wipte met haar vlakke hand het tijdschrift omhoog uit mijn handen en riep: 'Dooie, zit niet te lezen, jij.' Maar het blad viel met de tekening naar boven terug op mijn handen en ze boog zich eroverheen, naar mij toe. Ze rook potverdrie als een meisje, hoewel ik niet goed wist hoe een meisje rook.

'Wat een vént,' riep ze. 'Dat papier van hem is nog net leeg.'

'Hij gaat zó beginnen,' zei ik.

‘Ja,’ zei ze. ‘Maar nu doen we het licht uit, we gaan stemmen raden in het donker en jij doet mee.’

In die week bezocht ik het Rijksmuseum Twenthe. Het was er nog niet van gekomen, hoewel ik al vier maanden in Enschede woonde. De peinzende Japanner had mij aangespoord: klim achter de dikke kei de hoge stoep op en ga kijken. Aan het loket legde ik twee kwartjes neer voor een kaartje. Als door een klooster scharrelde ik rond door koele zalen en gangen. Het beeld van de heilige Barbara glimlachte tuttig. De speerpunten uit de ijzertijd vormden niet veel meer dan een rij roestig metaal. Heel die vroeghistorische afdeling doorliep ik in rustig wandeltempo. Maar bij ‘Bewening van Christus’ van Jacob van Utrecht hield ik mijn pas in. Nog nooit had ik een dode in het echt gezien. Wel had ik uit een boek een spreuk onthouden waar de naam ‘Peter Pan’ onder stond: ‘Sterven is een groot avontuur.’ Christus was met open mond en gezwollen buik wel heel erg echt dood. Een ernstig mansportret met muts van ene Hans Holbein de Jongere keek me nadenkend voorbij. Zelfs Rembrandt was er – die kende ik – met een portret van zijn vader: een kaal hoofd met dun gerimpeld vel, prachtig ingevallen wangen, starende oudemannenogen en een geweldige neus. De eerste Rembrandt die ik aanschouwde! Ik ging me al thuis voelen in dit bijna religieuze gebouw.

En toen opeens, als was het een verschijning, stond ik tegenover Jezus Christus in persoon. Hij zat op een ezel en de ezel stond op een plankier en het plankier stond op wielen. Het was een ezelin, wist ik, een loodgrijze ezelin, zag ik. Ze had haar voorpoten schrap gezet om niet te vallen wanneer de plank opeens met Palmpasen weer voortgetrokken zou worden door de straten. Hier was ze een eeuwig moment lang tot stilstand gekomen. Haar puntige oren staken achterwaarts gespitst naar de Heer.

Christus zat stokstijf op haar grijze rug. Hij droeg een wat verschoten rode mantel en een dunne, goudkleurige kroon met punten. Zijn stugge houten vingers wezen naar voren, op de twee na die hij zegenend omhoogstak. Zijn mond stond rood en vriendelijk. Zijn ogen staarden de nabije toekomst in. Misschien was het daarom dat hij zo gespannen op zijn ezelin zat. Hij hoorde het Hosanna van de mensen luid in zijn oren, maar hij kon al weten dat ze hem binnen afzienbare uren twee andere woorden zouden toeschreeuwen.

Dit was hij, Hij. Het leek of de ezelin mij geruststellend toeknikte. In deze heldere minuten besefte ik dat ik deze houten Jezus op zijn houten ezelin opsloeg in mijn bewustzijn. Ik bukte mij naar het kaartje en zag dat ze van lindenhout waren. Ik strekte mijn hand uit en streek de ezelin over de houten krulletjes op haar voorhoofd. Daarna raakte ik even de opgestoken vingers aan.

Het moment knapte af door een stem vlak achter mij: 'Verboden aan te raken.'

Ik draaide mij om, betrapt op iets waarvan ik niet wist dat het niet mocht. Achter mij stond een jongeman, een paar jaar ouder dan ik, achttien misschien. Hij keek mij met vermoeide ogen aan. Vanonder zijn dichte donkerblonde haar gleed een druppel zweet naar zijn neus. Hij veegde met de rug van een trillende hand over zijn voorhoofd. Ik begreep onmiddellijk dat het geen museumbewaker was die mij op de vingers tikte omdat ik de zegenende Jezus had aangeraakt.

'Wie ben je?' vroeg ik.

Hij antwoordde niet en zei: 'Vind je hem mooi?'

'Heel mooi.'

'Ja,' zei hij. 'Ik kom hier vaak. En jij? Ik zag je rondlopen.'

'Vandaag voor het eerst,' zei ik, en meteen wist ik dat ik die jongen al vanuit mijn ooghoeken had zien lopen. Toen ik me bij 'De bewening van Christus' had omgedraaid, had ik in een flits zijn ogen gezien en hem daarna onmiddellijk zien doorlopen in de richting van Rembrandt. Hij had dus naar mijn rug staan kijken.

'Heb je het *lös hoes* al gezien?' vroeg hij.

'Wat is dat?'

'Kom maar mee.'

In de stal van het *lös hoes* ging hij op een boerenbankje zitten. Met een uitnodigende hand wees hij op de open plek naast zich. Zijn broekspijpen kropen omhoog. Hij droeg de dikste wollen sokken die ik ooit had gezien.

Hij vroeg: 'Hou je van beeldende kunst?'

'Ik geloof het wel.'

Hij bleek er veel van te weten en na een paar minuten vroeg ik hem: 'Weet jij wie Hokusai is?'

'Was,' zei hij. 'Groot Japans tekenaar, achttiende eeuw, negentiende. Hoe kom je daarop?'

'Ik zag een mooie tekening van hem op een tijdschrift.'

'Man achter bureau, stift aan de lippen, gesloten ogen?'

Verbaasd keek ik hem aan, recht in zijn ogen. Die stonden nu minder moe. Hij droeg een gestreepte stropdas die onder zijn slip-over verdween.

'Ken jij dat blad? *Stijl*?'

'Ik ben abonnee,' zei hij. 'Eindelijk een sprankje leven in onze dorre gereformeerde kerk.'

Hij staarde voor zich uit en zei: 'We leven met beide, met het christelijke kruis en met de heidense cultuur. We hebben ze allebei nodig, in de wereld, niet van de wereld. Of geloof jij in de antithese?'

Ik begreep hem niet en ik begreep hem nog minder toen hij een paar regels begon op te zeggen. Ze rijmden, het zouden wel dichtregels zijn.

'Denk hierover na,' zei hij.

Nu voelde ik me toch min of meer geclaimd, alsof hij zich verbeeldde dat hij na een kwartier al vaderlijk en opvoederig kon doen. Afwerend zei ik: 'Ik ken dat versje niet.'

'Versje? Versje? Ik schrijf het voor je op.'

Hij trok een agenda tevoorschijn, ritste er een leeg velletje uit, noteerde iets en reikte mij het papiertje aan.

Bij de dikke kei stond zijn fiets.

'Misschien zie ik je nog eens,' zei hij.

Ik haalde mijn schouders op, maar dat leek te onverschillig en daarom vroeg ik: 'Hoe heet je eigenlijk?'

'Leendert. En jij?'

'Simon.'

'Nou, Simon, bedankt.'

Ik keek hem na toen hij naar rechts fietste, de Lasondersingel op, en ik dacht, terwijl ik zijn rug smaller zag worden: *Waarvoor bedankt hij mij?*

Daarna las ik het velletje papier dat ik nog steeds in mijn hand hield. Dit stond er:

Wat bleef er in de leegte nog bewaard?
Vroeg winterlicht, het knappen van de haard.
Binnen – een tafel, een retort, een kruisbeeld;
buiten – heldre heidenen te paard.

Adriaan Roland Holst bij de dood van Martinus Nijhoff

24
Hardgroen

Anko Boxum belde aan. Juffrouw Kleinlugtenbelt deed open.

'Anko,' zei ze kort.

'Dag mevrouw,' riep hij haastig. Hij glipte langs haar heen naar binnen (ze zou later zeggen dat hij haar bijna omverliep) en stormde plomp de trap op. Hij sloeg steeds één trede over.

'Hé, zeg, hoho, stop jij,' riep juffrouw Kleinlugtenbelt kwaad tegen zijn rug.

Anko remde af, kwam bovenaan de trap tot stilstand en keek om. Zij strekte haar hand, kromde haar wijsvinger, bewoog die als in een kramp naar zich toe en zei strak: 'Terug!'

Anko keerde ruggelings terug, tree na tree, langzaam.

'Kun je niet netjes vragen of je even naar boven mag? Je bent hier niet in jouw boerenbedoening. En die grote schoenen van jou, daar wordt mijn traploper niet beter van.'

Hij kon zich nog net stamelend verdedigen: 'Maar ik sloeg toch steeds een tree over, mevrouw.'

Waarschijnlijk begreep ze hem niet, want ze barstte niet in lachen uit maar zei koel: 'Wat moet je?'

'Mag ik even naar Jacob en Simon, mevrouw? Ik moet iets vragen over school.'

'O, zo. Vooruit maar, en voorzichtig.'

Verontwaardigd vertelde ze het aan tafel aan haar man en aan ons. Maar wij hadden natuurlijk al van Anko gehoord hoe het gegaan was en kozen zwijgend geen partij, maar in ons hart zijn partij. Kleinlugtenbelt liet alleen een neutraal gegrom horen en zei: 'Och, 't bint jongs.'

De volgende dag dronk ik koffie met de beide vrouwen. Jacob fietste achter zijn slagersmand langs de singels.

'Vanmorgen,' zei juffrouw Kleinlugtenbelt, 'wou ik naar de wc, maar de deur gaf niet mee, het haakje zat erop, Jacob zat erop. Ik m'n plas ophouden. Hij kwam d'r maar niet af. Na tien minuten nog niet. Ik loop naar buurvrouw Snippe om te plassen en ik zeg: 't is wat met die jongen. Kom ik thuis, Jacob loopt net de trap op, ik zeg: kon dat niet wat rapper dan? Hij kijkt om, zegt niks. Ik zeg tegen opoe: ik geloof dat het stinkt in de hal, heeft ie het raampje wel open? Ik doe die deur los, ik knijp de neus dicht en ik wip het raampje open.'

'Daar kan die jongen niks aan doen,' zei opoe.

'Och ieë,' zei zij.

In een onverwachte bui van tegenspraak zei ik: 'Daar kun je niks aan doen, dat doe je niet met opzet.'

'Dat dichte raampje?'

'Ik bedoel dat lange duren.'

'Och ieë, ie praat alles maar goed. 't Is een boer. Hij kwam na de Kerst terug met zo'n lange groene wollen das van wel twee meter. Groen, dat is een kleur van de boeren, een boer houdt van groen. Hardgroen, dat doet mij zeer aan de ogen.'

Mens, val omhoog, dacht ik. Maar ik zei alleen: 'Alle gras is groen, ook in uw tuin.'

Ze draaide zich om, keek door de vitrage van de keukendeur en zag dat Rexje hurkend een plas deed in haar gras.

'Ik geleuve al m'n leven dat ze drachtig is,' zei ze bezorgd. 'Wanneer was dat toch dat ik die grote hond hier wegjoeg? Was ze toen niet loops?'

Boven sloeg ik boos mijn schrift open om voor school een thema uit het Engels te vertalen. Ik haakte vast aan de eerste zin: '*It's an awkward and a painful thing to quarrel with a person who is staying under the same roof.*' Drie van die woorden sprak ik hardop uit: *awkward*, *painful*, *quarrel*. Op de achtergrond ervan hoorde ik de ruis van juffrouw

Kleinlugtenbelt. Bij ons thuis bestond zoiets niet. Het overschaduwde haar goede boterhammen, haar goede appel, haar goede bloemkool, haar goede welkom in haar huis. Onverwacht kon er *quarrel* op ons vallen, het was *painful*.

Ik vertaalde de regel: *Het is iets kwaads en pijnlijks onenigheid te hebben met iemand die onder hetzelfde dak verblijft.* Tot mijn verbazing merkte ik dat ik mijn rust hervond. De *pain* was zo *full* niet meer. Ik dacht: *Taal als medicijn, kan dat?* Dat kon. Ik was gegaan waar de woorden gingen en het had geholpen.

Twee weken later werden in de schuur de pups geboren, vier zwarte platneusjes die op blinde mollen leken. Juffrouw Kleinlugtenbelt was nu toch vertederd en dekte de mand tegen de kou toe onder de stukken van een oude verknipte deken. Ik kon dat blinde gekruip door het nest niet waarderen. Jacob wel. Hij nam de hoopjes hond in zijn hand en kroelde ze. Rexje liet het met trillende bovenlip toe. Ik stond erbij en keek ernaar. Misschien moest ik leren leven met iets wat ik lelijk vond.

Nog weer later voelde ik zelfs medelijden toen Kleinlugtenbelt de vier fluwelen zwartkopjes in zijn fietstassen plaatste, twee links, twee rechts, waarna hij de tassen afsloot met riemen en gespen en de mormeltjes wegbracht naar een verzwegen bestemming. Rexje bleef jankend achter in de schuur. Juffrouw Kleinlugtenbelt had sterk op verwijdering aangedrongen omdat er logés kwamen en dan moest in huis en schuur alles schoon, helder en opgeruimd zijn. Mijn vader en moeder zouden op bezoek komen voor mijn zestiende verjaardag.

25
Jarig

Mijn zestiende verjaardag viel op een zaterdag. Juffrouw Kleinlugtenbelt had geopperd, bijna verordend zelfs, dat mijn vader en moeder welkom waren. Ze konden op de kamer van Jacob en mij slapen, Jacob week dan uit naar de zolder van Frederika Gort in de Minkmaatstraat en ik kon voor één keer bij een van de naaste buren terecht. Juffrouw Kleinlugtenbelt vertoonde aan tafel nog eens waarderend het gebaar waarmee mijn vader meteen bij mijn komst mijn kostgeld in bankbiljetten op tafel had uitgeteld.

Voor mijn ouders was de zaterdag een uitermate lastige dag. Mijn moeder kon het dan in de winkel niet in haar eentje aan. Mijn vader boende de schoenpoets onder zijn nagels vandaan, trok zijn grijze pak aan, zakte op de parketvloer van de winkel op één knie voor de mannelijke klanten op hun pasbankje, strikte veters en gaf adviezen over te hoge wreef en te kleine maat. Bij mijn moeder lagen woorden als model, snit en pasvorm voor op de tong en ze voelde zich 's avonds afgemat van al dat knielen voor zweetvoeten met eksterogen die ze in steunschoenen moest wringen.

Ik legde aan de keukentafel van juffrouw Kleinlugtenbelt de drukte van zo'n zaterdag uit, maar zij was van mening dat die winkel dan maar een dag dicht moest. Bovendien was mijn moeder natuurlijk nieuwsgierig naar de mensen bij wie ik in de kost lag.

Ik schreef dus naar huis dat ze uitgenodigd waren. Mijn moeder schreef terug dat ze aarzelden om de verre reis in wintertijd, om de drukke winkel, om de werkplaats waar nu elke dag een rij klanten stond te wachten tot mijn vader hun gebroken schaatsriemen had vervangen. Maar een brief later was het besluit gevallen. Mijn moeder schreef dat ze het dan maar moesten doen, die mensen keken er immers zo naar uit, mijn zusje kon bij een vriendinnetje logeren en 'we nemen Halitran voor je mee tegen verkoudheid, drie druppels per avond. Wolter heeft het warm op Nieuw-Guinea maar wil niet bijtekenen. Als er nog maar niet eerder weer oorlog is, want als je de Radio hoort dan is het er niets rustig.'

Een paar dagen te vroeg kwam er al een verjaarsbrief met het poststempel 'Hollandia' op een rijtje fraaie geelwitte staartveren van paradijsvogels. Juffrouw Kleinlugtenbelt hield de lichtblauwe luchtpostbrief triomfantelijk omhoog en bleef alsmaar stof afnemen op onze kamer nadat ik de tere envelop had opengeritst met mijn zakmes. Wolter schreef dat hij veel schoenen te repareren had, tropenschoenen, oerwoudlopers, maar ook gewone voor het ziekenhuis van Hollandia. 'Ik feliciteer je met je verjaardag. Het is hier benauwd warm met veel buien die niet over de bergen kunnen komen. Ik heb nu de wacht, ik ben wachtcommandant hier beneden in de havens voor het bewaken van de opslagplaatsen van de Marine. Ik loop hier een beetje met een revolver op mijn buik en ik moet de schildwachten op hun posten brengen. Voor het Papoea-elftal heb ik voetbalschoenen gemaakt, een heel werk maar ze deden het er één keer mee en trapten toen weer met hun blote voeten.'

Juffrouw Kleinlugtenbelt was inmiddels vlak langs me heen gelopen om het raam te openen en haar stofdoek uit te slaan.

'Nou?' zei ze, nieuwsgierig naar die keurige broer van mij in zijn matrozenpak en met zijn reuzendoos rumbonen.

Op de zaterdagmorgen van mijn verjaardag stak Jacob mij vanonder de dekens zijn hand toe. Ik deed hetzelfde, we omklemden elkaar een moment. Het was een van onze weinige wederzijdse aanrakingen. Hij gaf me het *Prisma Citatenboek* van C. Buddingh' met die rare hoge komma achter de naam. Daar werd ik toch wel warm van. Hij moest zuinig zijn en had vijf kwartjes aan mij besteed. Om hem te bedanken zei ik de eerste regels op van 'De blauwbilgorgel' van Buddingh': 'Ik ben de blauwbilgorgel, / Mijn vader was een porgel, / Mijn moeder was een porulan, / Daar komen vreemde kind'ren van.' Hij lachte me straal uit en zei: 'Jouw vader is geen porgel en jij krijgt blauwe billen als je op je kont valt en welgefeliciteerd.'

Juffrouw Kleinlugtenbelt gaf mij iets wat ik graag wilde hebben, een lichtblauw vlinderdasje. Ze vertelde opgetogen dat ze apart voor mij op de fiets was gestapt en het na drie winkels had gevonden in V&D. Ik betreurde het moment waarop ik haar verteld had van de vlinderdas van Tom Ypkemeulen. De zachte blauwe stof lag in mijn hand, ik streek erover en ik keek ernaar, en zo kon ik haar met neergeslagen ogen hartelijk bedanken. Wat sas as dös was kaans? Ik leerde steeds meer Twents.

Kleinlugtenbelt kneep hard in mijn hand en zei: 'Hoe old ben ie nou?'

'Zestien,' zei ik.

''n Zwien wordt zo old nich,' zei hij en hij lachte luid.

De wind sneed als een ijzig scheermes langs mijn wangen toen ik 's morgens naar het badhuis fietste. Jacob zou 's middags gaan, na het vlees. In de hal van het badhuis ging ik op sokken tegen de meetlat staan: 164 centimeter. Vervolgens stapte ik ernaast op de algemene weegschaal. De wijzer stopte trillend bij 61 kilogram. Op mijn kamer zocht ik in mijn agenda de vergelijkingstabel 'Lichaamsgewicht en -lengte'. Het klopte, ik deugde: zestien jaar correspondeerde met 60 kilo.

Vroeg in de middag fietste ik naar het station. Mijn vader en moeder kwamen wat eerder dan hun plan was geweest, omdat de familie Kleinlugtenbelt daarop had aangedrongen. De harde wind sloeg mij koud om de oren. Om 13.33 uur zouden ze op de trein stappen en om 17.15 uur in Enschede aankomen, had mijn vader geschreven, en dat deden ze. De winkel was niet eens opgeruimd en de parketvloer niet in de was gezet. Ze vertelden het me, terwijl ik in de vrieskou naast hen voortliep met hun koffer achter op mijn fiets.

Ze hadden warme pantoffels meegebracht voor opoe en juffrouw Kleinlugtenbelt, en voor Kleinlugtenbelt een doos sigaren. Mijn verjaarscadeau was een paar nieuwe bruine schoenen. Ze wisten wat ik mooi vond. Met mijn wijsvinger streek ik langs de gaatjes van het fraai bewerkte voorblad.

Natuurlijk kon ik onmogelijk Nederlands spreken met mijn vader en moeder, en ook Jacob praatte nu weer Gronings. Maar daarmee sloten we de familie Kleinlugtenbelt buiten. We losten het op door als Groningers zo zacht mogelijk zo weinig mogelijk tegen elkaar te zeggen en veel tegen de Enschedeërs. We geneerden ons omdat zij een paar keer zeiden: 'Wat smoezen jullie toch in dat taaltje van jullie.' Dan verwisselden wij haastig taal en richting. Aanpassen, niet anders dan ons aanpassen deden we.

Op de zondag na mijn verjaardag wandelden we in onze winterjassen naar de kerk. Dominee De Beer preekte en mijn ouders vonden hem 'geweldig', zeiden ze. We aten soep met ballen, koteletten, aardappels, bloemkool, en toen schudde juffrouw Kleinlugtenbelt het nagerecht uit haar aardewerken puddingvorm, een gele nadrillende vanillepudding met bovenop een stijve gele druiventros. Rexje drentelde tussen de tafelpoten door en verhief zich beurtelings bij ieder van ons op zijn achterpoten voor de brokjes vlees die wij bewaard hadden. Toen begon Kleinlugtenbelt te vertellen over de vier zwarte vuilnisbakkenhondjes die

Rexje geworpen had. Juffrouw Kleinlugtenbelt voegde eraan toe dat het dier in het najaar loops was geweest. Kleinlugtenbelt zei daarop grinnikend en naar mij wijzend: 'Hij wist niet wat loops was. Is nog niet dreug achter de oren. Hij leert wel bij, hier in Enskedéé.'

De vlam sloeg uit mijn wangen omdat ik onmiddellijk oversprong van dier naar mens. Tersluiks keek ik naar mijn moeder. Ze glimlachte verlegen. Mijn vader zei niet veel anders dan 'nou nou' of 'tja'. Schaamden ze zich op dit moment omdat ze mij ver van huis hadden laten gaan zonder mij in te lichten over 'de voortplanting der mensen', zoals mijn biologieboek het noemde? Mijn moeder keek naar haar bord, mijn vader bukte zich naar Rexje en vroeg: 'Hoe oud kan zo'n hond nou worden?'

Daarmee was de wissel in het gesprek genomen. Maar naar mijn besef bleef de gêne hangen toen juffrouw Kleinlugtenbelt de borden verwisselde voor ontbijtbordjes, met haar vleesmes de pudding in parten deelde en ons allemaal met het mes een stuk toeschoof. De gele druiventros had ze er eerst af gesneden en op mijn bord gedeponeerd. Ik wist dat ik mijn vader en moeder hun nalatigheid nooit kwalijk zou nemen, omdat ik het niet als nalatigheid beschouwde. Ze konden niet anders, en ik redde me wel.

De maandag daarop bracht ik hen naar de trein van 09.00 uur. Het was de uiterste gelegenheid, de winkel wachtte om opgeruimd te worden. We bewogen ons door een grauwe morgen, zonder zon, zonder regen, met veel wind, het vroor een paar graden. Ik hield van de twee mensen die mijn ouders waren, maar toen ik hen een voor een door de controle zag gaan, wuifde ik hen opgelucht na.

26
Kromme Lindert

Nu ik zestien was, kon ik lid worden van de Openbare Leeszaal en Bibliotheek op de Markt. De dame van onbestemde leeftijd achter de balie schreef op mijn naam een roze lezerskaart uit en stempelde daar een grote blauwe J op, waardoor ik maar de helft van de contributie hoefde betalen.

'De oorlog is gelukkig al tien jaar voorbij,' zei ze hoofdschuddend, 'anders zou je iets van dat stempel vinden.'

Begerig keek ik naar de rijkdom achter haar rug: zalen vol kasten vol planken vol boeken. Wat had ik graag aan die wanden willen staan om boeken in handen te nemen, maar dat mocht niet.

Ze vroeg wat ik wilde lezen. Alles wilde ik lezen, maar ik zei 'romans' en dacht dat ik bescheiden was. Ze glimlachte en gaf mij een dikke catalogus op briefpapierformaat vol namen van schrijvers en achter die namen de titels. Ik duizelde van deze nog bijna helemaal onbekende wereld. Voor de boekenlijst van de ulo had ik *Orpheus in de dessa* van Augusta de Wit gelezen, en *De herberg met het hoefijzer* van A. den Doolaard. Ik wilde meer, ik wilde zwemmen in boeken.

Hier en daar herkende ik, al bladerend, een naam. Ik stuitte op A.M. de Jong. De associatie met Merijntje Gijzen dook in mij op, want over dat Brabantse jongetje had ik in Rijpma's *Bloemlezing* een fragment gelezen. Nogal lukraak – ik moest toch ergens beginnen – schreef ik het catalogusnummer van A.M. De Jong, *De martelgang van Kromme Lindert* op het bestelbriefje. De dame liep de overvloedige zalen in en kwam terug met het boek. Voordat ze me het in handen gaf vroeg ze: 'Je bent toch niet rooms?'

'Nee mevrouw, gereformeerd.'

'Juffrouw. Want van de roomsen mag je dit niet lezen.'

Ik keek haar belangstellend aan. Wat bedoelde ze?

'De boeken van A.M. de Jong hebben in de roomse bibliotheek een waarschuwing: "slechts voor welgevormde rijpere lezers".'

Ze boog zich over de balie en liet haar ogen stijgen van mijn teen tot mijn top en voegde er met een glimlach aan toe: 'Jij lijkt me wel welgevormd, maar nog niet rijp, laat staan rijper.'

Nu lachte ze hartelijk en ze zei: 'Op je kaart staat dat je scholier bent. Welke school?'

'Ik studeer voor onderwijzer, juffrouw. Op de school aan de Blijdensteinlaan.'

'Nooit van gehoord,' zei ze, 'maar goed, laat je maar rijpen.'

Opgewekt liep ik de hoge stenen stoeptrap van het herenhuis af en klemde het gekafte boek onder mijn snelbinders.

Juffrouw Kleinlugtenbelt schonk mij thee aan haar keukentafel en vroeg: 'Wat is dat voor boek?'

'Van de openbare bibliotheek op de Markt.'

'Openbaar?' zei ze met wel drie vraagtekens in haar stem. 'Wij zijn toch gereformeerd?'

'Als je zestien bent, kun je lid worden,' zei ik en ik voegde er eigenwijs aan toe: 'en een gereformeerde bibliotheek bestaat hier niet.'

Ze nam het boek in handen, bladerde erin, las hier en daar een losse zin en riep: 'Hoor eens aan, hoor eens aan: "Langzaam kroop de hand van Kromme Lindert omhoog onder de rok van Anneke." Wat heeft dat te betekenen?'

'Weet ik niet,' zei ik lachend. 'Ik moet dat boek nog lezen.'

'Dat zou jij niet weten. Mag jij dat boek wel lezen van je va en moe?'

'Vast wel,' zei ik, maar ik twijfelde.

In onze kamer draaide ik de petroleumvlam hoger en begon gretig aan hoofdstuk 1: 'Tot een miserabel hoopje verfomfaaide menselijkheid ineengezakt zat de Kromme tegen het stenen paaltje voor de stoep van de herberg der weduwe Uitdewilligen.' Ik zou gaan rijpen en begrijpen.

27
Schreeuw

Niet lang na mijn verjaardag verscheen er een geheim dat ik niet begreep en dat zich als een vreemd gevaar opdrong. Er ging een schreeuw aan vooraf. Terwijl ik sliep onder de dikke gestikte deken, klom er diep vanuit de bodem van mijn slaap een kreet naar boven. Ik kon niet wakker worden maar ik werd het, want de doffe schreeuw herhaalde zich. Toen ik het dierlijke geluid voor de derde keer hoorde, zat Jacob rechtop naast me in bed en ik zei: 'Wasdat?'

'Hond misschien, buiten,' mompelde Jacob en we zakten weer onder de dekens en in slaap.

Aan het ontbijt ontmoetten we alleen opoe.

'Zus is nog boven,' zei ze.

De rest van de conversatie ging tussen Jacob en mij over de repetitie Frans die we die avond zouden krijgen. We moesten nog woordjes stampen. Tussen de middag zaten Kleinlugtenbelt en zijn vrouw zwijgzaam en wat lodderig aan tafel.

De repetitie viel me bijzonder mee. Meneer Stuvé legde ons een oud eindexamen voor dat ik al kende uit de examenklas van de ulo. Ik snelde erdoorheen, was als eerste klaar en ging bijna demonstratief in *Kromme Lindert* lezen, die ik in mijn schooltas meevoerde omdat ik niet wilde dat juffrouw Kleinlugtenbelt zich er weer aan vergreep. De anderen hadden het volle lesuur nodig.

Een week later kregen we de blaadjes terug. Meneer

Stuvé las de cijfers voor, ik had een 9, ik was de beste. Onderweg naar huis pochte ik tegen Jacob over mijn geluk dat ik die tekst al kende, en hij zei: 'Dan heb je die 9 niet verdiend, dan heb je gemeen gespeeld.'

Verontwaardigd zei ik: 'Waarom?'

'Daarom. Dat moet je aanvoelen.'

In bed dacht ik aan de bewonderende blik die ik met mijn 9 had opgevangen van de appelfrisse Rietje Vierdag. Of had Jacob gelijk? Had ik bij meneer Stuvé de knappe bol gespeeld zonder het te verdienen? Zonder mijn voorkennis had ik waarschijnlijk een 7 gehaald. Was Jacob met z'n 6 eerlijker dan ik?

De lente was nog maar net begonnen, toen Kleinlugtenbelt op een druilerige ochtend van zijn fiets viel. Het was half negen, we zaten met ons vieren aan het ontbijt en iemand stond aan de bel te rukken met de vraag of hier Kleinlugtenbelt woonde. De man van juffrouw Kleinlugtenbelt was naar het ziekenhuis gebracht. De fiets lag nog op het trottoir, hoek Haaksbergerstraat/Emmastraat. Juffrouw Kleinlugtenbelt sperde haar ogen open, snikte, herpakte zich en zei dat ze onmiddellijk naar het ziekenhuis wilde. Daarna wees ze Jacob aan om de fiets op te halen.

'Het regent,' zei ze. 'Simon is zo gauw verkouden, doe jij dat maar even.'

Jacob keek mij aan, ik zei niets, hij trok zijn regenjas aan en ging.

'Kun jij met twee fietsen fietsen?' vroeg ik nog.

'Jij niet dan?' zei hij.

Ik zag hem door het hekje schuiven, de kraag hoog opgezet in zijn nek.

Tegen twaalven was juffrouw Kleinlugtenbelt terug.

'Hersenschudding,' zei ze. 'Zware hersenschudding. Hij ligt voorlopig wel op 't ziekenhuis.'

We keken meelevend. Kleinlugtenbelt, die goeie kerel, het speet ons voor hem.

'Op 't ziekenhuis?' vroeg ik nog, met de klemtoon op het eerste woord.

Ze begreep de vraag niet en antwoordde: 'Dat zei ik toch?'

Er kwam maar geen einde aan die hersenschudding. Twee weken later lag hij nog steeds op 't ziekenhuis. Iedere dag ging juffrouw Kleinlugtenbelt daar op bezoek. Ze verzuimde er een paar werkhuismiddagen bij mevrouw De Beer en Heleen Heupers voor. Als een van ons onverwacht de keuken binnenliep, zat ze soms met haar zakdoek aan haar ogen nerveus met opoe te praten om dan het gesprek abrupt naar Jacob of mij te verleggen.

In de derde week vroegen Jacob en ik of wij ook eens bij Kleinlugtenbelt op bezoek konden. Dat mocht, maar we moesten ons rustig gedragen, zo'n heftige hersenschudding was niet niks. Jacob en ik zaten in die roezerige zaal vol mannen in bedden met vrouwen en kinderen op stoelen ernaast. Kleinlugtenbelt lag er gezond bij. Wat moesten we zeggen? We vroegen maar wat een hersenschudding eigenlijk inhield. Waarom het zo lang duurde. Wat de dokter had gezegd.

Kleinlugtenbelt was kort in zijn antwoorden. Een hersenschudding was een hersenschudding, dat wisten wij toch wel? Een zware hersenschudding, dat duurde nu eenmaal lang. Van een man die EHBO-les gaf hadden we wat meer informatie verwacht. We vroegen of hij wel naar de wc mocht, of hij koorts had, wat zijn buurman scheelde, of hij zijn pyjama – een echte Robson natuurlijk – zelf gesneden had, of hij hier mocht roken, van wie de bloemen op zijn nachtkastje waren, hoe het eten hier smaakte. We zochten wanhopig naar nieuwe vragen, want zijn antwoorden bleven beknopt. Toen hij na een klein half uur zijn hoofd op het kussen legde, wisten we dat we moesten gaan.

De volgende dag zei juffrouw Kleinlugtenbelt verwijtend dat wij zoveel vragen hadden gesteld. Hij had er pijn in de kop van gekregen. Wij besloten dus niet een tweede keer verlof tot bezoek aan te vragen. Maar in de week daarna kwam hij naar huis. Een maand na de val reed hij voor het eerst voorzichtig op zijn fiets naar het naaiatelier. Over zijn hersenschudding werd niet meer gesproken. We zagen een nieuw medicijndoosje naast zijn bord liggen. Het schreeuwen in de nacht vergaten we langzamerhand.

28
En Otto dan?

Op een avond beet Anna Foekens zich vast in meneer Ottevanger. Ze had een gedicht gekozen van Willem Kloos om voor de klas voor te dragen. Het ging over de dood. 'De klokken luien, luien mij uit. / Wàt toch dat luien in Góds-naam beduidt...'

'Ik sta perplex,' zei meneer Ottevanger. 'Dit is onchristelijk, Anna. Dit klinkt goddeloos. Er staat zelfs een vloek in. En dat vind jij mooi?'

'Het ontroert me,' zei Anna, 'ook al geloof ik in de Here Jezus.'

Het bleef doodstil in de klas. Wij waren niet scheutig met verklaringen van persoonlijk geloof. Wij hoorden in de godsdienstlessen eigenlijk alleen de alleen-ware opvattingen over Bijbel, schepping, doop, avondmaal en uitverkiezing en schreven ze overzichtelijk in onze schriften. En nu Anna. Die was niet alleen goed gevormd en goed gebekt, maar ook goed gelovig.

'En die vloek is geen vloek, meneer. Hij vraagt zich af wat God met de dood te maken heeft.'

'Dat wéét jij toch!' zei meneer Ottevanger scherp.

'Maar hij niet, en dan mag hij het toch vragen? Daar moet je toch naar luisteren?'

'Waar heb jij op school gezeten voordat je hier kwam?'

'Op de hbs, meneer. De openbare hbs hier in Enschede, drie jaar lang. Ik wou die school graag afmaken en daarna naar het gym en dan rechten studeren, maar daar hebben mijn ouders het geld niet voor, menéér, en daarom word ik maar onderwijzeres, dan kan ik veel eerder gaan verdienen.'

Haar stem was nu bijna even scherp als die van meneer Ottevanger.

'De openbare hbs,' zei hij. 'Het is te merken, juffrouw Foekens. Gelukkig zit jij nu op een gereformeerde school.'

'Met een gedicht van Kloos,' zei Anna.

'Ga maar zitten, jij,' zei meneer Ottevanger. 'Je voordracht was goed. Een 8.'

Toen kwam dominee Onvlee binnen. Dominee De Beer had vanwege zijn drukke bestaan de lessen geloofsleer afgestoten naar dominee Onvlee, maar zelf bleef hij zijn geliefde lessen Oude Testament geven. We schreven ons kapot bij dominee Onvlee en we staken er veel van op. Hij was een stadse dominee, een kaalhoofdige redenaar met interessante gebaren en moeilijke woorden. Hij had onlangs bij ons in de Noorderkerk gepreekt over het zevende gebod. Hij boog zich over de rand van de kansel, kneep zijn ogen dicht, kantelde zijn hoofd enkele graden zijwaarts, zweeg nog een moment en stootte toen de eerste zin van zijn preek de ruimte in: 'Geliefde gemeente, reeds bij de conceptie is in de vrucht de ganse mens present.' Het geritsel van pepermuntpapier verzwakte onmiddellijk tot geruis. Juffrouw Kleinlugtenbelt vroeg me na de dienst wat die geleerde dominee toch bedoelde, maar ik moest eerst 'conceptie' opzoeken in mijn woordenboek voor ik het haar, met gepaste moeite, kon uitleggen. 'Waarom praat die man niet gewoon?' zei ze. Het gelijk was aan haar zijde.

Dominee Onvlee trok *Onze Geloofsbelijdenis* van J.G. Feenstra uit zijn tas. Wij hadden daar een nieuw schrift voor geopend en op het kaft geschreven: 'Geloofsleer I'. Hij werkte met vragen en antwoorden, die wij getrouw noteerden.

'Wat is het verschil tussen de onbegrijpelijkheid Gods

en de kenbaarheid Gods? Wij kunnen God niet begrijpen, maar we kunnen Hem wel kennen, omdat Hij Zich ons in Zijn Woord geopenbaard heeft.' 'Is de eenvoudigheid Gods hetzelfde als de enkelvoudigheid Gods? Neen, God is enkelvoudig omdat Hij niet uit delen bestaat, Hij is eenvoudig omdat Hij drie-enig is.'

Gretig noteerde ik ook de zijwegen van dominee Onvlee in het oerwoud van de Godskennis, de feiten, de weetjes die hij uit zijn mouw schudde. De betekenis van *Roma locuta causa finita*. Dat de Bijbel geïnspireerd was en de kerk geïllumineerd. Dat Karl Barth dé agnosticus van de twintigste eeuw was en wat *agnosticisme* precies inhield.

Deze middag ging de les van dominee Onvlee over de kerk. Hij tekende drie simpele kerkgebouwtjes van krijt op het bord en nummerde ze van I tot en met III. Ik tekende ze na in mijn schrift.

I. De ware kerk. Op de toren tekende dominee Onvlee de wereldbol omdat de kerk een wereldfunctie heeft, het kruis van Christus en de haan van de waakzaamheid.

II. De valse kerk. Het wankele optrekje kreeg wel een kruis op het dak, maar het teken kwam er scheef op te staan. Als voorbeelden noemde dominee Onvlee: de roomse kerk, de hervormde kerk, de remonstrantse kerk, de synodale kerk. Ik noteerde de namen zoals een politieagent in zijn bonnenboekje een boete uitschreef.

III. De scheurkerk, wel met de goede leer, maar zo'n kerk had zich op onvoldoende gronden losgemaakt van de ware kerk. Voorbeeld: de christelijke gereformeerde kerk.

Tom Ypkemeulen stak zijn vinger op: 'U hebt geen voorbeeld bij I genoemd.'

Dominee Onvlee keek hem een moment zwijgend aan, glimlachte en vroeg: 'Maar jij hebt toch catechisatie gehad in de ware kerk? Dan weet je dat toch. Ieder is verplicht zich bij de ware kerk te voegen. Buiten de kerk geen zaligheid, zoals onze belijdenis zegt.'

Ik zag hoe Otto Stroink, die voor mij zat, zijn pen neerlegde, zijn vinger opstak, zijn andere hand onder zijn kin plaatste en zijn elleboog op zijn bank.

'Ja?' zei Onvlee.

'Dus ik ben van de valse kerk?' zei Otto vriendelijk, alsof hij het over zijn korfbalclub had.

Onvlee knipperde een moment verward met zijn ogen. Toen leek hij te beseffen dat dit dus die synodale jongen was. Hij keek hem aan, glimlachte weer, ietwat verontschuldigend nu, en zei: 'Het spijt me, jongen, maar zo is het wel. Ik mag de waarheid niet verdoezelen, hoewel ik het om jou zou willen.'

'Buiten de kerk geen zaligheid?' vroeg Otto bescheiden.

'Buiten de kerk geen zaligheid,' zei Onvlee peinzend.

Peter Hobbelink stak niet eens zijn vinger op. Hij vroeg: 'En Otto dan?'

Onvlee zuchtte, alsof zijn interpretatie van de ware leer hem moeite kostte.

'Ik zal het je uitleggen, jongen. De gelovigen in de ware kerk gaan bij hun dood naar de hemel. Als jij, Otto, verder een goede gelovige bent, minus dus het feit dat je tot de valse kerk behoort, dan zal God jou oordelen, jou in genade aanzien, jou je verkeerde keuze vergeven en jou op het moment van je dood toevoegen aan de ware kerk, als in een punt des tijds.'

'Een punt des tijds,' mompelde Peter. 'Moet ik dat nou echt geloven, meneer, dominee?'

Otto bleef vriendelijk kijken, alsof het hem niet aanging. Knarsend ging de bel voor de leswisseling. In het geroes van de pauze hoorde ik Otto nog iets aan dominee Onvlee vragen: 'Mijn vader zegt dat dat boek dat wij in uw les gebruiken door een synodale dominee geschreven is, dominee Feenstra. Is dat waar?' Wat Onvlee antwoordde kon ik niet meer verstaan.

Na onze boterham zaten we om half zeven te wachten op dominee De Beer voor een les Bijbelse aardrijkskunde. Hij was weer eens te laat, dus slenterden we naar de laan om te zien hoe hij gewoonlijk arriveerde: op de fiets van zijn vrouw, met ruimte voor zijn buik en een gemakkelijke in- en uitstap. We stonden er nog maar net, of daar verscheen hij al in de verte om de hoek van de Singel. Hij fietste over het trottoir, alsof hij nooit gepreekt had over het gebod de overheid te gehoorzamen. De Beer remde af, riep: 'Ha jongens,' en reed in een vloeiende bocht naar het fietsenhok. Hij greep een stapeltje losse boeken uit zijn fietstas, riep: 'Eerrrbiedig!' en snelde zijn buik na de schoolgang in. Eenmaal in ons lokaal herhaalde hij: 'Eerrbiedig!'

Maar Tom zei kalm: 'Dominee, dit is niet onze eerste les. Dominee Onvlee heeft al gebeden.'

'Ha,' riep De Beer, 'ja, excuus, ik moest de afwas nog doen. Hebben jullie dat gelezen van de Dode Zeerollen? Niemand natuurlijk. Maar daar moet ik jullie eerst over bijpraten.'

Peter Hobbelink onderbrak hem: 'Mag ik even een vraag stellen?'

De Beer knikte.

Peter tikte op Otto's arm en vroeg: 'Buiten de kerk geen zaligheid. En Otto dan?'

'Oho, o ja,' kuchte dominee De Beer. 'Otto, ach ja, jij bent... och nee zeg.'

Hij tastte in zijn vestzak, haalde er zijn sigarenknipper uit, stopte die weer terug omdat hij geen sigaar voorhanden had en zei: 'Jaja, ware kerk, valse kerk, zo zegt het onze belijdenis, maar de kern is deze, en begin daar maar eens duchtig over te mediteren: "Ik ben een vriend, ik ben een metgezel van allen die Uw naam ootmoedig vrezen." Jij bent thuis op het kerkorgel, Peter, jij begeleidt gemeentezang, jij weet waar je dit citaat kunt vinden.'

'Psalm 119 vers 32,' antwoordde Peter braaf. Minder braaf drong hij aan: 'Maar wilt u dat eens uitleggen?'

'Daar valt niks aan uit te leggen. Overdenk het en geloof het. En nu de grotten van Qumran en de rollen die een herdersjongen daar acht jaar geleden vond. Hoogst belangwekkend, de wereld staat er nog altijd van op z'n kop.'

29
Jan Ligthart

Meneer Schonewille leerde ons hoe wij onderwijzer zouden moeten zijn. Op voorhand accepteerde ik dit beroep, maar ik verlangde er niet naar. Hoeveel steken zou ik over drie jaar wel niet moeten oprapen uit het pedagogisch breiwerk dat meneer Schonewille ons aanreikte?

Onze klas wachtte na de pauze op zijn pedagogiekles. Elsje Meijer en Rietje Vierdag droegen dunnere bloesjes dan eerder omdat het een warme lentedag was. Ik vroeg Tom of je makkelijk de grens over kwam en hij vertelde me hoe je bij Glanerbrug langs bospaadjes zomaar zonder paspoort opeens in Duitsland was. Ik luisterde naar zijn stem tegen de achtergrond van het geluid van de anderen en ik voelde me thuis in deze warme klas.

Voor de ramen, aan de buitenkant, verschenen de hoofden van Otto Stroink en Peter Hobbelink. Te laat. Ze tikten aan het glas en riepen dat ze erin wilden, dat de deur op slot zat. Anna rukte aan de kruk van een raam en stootte het open. Buiten zetten de jongens hun knieën op een richel en hesen zich op. Otto sprong als eerste naar binnen. Peter volgde met een onverwachte zwaai en kwam met één voet op het opengeslagen boek van Rietje terecht. Hij sloeg een arm om haar middel en riep: 'Je hebt je zomerbloesje aan, ik kan zien hoeveel borstrokken eronder zitten.'

Allemaal lachten we luid. Zo'n grap zou ik niet durven maken, zoals ik ook niet mijn arm om zo'n warm meisjesmiddel durfde slaan. Maar ik lachte mee, want eens zou ik zulke dingen zeggen en doen.

Rietje hief haar open boek naar Peters neus en riep: 'Kijk nou eens, vuilak.'

We zagen hoe de ribbelzool van Peter een afdruk had achtergelaten op bladzijde 117 van Rietjes geschiedenisboek, dwars over het Twaalfjarig Bestand heen. Moddersporen en grassprieten kleefden aan arminianen en gomaristen. Peter trok zijn zakdoek en wilde gaan vegen, maar Rietje sloeg haar boek dicht en riep: 'Nee, ik wil dit houen zo. Souvenir.'

Meneer Schonewille was een vormelijke man. Hij greep al vooruit op onze toekomst door ons consequent met 'u' aan te spreken. In deze les noemde hij een nieuwe naam: Jan Ligthart. De schemering kroop tegen de ruiten van ons lokaal op, wij konden elkaar buiten vreedzaam in spiegelbeeld zien zitten. Het was zeven uur en door het open valraam gleed over onze hoofden het bescheiden tinkelen van het luidklokje van de synodale kerk. Meneer Schonewille nam een zwart boekje van de lessenaar en hield het omhoog met de voorzijde naar ons toe.

'Dit is een belangrijk boek,' zei hij. 'Dit zou u moeten lezen, hoewel het niet tot uw officiële leerstof behoort. Kunt u zien hoe de titel luidt, juffrouw Vierdag?'

Rietje Vierdag rekte haar fraaie halsje en las: '*Jeugdherinneringen* van Jan, ik kan de achternaam niet goed zien, meneer, dit is handschrift, dit zijn geen gedrukte letters.'

'Dat hebt u terecht opgemerkt,' sprak meneer Schonewille. 'Jan Ligthart is de naam en hij presenteert dit boekje als mens, met zijn persoonlijke handschrift. Het handschrift is een spiegel van de menselijke ziel, onthoudt u dat wel. De heer Ligthart was hoofd van een openbare volksschool te Amsterdam. Ik ga het met u hebben over zijn reformonderwijs. Daar zijn zeker bezwaren tegen in te brengen, maar laten wij beginnen met naar waardering te zoeken, zoals het in het hele leven behoort. De heer Ligthart en zijn zaakonderwijs over het volle leven zijn het ten volle waard. Noteert u in elk geval het opschrift op zijn graf.'

Wij hadden schrift en pen paraat en hij dicteerde: 'De hele opvoeding is een kwestie van liefde, geduld en wijsheid en de laatste twee groeien waar de eerste heerst.'

O, dacht ik, *zo, dat is mooi gezegd.* Ik legde mijn pen neer en voelde hoe de onzekerheid over mijn schoolmeesterstoekomst verdrongen werd door de menselijke rust van deze definitie.

Meneer Schonewille liet ons onmiddellijk nog een tweede zin noteren, het opvoedingsdoel van Herman Bavinck: 'Het vormen van mensen Gods, tot alle goed werk volmaaktelijk toegerust (2 Timotheüs 3 vers 17).'

Daarna sprak hij opnieuw een van zijn gebeeldhouwde zinnen uit: 'Ik kan u niet verplichten deze uitspraken uit uw hoofd te leren, maar ik geef het u bepaaldelijk in overweging. Het zijn bakens voor uw levensweg. Nu zal ik op de ideeën van de heer Ligthart nader ingaan, om ze in een later stadium te verweven met die van professor Bavinck.'

De zaterdagavond daarna fietsten Jacob en ik naar het laaggezolderde bruine zaaltje van de Oosterkerk voor de maandelijkse bijeenkomst van onze kweekschoolclub Covatjo. Ik praatte daar mee, steeds vrijmoediger, zonder altijd op mijn hoede te hoeven zijn. Voor de buitenleerlingen was Covatjo balsem op het heimwee dat soms kon schuren. Jacob was wat minder betrokken bij de club. Hij ging natuurlijk mee, hij was lid omdat hij leerling was, maar bij de discussies zweeg hij meestal. Wel zag ik hem eens stiekem tevergeefs een schetsje maken van een opstelling voor een voetbalwedstrijd tussen de mannelijke leerlingen, maar hij kon niet tot twee elftallen komen en verscheurde het papier.

De meisjes droegen deze avond weer die verrukkelijke wijde jurken met zandlopertailles waarvan ik droomde dat ik ooit een ervan zou proberen te omspannen met de toppen van mijn tien vingers. Onder de kin van Tom Ypkemeulen kleefde zijn vlinderstrikje (dat van mij lag nog ongebruikt in de kast).

Er was een voorgerecht. Anna Foekens las met passie voor uit *Jeugdherinneringen* van Jan Ligthart. Ze had de donkerblauwe band met gouden handschrift stomtoevallig voor één gulden zien liggen bij de baardman van de boekenkraam op de markt. Ik wilde dat ik haar voor was geweest. Ze las over de 'beduvel-ze-maar-methode'. Een moeder lokt haar onwillige kind naar bed met een verhaaltje, met een liedje, met het verzinsel dat het lekkertjes is in bed, en het kind trapt erin. Dan zegt een pedagoog: fout, het kind moet weten dat het op tijd moet ophouden met spelen en dan naar bed, lekkertjes of niet. Maar Jan Ligthart wilde geen pedagoog heten, hij verdedigde het pedagogisch beduvelen. Anna las het met zichtbaar plezier voor.

Tjerk Brouwer haakte erop in. Beduvelen mocht niet. De ideeën van Jan Ligthart waren humanistisch en konden dus niet 'verweven worden' met die van Herman Bavinck, zoals meneer Schonewille (zei Tjerk) beweerd had. Meneer Schonewille gaf zijn lessen meestal parallel ook aan de andere klassen.

Naar de discussie luisterde ik niet. Jan Ligthart had mijn sympathie. Ik dacht dat ik hem best zou willen verweven met Bavinck.

30

Zwart-wit

Toen kwam het wat slungelige lijf van dominee Onvlee binnen. In zijn hand klemde hij een houten giraffe met bruine vlekken. Gebruind waren ook Onvlees voorhoofd en wangen. Hij was net terug uit Zuid-Afrika, waar hij een maandlang een van de interne brandjes had geblust in een geëxporteerde vrijgemaakte kerk.

Dominee Onvlee kwam met het hoofdgerecht. Hij sprak over Zuid-Afrika, de politiek, de zwarten, het wild, de parken. Hij wist ervan, hij was er geweest, vier volle weken. Hij was er zelfs over geïnterviewd in de *Tubantia*. 'De bekende Enschedese kanselredenaar dominee Th. Onvlee...' zo begon het stuk.

Hij verkondigde dat het daar een geweldig land was, vol zon en werk en met een trouwe gereformeerde kerk van Nederlandse immigranten. Een land voor jullie, zei hij dringend tegen ons. Ver weg van het Russische gevaar dat Europa zeker zou overspoelen. Steeds meer Nederlanders verkochten hun huisraad en namen de boot naar Kaapstad. Hoe Nederlands klonk die naam wel niet: Kaap-Stad, de Compagniestuinen, Jan van Riebeeck, Kaap de Goede Hoop. Volop banen daar, grote huizen met grote tuinen, je hield er een zwarte tuinboy en een zwarte dienstmeid. Hard werken konden die niet, maar veel loon verdienen hoefden ze niet. Zuid-Afrika had gereformeerde emigranten nodig. Er zou daarginds een gereformeerde school komen. Zuid-Afrika verlangde naar gereformeerde onderwijskrachten.

Dominee Onvlee keek ons aan met uitroeptekens in zijn ogen. Hij tilde de giraffe van tafel en hief hem in de lucht. Kruger Wildtuin. Suikerbossies onder hoge zon. Geen taalprobleem, hij had daarginds al Afrikaans geleerd, in de kerk meegezongen van 'God het ek lief' en op de preekstoel had hij, na wat oefening op zijn logeeradres, voorgelezen: 'Ek glo in Jesus Christus, Sy eniggeboren Seun, wat sal kom om die lewendes en die dooies te oordeel.' Bij 'die dooies' barstte onze club in lachen uit. Onvlee glimlachte tegemoetkomend, wij waren immers nog niet gewend aan dat taaltje. Iemand nog een vraag?

Tjerk Brouwer stak zijn hand op. Hij had gehoord van 'apartheid'. Wat was dat precies en hoe moest je daarmee omgaan in de kerk?

Apartheid had gevaren, antwoordde Onvlee. In Christus zijn alle gelovigen één, immers. Maar in de kern was het een goed systeem. Blank en zwart waren zo verschillend dat blank nu eenmaal de teugels wel moest hanteren, superieur aan het onhygiënisch levende zwarte ras dat tot ongehoorzaamheid geneigd was. Orde moest er zijn, anders brak de revolutie los. Meer dan eens was hij gewaarschuwd: 'Pas op vir die swartes.'

Of dominee Onvlee met de zwarten had gesproken, vroeg Ineke Rijsdijk. Nee, maar verstandige blanken hadden hem ingelicht en voorgelicht. Daar mocht Ineke gerust op vertrouwen. Ineke knikte, maar met aarzeling.

Tjerk stak zijn hand weer op. Hij had gehoord dat daarginds een blanke man niet mocht trouwen met een zwarte vrouw. Dat klopte, zei Onvlee, dat werd daar door de wet 'ontug' genoemd, zonder t en met een g. Ja, die term klonk zwaar, maar, zei Onvlee, en hij keek schalks naar Tjerk: 'Het is net als met twee geloven op één kussen, je weet wie daartussen slaapt, Brouwer. Jij zou toch ook niet achter de rokken van een hervormd meisje aan zitten?'

Tjerk trok verlegen met zijn lippen en iedereen lachte, want het was bekend dat hij een scharrel was begonnen met de stevige Riek Wisselo uit onze eerste klas.

Dominee Onvlee dronk in de pauze nog koffie met ons en verdween met zijn giraffe. Wij herschikten ons rondom het nogal zware nagerecht: konden leerlingen uit een andere kerk lid worden van Covatjo? Er waren nu drie van zulke scholieren die de lessen volgden, één van een zwartekousenkerk, één van een christelijke gereformeerde kerk die zich nog altijd niet met onze kerk verenigde, en onze synodale Otto. Die andere twee kende ik vaag: een zwijgzaam meisje dat in Enschede woonde en na de lessen snel naar huis fietste en een jongen in donker kostuum die na iedere avondles nog net per trein Rijssen kon bereiken.

'Ze zijn geen leerling vanuit een gereformeerd principe, maar slechts uit gemak,' concludeerde Harmjan Doornenbal uit de derde klas. 'Ze zouden rustig naar een christelijke kweekschool gegaan zijn, als die er was. En bovenal: zij zijn niet van de kerk.'

'Ze zijn ook gelovigen, misschien beter dan ik,' zei Ineke Rijsdijk, ook uit de derde.

'Dat is een gevoelsargument,' zei Harmjan afkeurend.

'Gevoelsargumenten zijn ook argumenten,' zei Ineke snibbig, in de hoek gedrongen.

Harmjan kaatste terug: 'Buiten de kerk wordt men beinvloed door allerlei wind van leer. Het is onmogelijk dat iemand die niet van de kerk is lid van de club wordt.'

'Dé kerk?' zei Ineke. 'Is de christelijke gereformeerde kerk dan geen kerk?'

'Dat is een scheurkerk,' zei Harmjan.

Er begon iets ijzigs in de lucht te tintelen. De discussie golfde voort. Ik vroeg me af of ik wel een mening had. Ineke was een aardige, moederlijke meid, mijn hart voelde met haar mee. Maar Harmjan trok rechte lijnen en steunde op de lessen van dominee Onvlee. Ineke deed een voorstel: toelaten. De uitslag van de stemming was: 11 voor, 19 tegen, 1 blanco. Verworpen.

De sfeer was rafels gaan vertonen. Er werd alleen nog besmuikt gelachen. Ineke fluisterde even met Gérard Souris en verliet met een hoofdpijngezicht de zaal. Souris hamerde voor de afsluiting.

Toen Jacob en ik langs de donkere singel naar huis fietsten, zei hij: 'Wat heb jij gestemd?'

'Tegen,' zei ik, 'maar nu weet ik het niet meer.'

'Ik ook niet,' zei hij. 'Daarom heb ik blanco gestemd.'

31
Moederdag

'Mag ik misschien uw theepot een paar uur lenen?' vroeg Jacob.

'Theepot?' riep juffrouw Kleinlugtenbelt ontsteld, maar na Jacobs toelichting schoot ze in een goedlachse bui.

Onder leiding van meneer Godschalk, onze tekenleraar, beoefenden we vooral de kunst van het natekenen. We moesten allereerst de vormen onder de knie krijgen. Hoe zouden we anders over een paar jaar onze leerlingen esthetisch kunnen opvoeden met zo mogelijk elke week een nieuwe bordtekening? Ik huiverde, ik kon niet tekenen. Jacob had meer creativiteit in zijn vingers. De huiswerkopdracht was: teken een figuur naar eigen keuze, nee, geen vrije kunst, maar een oefening om de vorm.

Juffrouw Kleinlugtenbelt bracht de middagthee boven in haar reservepot en bleef minutenlang om Jacob heen draaien, zoals die met zijn HB-potlood de symmetrische bolling in zijn tekencahier neerzette, de krommingen van tuit en handvat, de kleine knop op het deksel, de schaduwen in grijs daartussen. Hinnikend van plezier omdat ze haar theepot begon te herkennen vertrok ze weer naar de keuken.

Ik zocht lang naar een vorm die geschikt was voor mijn onhandige vingers. Ten einde raad vond ik onder een stapeltje boeken de *Donald Duck* die ik van de kapper had gekregen. Een van de schalkse eendjes moest het worden, lekker in het platte vlak. De basisvorm van de kop was exact rond. Ik mocht de theepot van Jacob even op mijn tekenblad plaatsen en ik trok met mijn potlood om de bodem heen een volmaakte cirkel. Jacob zei dat ik het me wel erg makkelijk maakte. Ook de uitsteeksels van de cirkel waren daarna kinderwerk: de klep van het petje, een enkel rechtopstaand veertje, de snavel. Ik kleurde hier en daar wat in en schreef er de naam onder: *Kwek*. Jacob keek en zei: 'Tja.'

'Laat eens zien,' zei juffrouw Kleinlugtenbelt toen we beneden onze boterhammen smeerden.

We legden Jacobs theepot en mijn Kwek naast elkaar op de keukentafel.

'Waarom heb je de bloemetjes op de theepot niet getekend?' vroeg ze.

'Het gaat om de vorm,' zei Jacob, 'de vorm van de pot. En de schaduw op de vorm. De bloemetjes horen niet bij de vorm van de pot.'

'Wat leuk gekleurd,' zei ze tegen mijn Kwek, 'en zo'n mooie ronde kop.'

Op school liep meneer Godschalk langs onze banken. De pot van Jacob kreeg een 7, mijn Kwek een 5.

Kleinlugtenbelt had een goede hand van slaan. Na een middagmaaltijd eind april vertoonde hij zijn kunstje weer. Hij rookte zijn shagje, vertelde dat hij op het confectieatelier een heertje bij de koffie had gehad omdat de juffrouw van de administratie jarig was en dat er langere snijtafels besteld waren voor het knippen van langere pyjamabroeken omdat de mensen na de oorlog langer werden, en opeens veerde hij op en petste tussen de borden met zijn vlakke hand hard op tafel. Het was zijn favoriete grap. Jacob en ik moesten altijd weer lachen als hij die onverwachte truc zo vrolijk en naïef voor ons opvoerde. Rexje begon te blaffen, opoe greep naar haar hoofd, juffrouw Kleinlugtenbelt riep: 'Willem, Willem.' Toen deed hij het voor de tweede keer, harder nog, de borden sprongen op, het bestek rinkelde, er vlamde iets vrolijks op in de keuken. Daarna borg hij zijn tafelslag weer een paar weken in zijn trukendoos.

Toen Jacob en ik die avond om negen uur terugkwamen uit school, hing er nog iets van die ontspanning in de keuken. We dronken een late kop koffie en opeens zweefde het woord 'Moederdag' door het huis. Juffrouw Kleinlugtenbelt stond de was te strijken. Ze streek ook de hemden en onderbroeken, want 'dat stapelt zo netjes in de kast'. Het strijkijzer stoomde een geur van verse warmte de keuken in.

Toen zei juffrouw Kleinlugtenbelt tegen haar man dat ze zat was van dat saaie behang in de kamer. Het was voorjaar, tijd om te behangen. Kleinlugtenbelt vroeg of ze wel besefte dat de kamer dan uitgeruimd moest worden, dressoir van de muur af, stoelen het halletje in, tapijt opgerold, plaktafel op de houten vloer, lijmspatten overal. Hij had er duidelijk geen zin in. Maar zij bleef volhouden, het vragen werd flemen, het flemen werd zeuren. Uiteindelijk kwam ze op het idee zelf iets te offeren: 'Doe mij dan geen bloemen voor Moederdag, doe nieuw behang.'

'Wat mankeert er eigenlijk aan het behang in de kamer?' vroeg Jacob in bed.

'Dat het er twee jaar heeft gezeten,' zei ik.

Jacob hielp met het dressoir een meter van de wand weg te schuiven. Ik tilde de eetstoelen een voor een naar het halletje. Jacob liet een schilderijtje vallen. Juffrouw Kleinlugtenbelt mopperde dat we haar voor de voeten liepen. Kleinlugtenbelt had een vrije dag genomen, beklom in de kamer de keukentrap en bewoog de sissende bek van de gehuurde afstoommachine langzaam over het oude behang. De keurige vellen stortten druipend langs de muren omlaag.

Op de vrijdag voor Moederdag was de kamer klaar. Hier

en daar rimpelde het nieuwe behang, maar Kleinlugtenbelt had geluk, hij kon er handig het dressoir of een tafel tegenaan schuiven. Rondom de stopcontacten was het niet helemaal vakwerk geworden, maar daar plakte juffrouw Kleinlugtenbelt kleine stukjes behang omheen.

'Je wilt het toch netjes hebben op Moederdag, wat?' zei ze tevreden. 'Mijn nichtje komt, van m'n zus uit Hengelo, die vergeet me niet, die is as me eigen kind.'

'Maar ze is helemaal geen moeder,' zei ik boven tegen Jacob. 'Dat is toch pijnlijk! Waarom wil ze met alle geweld Moederdag vieren?'

'Misschien uit gemis,' zei Jacob, en daar moest ik wel even over nadenken, ik voelde dat er een zekere wijsheid in stak waar ikzelf niet op gekomen was. Jacob was dan ook een jaar ouder.

'Wat vind jij,' zei Jacob, 'moeten wij daar ook iets aan doen, aan die Moederdag?'

'Ze is onze moeder niet,' mopperde ik.

'Dat ziet zij op Moederdag waarschijnlijk anders.'

En meteen had Jacob een idee. Onze tekeningen! Een bloempot en een eend die ze mooi vond. Ik nam de maat, fietste naar de Hema en smokkelde onder mijn jas twee lijstjes naar onze kamer. Jacob voegde nu de kleurige bloemetjes toe aan de bolling van de pot. We spraken af dat ik zaterdag, als hij naar de slager was, er een bosje bloemen bij zou kopen.

''k È bloeme, 'k è bloeme in alle klure,' riep de bloemenman door de straat. Pas toen de galm niet meer tot onze kamer doordrong, ijlde ik de trap af, greep mijn fiets en ging de bloemenman achterna. Ik wilde geen bloemen kopen onder de ogen van de begunstigde. Op het plein bij de 4e School met den Bijbel achterhaalde ik zijn kleurige kar. ''k È bloeme, 'k è bloeme in alle klure.' Het werd een bos late gele narcissen met wat groen erbij.

Kleinlugtenbelt plaatste die zondagmorgen naast het ontbijtbord van zijn vrouw toch ook nog een knolbegonia die prachtig rood opvlamde tegen het nieuwe lichte behang. Opoe zei 'Hier zus' en stak haar dochter een doos *After eight* toe. Zus had voor haar moeder een set nieuwe breinaalden. Ik had de stop in ons wastafeltje geperst om de narcissen fris te houden. Toen de cadeaus waren doorgegeven, kwamen wij met die van ons tevoorschijn. Ze keek heel verrast. Bij de ingelijste tekeningen kraaide ze van verrassing. We hadden ze gesigneerd met 'Jacob' en 'Simon'.

'Prráchtig,' zei ze, 'en mét de bloemetjes op de theepot, ik had toch gelijk.'

Na de ochtendkerk kwam het nichtje uit Hengelo met in haar fietstassen afrikaantjes voor langs het gras.

32
Kenners wachten tot Meppel

En weer naderden Jacob en ik Zwolle en passeerden we de IJsselcentrale die z'n twee pijpen als een victorie in de lucht stak. Weer stonden de hoge naamborden in de gewenste volgorde bij de stapels cokes, briketten en antraciet en las ik Jacob opgeruimd de opschriften voor: 'Talens' kolen', 'Pierik Brandstof', 'Kolen Van den Berg'. Bij Staphorst reden vrouwen met roodgeblokte omslagdoeken op fietsen met kleurig bedrade jasbeschermers.

Aan het perron van Meppel draaide ik het raampje open, een witgejaste man snelde toe en ik riep: 'Twee met suiker en melk.' Hij jongleerde met een korte straal melk en liet vanuit zijn keteltuit de donkerbruine vloeistof okerbruin rijzen in de bekertjes. Ik stak de man mijn gulden toe, de conducteur hief zijn rode bord en floot, de witjas kon nog net de bekertjes in mijn handen duwen, de trein zette zich in beweging, de man holde even mee en smeet de suikerzakjes vakkundig door ons raam naar binnen.

Mijn lege suikerzakje stak ik als pochet in het borstzakje van mijn colbert. Op het zakje stond in hoopvolle groene letters 'Kenners wachten tot Meppel' en daarnaast staken twee huppelende mannetjes een rond conducteursbord omhoog, en ook dat was lichtgroen.

Vanaf Assen reisde ik weer alleen. Nog een uur. Het du-donk du-donk van de treinwielen in de richting van al die zomerse vakantieweken voerde mijn vrije gedachten naar juffrouw Kleinlugtenbelt. Ik voelde mij van haar bevrijd en schaamde me daar ook voor omdat ze ons toch goed verzorgd had. Nu een jaar lang had ze zoiets als een gulle moeder willen zijn. Maar ze begreep niet dat ze ons onverwacht in het slop dreef met haar onvoorspelbare buien van wrevel. Voor mij wilde ze pleegmoeder zijn, voor Jacob was ze stiefmoeder. Toch schoor ze ons ook geregeld over één kam als ze ons beiden een banaan toestopte of op zaterdagavond, als we laat van de kweekschoolclub terugkwamen, twee heertjes voor ons op de keukentafel had achtergelaten. Maar evengoed maakte ze ons samen tot speelbal van haar humeur. Ze schoof ons dan zwijgend onze koffie toe over het tafelzeil en sprak met klaaglijke stem tegen haar man en haar moeder alsof ze iets miste. Op zulke dagen voelden wij ons gegijzeld. Onze eigen kamer had een deur die dicht kon en ons beschermde als we tegen elkaar zeiden: 'Wat hebben we verkeerd gedaan?'

Opeens kon dan onze deur opengaan, en stond ze daar na een dag zwijgen. Ze moest de kamer schonen, wrokkig rukte ze de stofdoek langs het bed en de deurposten. We zaten met rechte ruggen en ineengedoken zielen op onze stoel. Dan hield ook zij het niet langer vol en ze zei verongelijkt: 'Waarom zeggen jullie niks? Je hebt een brief van thuis gekregen en me niks verteld. Besta ik eigenlijk wel?'

Maar er gingen ook weken voorbij, soms aaneengeregen tot een maand, waarin de lucht onbewolkt bleef. Ze legde een plak cake naast onze koffie, deelde met ons de bonbons die ze van Heleen Heupers had gekregen nadat ze Heleens bed had verschoond en zei: 'Als ik niet kan geven, dan kan ik niet leven. Zo is het toch?'

Kleinlugtenbelt vertelde aan de keukentafel over zijn HéABO, zoals zijn vrouw het uitsprak, en leerde ons hoe je een arm afklemde als je door een adder gebeten was en hoe je met de greep van Heimlich een kind een ingeslikte knikker kon laten ophoesten. Opoe legde dan eindelijk eens haar breiwerk op tafel en keek met glimmende oogjes toe hoe haar schoonzoon een doek net niet te strak om onze arm bond of ons voorzichtig tussen de schouderbladen bonkte.

We hoorden op school verhalen over andere kosthuizen. Anko Boxum moest 's avonds om tien uur binnen zijn. Toen hij een keer na half elf in de regen aanbelde, bleef het huis stil en de deur op slot. Hij gooide over het dak van het schuurtje heen een steentje tegen het raam van zijn kamer. Anko klom over de dakpannen en werd door het raam binnengelaten door Tjerk Brouwer, die hem meedeelde dat hij een sukkel was en dat hun kostbaas hem morgen de levieten zou lezen. Zoiets kwam in het hoofd van de Kleinlugtenbelts niet op. Wij kregen als het laat dreigde te worden de sleutel mee.

Ook druppelde tot ons door wat Trees Dubois beleefde in haar kosthuis, een mooi ruim huis van een bibliothecaris en zijn vrouw met drie kinderen. Het werd op school doorgebriefd, fluisterend, want van je kosthuis was je afhankelijk. Mevrouw bedong dat Trees elke morgen van zeven tot half elf de kinderen hielp bij het ontbijt, de vaat waste, stofzuigde en bedden opmaakte. Dat scheelde een dienstmeisje en dat drukte het kostgeld, dan hoefde de pa van Trees geen suppletie aan te vragen. De bibliothecaris was een goed mens, met mevrouw trof Trees het minder. 's Morgens om kwart over acht, als de kinderen al naar school waren, lagen er afgepast twee gesmeerde boterhammen voor Trees klaar op tafel. Ze lustte er wel vier en vaak was het brood oud. Eén keer zat er schimmel op en Trees zei: 'Mevrouw, ik geloof dat dit brood niet helemaal goed meer is.' Mevrouw vouwde knorrig het tafellaken op met het brood erin, schoof het raam open, klapte het laken uit boven het gras, riep dreigend: 'Voor de vogelen des hemels,' en smeerde twee nieuwe boterhammen, een met dun jam, een met een plakje kaas op de ene helft waar ze de andere helft overheen klapte. Trees was niet zo'n vlotte student, ze had haar tijd nodig. Als ze het huis doorkruiste met de stofzuiger, stopte ze *Aide Traducteur* of *Schwere Wörter* opengeslagen onder haar schort tussen haar blouse en de rand van haar rok en pompte al zuigend met opgetild schort en gebogen hoofd de woordjes erin. Als mevrouw in de buurt verscheen, sloeg ze haar schort weer neer en zoog met opgeheven hoofd verder.

Ik moest maar tevreden zijn en van juffrouw Kleinlugtenbelt de nukken verdragen die haar maandstonden leken te vergezellen. Sinds kort wist ik uit de *Winkler Prins* in de Openbare Bibliotheek ongeveer wat zoiets inhield en dat het aanhield totdat een vrouw midden veertig was. Dan had ze met die stuipen nog zes jaar te gaan.

Toch luisterde ik met een vleug jaloezie naar Riek Wisselo, als die vertelde hoe ze het had getroffen met haar kamer bij twee ongetrouwde dames vol rimpels, die weliswaar wat deftig deden maar ook heel lief met haar omsprongen. Tjerk Brouwer mocht zelfs op bezoek komen, nadat de dames eerst de ouders van Riek telefonisch hadden geconsulteerd.

Overstap in Groningen. Op mijn gemak slenterde ik naar de Blauwe Engel die met zijn kop in de goede richting stond en mij verder naar het noorden voerde. De trein trok nog knarsend op toen ik de strakwitte fabrieksgevels al zag aankomen waarop Theodorus Niemeijer zijn tabak aanprees. Dat deed me denken aan het dampige kamertje waar ik onlangs van Omke Schaap een schoolboek had gekocht. Hij zat samen met twee klasgenoten uit de buurt op een klein hok in de Tollensstraat tevreden te roken met een baaltje shag op tafel. De beide anderen grepen in hetzelfde baaltje. De deur was dicht, het raam was dicht, ik waadde door smook en nicotine naar hun tafel. Omke zei tante en oom tegen zijn kostmensen. Die hadden mij nog even in hun kamer beneden gevraagd omdat ze mij niet kenden en ze hadden vriendelijk met mij gepraat over de zomer, de tuin, de negende van Beethoven die net op de grammofoon lag en over God. Konden Jacob en ik volgend jaar, als Omke ergens in Nederland al voor een klas stond, dat kamertje misschien betrekken nadat het met open raam en deur goed doorgewaaid was? Maar nee, dan moesten wij onze ouders belasten met zwarigheden die ze niet vermoedden, en dat durfden we hun niet aandoen. We hadden het immers aan de Steenbakkerstraat prima naar onze zin?

De Blauwe Engel rammelde hol het Van Starkenborgkanaal over en bracht mij steeds dichter bij huis. Winsum, Baflo, Warffum. Al vóór Usquert keek ik uit naar het torentje van het raadhuis van Berlage. Nog twee stations. In de bermen scharrelden eenden tussen geel boerenwormkruid. Op het land groeide donkergroen loof van bieten en geel koolzaad met hier en daar een stuk blote klei, okerkleurig als het overhemd van meneer Hazelaar. Dan, na een bocht van de rails, stond daar opeens de ranke witte toren met blauwe biezen aan de rand van mijn dorp.

33
Eben Haëzer

Ze konden niet eerder bij ons terecht dan in de late zaterdagmiddag. De winkel was immers open tot zes uur. Ik haalde hen van de trein. Mijn zusje van tien liep met me mee. Ze maakte elke minuut een paar huppelpassen, blij dat we logés kregen en nieuwsgierig wat voor mensen dat waren.

Met tas en koffer stonden ze in het grind van het perron en mijn zusje vroeg opgetogen: 'Zijn ze dat?' Hij droeg zijn slappe deukhoed en keek vrolijk. Zij had haar zondagse dopje op en lachte me opgetogen toe. Ze zouden blijven tot woensdag. Mijn vader en moeder besteedden de helft van hun enige vakantieweek aan hen.

Mijn moeder had suikerbrood gekocht en fijn rozijnenbrood met stukjes sukade. Er stond dure jam op tafel van De Betuwe Tiel en de beste leverworst die er bij de slagers van ons dorp te vinden was. Nadat mijn vader het tafelgebed gebeden had, liet Kleinlugtenbelt naar gewoonte een snuif horen en zei 'smakelijk eten'. Mijn ouders zeiden het hem haastig na.

Wat had mijn moeder al dagen nerveus haar best gedaan. Lustten ze wel nageltjeskaas? Hielden ze van aardbeien? Was hun bed wel breed genoeg? Ik had er wat slordig op geantwoord en mijn moeder had één keer gezegd: 'Je vindt het toch wel leuk dat ze komen?'

Na de maaltijd liet mijn vader hun de tuin zien. Het was een mooie zomeravond. Mijn vader noemde de namen van de vruchtbomen: zedeling, zure kroon, zoete kroon, peer, namen die bij ons hoorden. Hij drentelde met hen langs de aardappelen en de bessenstruiken, zowel de rode als de kruisdoorn, totdat we achter in de tuin de knotwilgen bekeken en de blaarkoppen in het weiland aan de andere kant van het kroos.

Ze gingen na die grote reis vroeg naar bed en dat kwam ons goed uit, want we moesten de winkel nog opruimen. Mijn moeder zei: 'Hai hai, mien mond dut zeer van aal dat Hollands proaten.'

De volgende morgen hielden we het kalm, we zaten in de kerk en na de middagdienst liet mijn vader hun de lange straatweg door het dorp zien. Mijn zusje en ik liepen mee. Mijn moeder bleef thuis om uit te rusten en de broodmaaltijd uit te stallen op ons weinig gebruikte witte tafelkleed, waarop mijn moeder lang geleden kleine roosjes had geborduurd.

Het werd maandagmorgen. Mijn vader leende een herenfiets bij de buren en zo reden we met ons drieën als mannen noordwaarts tot aan de vierde dijk. We klommen naar boven tot aan de schapen, waar we konden uitzien over de Waddenzee. Zoiets zag je nergens in Nederland. In de verte lagen in het water de wazige lijnen van het eiland Borkum. Kleinlugtenbelt stond tussen de schapenkeutels met zijn handen op zijn rug naar het slik te kijken, drukte zijn hoed vaster op zijn hoofd en zei lachend: 'Je ziet hier geen mens.'

Ook op de dinsdag van deze vakantieweek verbaasde mijn moeder zich over de afwezigheid van de dwingende winkeldeurbel. Juffrouw Kleinlugtenbelt en zij praatten druk met elkaar, ze leken goed met elkaar overweg te kunnen.

Mijn vader leende er nog een fiets bij, zodat ook de vrouwen, mijn zusje incluis, konden meerijden naar het buurdorp, waar we bij de Menkemaborg op witte gekrulde ijzeren bankjes uitrustten in de rozentuin en mijn vader royaal thee met koek bestelde en alles betaalde.

Voor het glas van de winkeldeur hing een karton met 'Wegens vakantie gesloten'. Maar juffrouw Kleinlugtenbelt mocht die middag nieuwe zomerschoenen passen. Mijn moeder zat op een pasbankje tegenover haar en boog rug en hoofd om allerlei soorten aan die andere voeten te steken. Met verrukte kreten koos juffrouw Kleinlugtenbelt open witte met bandjes over de voet. Mijn moeder wikkelde de schoenen in vloeipapier en stopte ze, samen met een potje schoensmeer Tana-wit, terug in de doos.

'Avang, kwaliteitsmerk,' zei mijn moeder, 'neem ze maar mee, nee, niet betalen, jullie zijn zo goed voor Simon.'

Eindelijk was het woensdag. Ik zou met hen meegaan naar Westerlee om kennis te maken met de ouders van Jacob. Mijn moeder drukte hen met hoogrode wangen de hand, zij riepen alsmaar 'bedankt, bedankt' en mijn vader en mijn zusje brachten ons naar de trein.

In Groningen namen we de bus naar Westerlee. Jacob stond ons op te wachten tussen de paardenbloemen aan de kant van de weg bij de bushalte even buiten het dorp. Hij nam hun koffer over, ik droeg hun weekendtas.

Jacob loodste ons een zijweg in, een zandpad. Juffrouw Kleinlugtenbelt droeg haar nieuwe open schoenen en klaagde dat er zand onder haar tenen kroop. Ze week uit naar de berm en hobbelde moeizaam door het gras.

Het was een klein, laag huis. In de open deur stond de moeder van Jacob te wachten, en achter haar haar man. Ze waren minstens zo nerveus als mijn moeder en informeerden naar de trein, de bus, de wandeling alsof het een wereldreis in crisistijd was geweest. Juffrouw Kleinlugtenbelt maakte met een bezorgd gezicht de witte bandjes van haar mooie schoenen los en vroeg of ze het zand eruit mocht schudden, want, zei ze, het was een cadeau van de familie Poorta, ze wilde er zuinig op zijn.

Jacobs moeder riep: 'Nee, nee, dat doe ik voor u,' ze nam de schoenen over, klopte ze buiten de deur uit en haalde een doek uit de keuken om de sporen van zand en gras weg te poetsen. Ik stond er zwijgend bij.

De ouders van Jacob omringden met hun zorg die heel andere mensen bij wie hun zoon in huis mocht wonen en die nu van heel ver waren gekomen. Er stond koffie klaar in een kraantjeskan, op een schotel lagen dikgesneden plakken Groninger koek met sukade. Vanuit de keuken dreef de geur van gebraden vlees naar ons toe en opeens doemde uit die richting de oudere zus van Jacob op, een fris ogend meisje met het heel lichtrode haar van de familie. Ze vertelde dat ze op haar kantoor een snipperdag had genomen, ze wilde immers de pleegouders van Jacob ook leren kennen en haar moeder helpen met koken.

'De jongens gedragen zich toch wel netjes, hè?' vroeg de zus glimlachend.

'Kan niet beter,' zei juffrouw Kleinlugtenbelt. 'We hebben ook niet maar dít met elkaar. Jongens, zeg nou zelf.'

Bij het woordje 'dít' knipte ze met haar vingers. Jacob en ik lachten maar eens mee en zeiden niets. Hij en ik vermeden elkaars ogen.

De vader van Jacob vertelde over het huis, een turfstekershuisje, meer dan honderd jaar oud, niet groot, maar groot genoeg. Ja, vroeger werd hier turf gestoken. Hij had zelfs nog een perceeltje hoogveen achter in zijn tuin, hij zou het na het eten laten zien.

En toen was daar de warme maaltijd. Zes borden op tafel. Een pan met jus en heerlijk draadjesvlees. Aardappelen, bloemkool. Naast ieder bord plaatste Jacobs moeder een glazen schaaltje met stoofpeertjes.

'Is dat het toetje ook al?' vroeg juffrouw Kleinlugtenbelt.

'Nee toch, dit is bij de aardappels en groente,' zei Jacobs moeder bijna verlegen.

'Grappig, voor iedereen peertjes in zo'n schaaltje,' lachte

juffrouw Kleinlugtenbelt. Wat 'grappig' betekende in het Twents wisten zij hier gelukkig niet.

Toen al dat heerlijke eten bijna achter de rug was en Jacobs moeder en zus de ware toetjes in de keuken klaarmaakten, stond Jacobs vader op en zei dat hij alvast de bijbel ging halen. Kleinlugtenbelt leunde verzadigd achterover en zei: 'Jullie hebben hier nog balken. Ouderwets, echt.'

Ook juffrouw Kleinlugtenbelt keek omhoog, ze stootte me aan en zei zacht: 'Spinnenwebben.'

Ze giechelde en ik lachte even mee. Ik schaamde me er onmiddellijk voor, maar het was te laat, ik had al laf en schuldig met haar meegedaan. Jacob deed alsof hij niets gehoord had en ik hoopte dat hij inderdaad niets gehoord had. In de kleine kamer hingen een klok, familieportretten en een geschilderd boslaantje en daartussen de wandtekst 'Eben Haëzer' op fluweel.

Na het Bijbellezen nam Jacobs vader ons mee de tuin in. Achter de strook aardappelen en het bed worteltjes lag een hoger stuk grond dat zich steil verhief. Hoogveen, oeroud hoogveen. Jacobs vader wees in het profiel op de vorm van verteerde takken. Zoiets zag je nergens meer in een eigen tuin. Echt hoogveen, met een spade ernaast om te steken. Jacobs vader zette zijn voet op het stalen blad en stak. Hij wrikte een smal stuk veen los en toonde ons op zijn handen een lange dampende turf alsof het een vochtig bruin kind was, vers uit oude aarde geboren.

Na de thee kregen we boterhammen mee voor onderweg. Toen ik de Kleinlugtenbelts in de late middag op het station van Groningen uitwuifde richting Zwolle, dacht ik aan de fluwelen tekst in Westerlee.

Opgelucht liep ik het station uit. Halverwege de Herestraat zat een jonge vrouw met een viool onder haar kin iets moois te spelen. Traag vervaagden de klanken toen ik doorliep naar de Grote Markt, naar V&D. Nog net voor sluitingstijd kocht ik daar het boekje waarop ik mijn zinnen had gezet: een echte schoolagenda. Ik koos de *Schermer-1955/1956* met lijntekeningetjes van ene Fiep Westendorp, met dromerige foto's van paarden langs de vloedlijn en een meisje dat zich vasthield aan een strandpaal en een mooi bloot been in een onbekende zee stak.

In de boemel naar huis vond ik bladerend in mijn nieuwe *Schermer* een koppel van drie gedichten waar één titel boven stond, 'Reiziger "doet" Golgotha', en onderaan de naam Gerrit Achterberg. Nooit van gehoord. Mijn hoofd gloeide toen ik ze bij Warffum al twee keer had gelezen en nog maar voor de helft begrepen. 'Christus, wil mij verschijnen aan den einder.' Was Hij mij al niet eens heel dichtbij verschenen, zittend op een houten ezelin? Warm en wazig liep ik in mijn dorp naar ons huis.

Deel II

1955/1956

'... maar je leeft zonder god zo onhandig'

Uit: Nico Scheepmaker, 'Twee dingen zijn er niet'

34
Leendert

Opeens stond hij voor in het klaslokaal, verlegen, angstig bijna, een kop groter dan meneer Hazelaar achter wie hij was binnengekomen. Door zijn donkerblonde haar liep een strakke scheiding. Ik zat in de voorste bank bij de deur. Daardoor zag hij mij niet, hij stond schuin van me afgewend. Langs zijn slaap daalde als een klein slakje een druppel zweet.

'Jongelui,' zei meneer Hazelaar, 'dit is Leendert Brasz, hier uit Enschede, Brasz met es zet. Leendert heeft na de hbs een tijdlang op kantoor gewerkt en heeft nu gekozen voor onze onderwijzersopleiding. Het hbs-diploma geeft hem toegang tot de tweede klas. We zijn al een maand op stoom, maar dat is gemakkelijk in te halen. Ik zou zeggen, Leendert, je kunt nog vooraan naast Simon Poorta, maar doe wat je wilt.'

Het hoofd van de lange jongen draaide schoksgewijs naar mij. Ik zag iets opspringen in zijn ogen.

'Hallo,' mompelde ik.

Hij schoof naast me, zei niets terug, knikte alleen even.

'Bladzijde 109,' zei meneer Hazelaar. 'Bevestiging van de Republiek, vanaf 1588. De Armada.'

Leendert nam *Leerboek der Vaderlandse Geschiedenis* uit zijn tas en sloeg het open. Ik zag een moment het schutblad met daarop in staande letters 'L. Brasz, Elferinksweg 85'.

Meneer Hazelaar legde uit hoe in Het Kanaal de Spaanse vloot naar de kust van Engeland zeilde om het land te vernietigen en daarna Holland te onderwerpen. Maar de helft van de schepen werd door de Engelse kanonnen tot zinken gebracht en de andere helft door de storm verpletterd op de Schotse rotsen.

'Hier zien we duidelijk,' doceerde meneer Hazelaar, 'de hand Gods die Holland redde. De Staten-Generaal lieten een penning slaan met het opschrift "Gods adem heeft ze verstrooid".'

De klas schreef mee met zijn stem. Alleen mijn buurman zat zonder te schrijven roerloos in zijn boek te kijken.

In de pauze kwam hij opnieuw schutterig naast mij zitten op het muurtje aan de Blijdensteinlaan en hapte zoals ik in een boterham.

'Museumganger,' zei hij met een moeizaam lachje.

'Heldere heidenen te paard,' zei ik. 'Dat papiertje van jou, van Roland Holst, ligt nog in mijn agenda.'

Hij ging er niet op in, hij zei: 'Geloof jij dat, van die adem Gods bij de Armada?'

'Waarom niet? Een wonder toch?'

Hij haalde zijn schouders op en zei: 'Hoe oud ben je?'

'Zestien.'

'Ik negentien, ik heb iets meer tijd gehad om na te denken.'

Het klonk heel arrogant, en toch kon ik hem niet onaardig vinden, misschien ook omdat hij er nogal hulpeloos uitzag.

Samen met Jacob was ik na de zomervakantie teruggekeerd op het adres in de Steenbakkerstraat. Juffrouw Kleinlugtenbelt had ons hartelijk de hand geschud en gezegd: 'Mooi daj d'r weer bint.' Ook de oude vrouw lachte toen ze haar dunne vingers in onze hand legde. Kleinlugtenbelt had na aardappelen en groente uitbundig op tafel geslagen. We waren welkom.

'Het huis was zo leeg,' klaagde juffrouw Kleinlugtenbelt

en ze zette vanillevla met aardbeien op tafel.

's Avonds schoof ik weer op afstand naast Jacob onder het tweepersoons laken. Hij vertelde van de voetbalwedstrijden die hij voor zijn Westerleese junioren had gefloten, ik over Borkum dat we vanaf de dijk in de Waddenzee hadden zien liggen. Ik vroeg hem hoe hij het bezoek van Kleinlugtenbelt en zijn vrouw aan zijn ouders had ervaren. 'Och,' zei hij en ik zei 'Tja' en vroeg niet verder. We lagen nu veel minder ongewend naast elkaar dan een jaar geleden. Ik mocht hem wel. Hij zou zich nooit opdringen en ging zijn eigen gang, net als ik.

De nieuwe eersteklassers had ik nog niet gepeild. Wel dacht ik aan een jaar geleden, toen ik, net als zij nu, door onwennig water moest roeien. Alleen één jongen met ros haar, sproeten op zijn neus en een brutaal lachje om zijn mond was me opgevallen. Hij was vijftien, kwam uit Amsterdam, heette Ido Drint en had al na twee weken zijn arm om het middel van Anna Foekens geslagen en zij de hare om het zijne. Nieuwsgierig was ik langzaam achter hen aan gefietst toen ik hen na de laatste les zag weglopen. Samen drongen ze door het gaas met struikgewas dat even verderop aan de Blijdensteinlaan het verwaarloosde Boerenkerkhof afsloot. Toen ik even later terugfietste, zag ik door een gat in het gaas hoe ze op een overwoekerde grafsteen dicht tegen elkaar aan zaten te praten.

35
Gymnastiek

Meneer Hardieck, onze gymnastiekleraar, een slanke man met zware wenkbrauwen, had ons voor de eerste les van het nieuwe cursusjaar ontboden in de Volksparkschool aan de Volksparksingel, om half vijf. Hij gaf gymnastiekles op een hele reeks lagere scholen. Het was een wonder dat hij onze school er nog bij had kunnen nemen, en dat voor het minieme salaris van vijf gulden per uur, het bedrag waarmee, zoals gefluisterd werd, alle leraren genoegen namen omdat het voor het goede doel was.

'De Volksparkschool,' zei Kleinlugtenbelt, 'daar heb ik op gezeten, dat is een openbare school.'

'Zijn va en moe deden zowat nergens aan,' zei juffrouw Kleinlugtenbelt verontschuldigend.

'Het was een goeie school,' zei Kleinlugtenbelt, 'maar ja...'

Op het ouderwetse gebouw stonden een paar sierlijke schoorstenen, en dat was het wat me voor het metselwerk innam. Geen zin had ik in wat er in die zaal van mij verwacht werd.

Meneer Hardieck nam onze hele school in één klap, drie klassen, zo'n veertig jongens en meisjes. Hij deed door tijdgebrek niet aan scheiding der seksen, behalve in de kleedkamers. Achter de deur met een J erop verwisselden wij, jongens, onze lange broeken en pofbroeken voor korte. Leendert Brasz had thuis alvast zijn korte broek aangetrokken en zijn lange eroverheen. De stropdassen hingen wij over de jassen aan de kleedhaken. Ons onder- en bovenhemd hielden we gewoon aan en we vergaten niet met één hand voor in onze korte broek te voelen of het daar goed verpakt zat. Zo kwamen we op onze lichte gymnastiekschoenen de hoge zaal in. De meisjes droegen vormloze lange broeken. Liever zag ik hen in zo'n geheimzinnige wijd klokkende rok. Meneer Hardieck telde met hoeveel we waren, vouwde zijn handen en zei: 'Eerste les van de dag. We zullen bidden.'

Meneer Hardieck was een goede gymnastiekleraar, maar geen ster in het bidden. Hij had één gebed tot zijn beschikking: 'Grootmachtig God, wij naderen tot Uw troon en bidden U of Gij deze les wilt zegenen voor de studie van deze leerlingen tot nut en heil van jonge kinderen. Amen.' Meteen daarop riep hij de naam van een van ons: 'Peter Hobbelink, jou ken ik, jij bent weleens voor mij ingevallen op een school, doe eens voor hoe je een les begint.'

Peter zat onmiddellijk in zijn rol. Hij plaatste ons in een rij achter elkaar, mengde vrouwen en mannen en liet ons twee keer de zaal ronddraven. Anko Boxum stampte uit de pas. Rietje Vierdag liep lichtvoetig. Toen Peter ons beval in de touwen te klimmen, klemde ik met de moed der wanhoop mijn knieën om zo'n dikke streng, trok me aan mijn handen omhoog, voelde dat wrede koord langs mijn onderbuik schuren en naderde langzaam het plafond.

'Plafond aantikken,' commandeerde Peter.

De meisjes vorderden lenig. Jacob zat met een paar grote ophalen al bovenin. Hij keek op mij neer en lachte naar me: 'Kom op!' Maar ik was nog meer dan een meter van het zinloze doel verwijderd toen ik niet meer kon. Bedrukt keek ik rond en de diepte in. Leendert was drie touwen verderop nog lager dan ik blijven steken en ik zag hoe de wollen sokken in zijn gymschoenen langzaam de vloer weer naderden. Meneer Hardieck wees naar mij en riep: 'Kom ook maar terug, jij.' Hij keek neutraal. Hij was op de rapporten van het eerste jaar mild voor me geweest door me drie keer een 6 te geven.

We stonden uiteindelijk weer strak in de rij. Peter riep: 'Linksom! Afmars!' Meneer Hardieck prees Peter, reed de bok naar het midden en ging met ons verder. Na een afmattend uur zei hij: 'Jongelui, omkleden. Ik zie klas 2 over een half uur bij mij thuis voor de theorie.'

Verlost sprong ik op mijn fiets, maakte vrolijk een rondje over het openbare schoolplein, liet even mijn losse handen in de lucht wapperen en reed toen naast Anko Boxum door de Indische buurt naar het Cato Elderinkplantsoen. Daar gaf meneer Hardieck, omringd door allerlei soorten ballen, slaghouten en skeletdelen, ons theorieles in een aan zijn huis aangebouwd zaaltje. We passeerden het bord 'Cato Elderinkplantsoen'.

'Cato, mooie naam,' zei Anko en hij kneep zijn ogen halfdicht.

'Ben je verliefd?' vroeg ik ironisch.

Hij ging er niet op in, hij stelde een vraag om mij af te leiden: 'Wie was eigenlijk die Cato Elderink?'

Dat kon ik hem wel vertellen, dat had ik na onze eerste theorieles aan dit plantsoen opgezocht in de Openbare Leeszaal. Cato Elderink: dichteres in de Twentse streektaal. Levensspreuk: 'Wat good is wast langzaam as ekenbeume.' Ik citeerde het voor Anko, hij zei het mij langzaam in het Nederlands na: 'Wat goed is groeit langzaam als eikenbomen,' en hij knikte en lachte behoedzaam. Op dat moment begon ik werkelijk te denken dat hij verliefd was, waarschijnlijk op ene Cato, maar ik vroeg niet verder.

36
Schoolschadelijkheden

Van kwart voor zes tot half zeven zaten we in onze gewone kleren na te zweten op de stoelen van meneer Hardieck. Hij deelde onder het motto 'veel drinken na de gymles' bekers uit en schonk uit een ketel een sierlijke doorzichtige lichtbruine straal thee. Daarna stak hij het boek met ronde hoeken omhoog, *Lichaamsoefeningen voor de Lagere School* door J.J. Bauer en J.M. Berrevoets. Ik hield niet van dit boek, maar wat me enigszins geruststelde waren de lichtblauwe zonnestralen boven witte zomerwolken die op het omslag de achtergrond vormden van een jongensspel: één jongen sprong met lange benen en zwaaiende armen over de naar elkaar toegestoken handen en armen van twee knielende jongens, een gemakkelijke hindernis. Ik dacht dat ik een redelijke kans maakte zoiets later met mijn klas in daden om te zetten.

Meneer Hardieck bladerde snel door het boek, las woorden van het vorige jaar voor: laag paardje, hoog paardje, zitkrijgertje, hurkkrijgertje, ballenregen, leeuwenkooi, kastie. Leendert Brasz staarde het raam uit.

Meneer Hardieck behandelde in de eerste twee cursusjaren de theorie in vragen. Hij had voorspeld dat het er bijna tweehonderd zouden worden. In de eerste klas waren we gekomen tot en met vraag 118. Ik had er een groen schrift voor gereserveerd, met sterren en kristallen op het kaft om naar iets aardigs te kijken voordat ik het opensloeg.

Verveeld bladerde ik door mijn aantekeningen van het vorige jaar. Vraag 3: 'Welke schoolschadelijkheden ken je?' Ik had de antwoorden erbij genoteerd: 'Onderdrukking van activiteitsdrang, onvoldoende lokaalventilatie, dwang van de schoolbank tot onnatuurlijk zitten.' Ik had er best nog een paar schoolschadelijkheden aan toe willen voegen, zoals 'dwang om gymnastiekles leuk te vinden'. Vraag 95: 'Wat doe je als een kind een bloedneus krijgt?' Vraag 96: 'Wanneer vermoed je een hersenschudding?'

Jacob en ik hadden afgelopen voorjaar, toen dit pakket van kwetsuren door meneer Hardieck behandeld was, deze vragen met antwoorden op een zondagmiddag aan Kleinlugtenbelt voorgelegd. Hij was immers gediplomeerd. Kleinlugtenbelt was er met een deskundig gezicht rechtop bij gaan zitten en had enthousiast om mijn arm een knevelverband aangelegd zonder te hard te knevelen. Jacob mocht de neus van Kleinlugtenbelt dichtknijpen alsof hij een bloedneus had en ik mocht het proberen op de neus van juffrouw Kleinlugtenbelt. Het was voor het eerst dat ik haar gezicht aanraakte. Ik kneep haar korte neus dicht op de neusvleugels, maar toen riep ze dat ze stikte en ik liet opgelucht los. De oude vrouw keek geamuseerd toe, maar weigerde haar neus af te staan. Het was een saamhorig half uur geweest.

Daarna had ik uit mijn schrift vraag 97 aan Kleinlugtenbelt voorgelezen: 'Welke beperkingen gelden tijdens de gymnastiekles voor een kind dat aan epilepsie lijdt?' Ik gaf meteen het antwoord erbij, benieuwd of Kleinlugtenbelt het nog kon aanvullen: 'Geen behendigheidsgymnastiek. Niet klimmen en klauteren.' Op dat moment griste juffrouw Kleinlugtenbelt het schrift onder mijn handen vandaan, klapte het dicht en zei: 'En nou stoppen, 't is mooi geweest, 't is zondag en we werken vandaag niet. Ga nou maar es rustig een boek lezen.'

De oude vrouw had met de nagel van haar duim een

streep over het tafelzeil getrokken en Kleinlugtenbelt had zich onzichtbaar gemaakt achter de *Tubantia*.

Meneer Hardieck tikte met een losse knekel uit zijn collectie op het blad van zijn tafel. Het was in zijn zaaltje meteen stil. Zoiets heet gezag, begreep ik, zonder te begrijpen hoe hij dat voor elkaar kreeg.

'Jongelui, eerste les voor jullie als tweede klas. Vraag 119 aan de beurt. Ik dicteer, jullie denken na over het antwoord. 'Hoe zet je de omtrekken van een speelveld uit als je daar geen gereedschap voor hebt?'

Antwoorden vlogen over en weer. Ik schreef ze in mijn schrift: 'Met aardappels, luciferdoosjes, zakjes zand, stokken, zakdoeken met een pol gras erop.' De les kabbelde voort. Via het nut van kamperen en de voordelen van zwemmen kwamen we bij de twee laatste vragen van de dag, over meisjesgymnastiek.

'Vraag 129: Welke oefeningen zijn vooral geschikt voor meisjes?' las meneer Hardieck voor. 'Wel, wat denken jullie? Nee? Dan geef ik om des tijds wille meteen de antwoorden erbij. Ritmische oefeningen en antikorsetoefeningen.'

'Antikorsetoefeningen?' riep Anna Foekens. 'Maar meneer...'

'Uitbollende buiken, Anna, kun je in toom houden met goede buikspieroefeningen en daar moet je als kind al mee beginnen. Dan heb je later niet zo'n tegennatuurlijk harnas nodig, zoals nu nog driekwart van de dames boven de 35. Laatste vraag, nummer 130: Waarom doen niet altijd alle meisjes mee met de gymnastiekles? Antwoord: In verband met de menstruatie.'

'Hù,' zei Anko halfluid. 'Wazdát?'

Meneer Hardieck keek even in zijn richting, Anko zat vooraan naast Anna en ik zag dat zij op zijn arm tikte en iets tegen hem fluisterde.

'Dit geldt natuurlijk vooral vroegrijpe meisjes in de

vijfde en zesde klas van de lagere school,' zei meneer Hardieck onverstoorbaar. 'En letten jullie erop dat er bedrog mee gepleegd kan worden en dat ook in dit opzicht samenspel tussen school en gezin noodzakelijk is. En dan nu ten slotte de tien vragen die je zelf thuis moet beantwoorden, met gebruikmaking van Bauer en Berrevoets natuurlijk.'

Automatisch schreef ik de vragen op die hij ons dicteerde: Wat is scoliose? Waarom moet je geen gymnastiekles geven nadat de kinderen een stevige maaltijd hebben gegeten? Wanneer geef je een strafcorner bij handbal? Ik wist nauwelijks wat ik schreef, ik kon alleen maar dankbaar zijn dat niet ík die vraag van Anko had gesteld. Ik had hem kúnnen stellen, omdat ook ik dat woord niet kende. De onzichtbare voelspriet in mijn kleine hersenen had het verband met de meisjes doorzien en me net op tijd gewaarschuwd: kiezen op elkaar.

Terwijl we onze fietsen pakten om naar de Blijdensteinlaan te rijden, zag ik dat Anko aan zijn elleboog door Anna meegetroond werd naar een bankje in het Cato Elderinkplantsoen en dat ze op hem begon in te praten. Anko luisterde met zijn hoofd een beetje scheef.

Naast Leendert fietste ik in rust naar school. We zeiden maar af en toe iets tegen elkaar en dat leek meer op geruis dan op taal, maar het hinderde niet. In het fietsenhok keek hij me aan, sloeg zijn ogen neer en vroeg aarzelend: 'Ik... ik moet nog wat inhalen, ik ben een maand achter. Zou jij mij daar, misschien, even mee op gang kunnen helpen?'

We spraken af dat hij de volgende zaterdagmorgen bij mij langs zou komen. Dan was Jacob naar de slager en hadden wij de kamer voor ons samen.

Hij legde zijn hand op het stuur van mijn fiets en zei: 'Dank je wel.'

Die avond zocht ik het woord op in mijn *Koenen Endepols.* Ik begreep het half, maar het was voorlopig voldoende.

'Snapte jij dat woord dat Anko niet snapte?' vroeg ik aan Jacob.

'Dat woord kende ik niet, maar ik snapte het wel.'

'Hoe kan dat nou?'

'Ik heb een oudere zus, dan hoor je weleens wat.'

37
Nicolientje

Op een miezerige septembermiddag kwam onze kweekschoolklas, de een na de ander, aanhobbelen over de keitjes van de Hoge Bothofstraat. We remden af bij een uitgestrekt fabrieksgebouw, samengesteld uit een onoverzienbaar aantal langwerpige smalle hallen met elk een raar dak in de vorm van een zaagtand die scherp afstak tegen de lucht en aan één zijde uit ramen bestond. Daarachter verrezen troosteloze blokachtige gebouwen, verbonden door hoge overdekte stalen loopbruggen. De mottige regen sloeg op de grond de roetwolken neer die vanuit de schoorstenen maar niet wilden wegdrijven. 'Nico ter Kuile Stoomblekerij. Textielfabriek.'

Meneer Hazelaar had een les gegeven over Enschede als textielstad, hij had gewezen op de rookpluimen waarmee de fabrieksschoorstenen de blauwe lucht boven de stad verdonkerden, hij had de economie van het textiel behandeld, en toen zei hij: 'Als jullie iets willen begrijpen van wat textiel voor de mensen betekent, dan moet je binnen de muren van zo'n fabriek kijken. Ik heb een excursie geregeld bij Nico ter Kuile. Zelf moet ik dan werken, maar jij, Tom Ypkemeulen, jij woont hier, jij kent de stad, wil jij de leiding op je nemen en je op het afgesproken uur met de klas melden aan de poort?'

'Gevangenis,' zei Leendert Brasz tegen mij, toen wij onder het afdak van de portier stonden te schuilen voor de regen.

Een gids liet ons binnen in een walm van benauwde warmte. Mist bedekte mijn brillenglazen. Stoomblekerij. Ik nam mijn bril in de hand. In een ruimte vol kapstokken hingen we onze jassen en truien op. Opeens stonden we in een fabriekshal. Wazig zag ik lange rijen onbegrijpelijke herrie makende machinerieën bemand door vrouwen en mannen, met jongens en meisjes, ook van onze leeftijd. Zwijgend verrichtten ze onwezenlijke handelingen aan knoppen en hendels waarlangs lange dampende lappen textiel rolden. Af en toe schreeuwden ze boven het lawaai uit, een kreet naar een ander. De gids zweeg, we zouden hem toch niet kunnen verstaan. Boven onze hoofden zag ik nu vaag de binnenkanten van de zaagtandvormige daken waar licht door naar binnen viel.

Handdoeken en theedoeken, dat was hier de hoofdzaak, vertelde onze gids toen we in een tussenruimte stonden. Veel voor de export. In de volgende zaal heerste minder herrie, maar was het nog klammer en warmer, zodat ik zonder bril geen overzicht over de immense werkruimte kon krijgen en me maar concentreerde op de machine vlak bij mij. Rollen bleke textiel gleden een verfbad in, kwamen er in kleur uit. Een jongen die een paar jaar ouder was dan ik stond achter een rol waarover een vochtige geverfde textielbaan voortbewoog alsof hier aan de lopende band de eeuwig durende beweging uitgevonden was. Hij staarde naar die draaiende rol, maar het was meer dan staren, want opeens drukte hij op een knop, zette een hendel om en de eeuwige beweging stond stil.

'Deze man,' schreeuwde de gids, 'controleert de kleur. Als de stof niet gelijkmatig gedekt is, moet hij zijn rol stoppen, de kleurhersteller roepen, en die zorgt met zijn kleurverdeler voor het evenwicht in de deklaag.'

De jongeman achter de rol had even niets te doen en keek met dezelfde starende ogen naar ons groepje alsof hij vastgesteld had dat wij niet van zijn wereld waren. De fout werd hersteld. De jongen hanteerde knop en hendel, de rol rolde, de jongen staarde.

In de kantine kregen we een kop koffie. We rilden in onze bloesjes en overhemden. Tom vroeg aan de gids: 'Meneer, kan zo'n jongen achter zo'n rol stof zelf niet leren om de kleur aan te passen als die niet egaal is? Ik bedoel maar...'

'Je bedoelt dat die man twee taken krijgt? Nee, dat zou hem niet lukken. Hij is gespecialiseerd in het ontdekken van te licht geverfde stukken, vervolgens komt de verfverdeler en lost het probleem op. Ieder heeft zijn eigen specialisatie.'

'Doodse enkelvoud bedoelt hij,' fluisterde Leendert me toe.

Terug in de aankomsthal liepen de meisjes naar de vitrinekasten waar stapels kleurige handdoeken en theedoeken uitgestald lagen. Bij de uitgang stond een bak. Ik dacht even dat we allemaal een handdoek meekregen, want ik had mijn bril nog niet weer opgezet, maar de bak bleek gevuld te zijn met merklintjes van Nico ter Kuile. In de naaimachinezaal hadden we gezien hoe iedere handdoek en theedoek automatisch omzoomd werd en voorzien van zo'n lintje. Tom Ypkemeulen stond het cadeau van textielbaron Nico met een grijns uit te delen en zei ironisch: 'Souvenir.'

We fietsten huiverend naar school en in de eerste les van die dag legde ik het kleurige lintje in mijn schoolagenda. Er stond een Hollands boerinnetje op met glimlach, schort, muts, klompen, tulpen. Voor de export. Haar naam was er machinaal onder geborduurd: Nicolientje. Ik draaide het merkje om, zag het slordige borduursel van de achterkant en dacht aan de starende jongen aan de lopende band. Hij gaf me moed om een schoolmeester te worden die het werk in de vingers kon krijgen, levend werk met variatie.

38
Amsterdamse school

Onze klas werd gekrast. We verschenen met z'n allen lacherig in de wachtkamer van het consultatiebureau voor tuberculosebestrijding. Een verpleegster beval ons onze linkeronderarm te ontbloten en onze oproepkaart in de rechterhand te nemen. Tom en Anko lieten haar hun spierballen zien, maar ze keek hen strak aan en beval: 'Onderarm.' Tom en Anko lieten hun manchetten over hun spierballen zakken. Ook dit was dus het gezag dat ik mijzelf nog moest aanleren.

Ze zette ons in een rij die langzaam opschoof naar een tweede verpleegster die iets in haar hand hield wat leek op een kroontjespen. Drie keer kraste ze aan de binnenkant van de onderarm in onze huid en haar collega bevochtigde de krasjes met iets kouds. We kregen geen pleister, het moest drogen aan de lucht, we moesten maar een beetje zwaaien. Luidruchtig stonden we in de wachtkamer onze armen op en neer te bewegen alsof het een les van meneer Hardieck was.

Het was gewoon een uitje, het betekende niks, maar we stroopten de volgende dagen toch onze linkermouwen op om bij elkaar te controleren of de krasjes niet gezwollen waren tot richeltjes. Vijf dagen na de kroontjespen stonden we weer in de rij en allemaal kregen we een verklaring uitgereikt dat de mantouxtest had aangetoond dat niemand van ons aan tuberculose leed, zodat we die ziekte niet konden overdragen aan schoolkinderen.

Want het werd nu menens. We kregen als tweedeklassers een juf of meester toegewezen op een van de drie gereformeerde lagere scholen, die ons het vak zou voordoen. Kweken heette dat. Alleen Otto Stroink ging het zelf vragen op de enige synodale school. Jacob en ik kregen een plek op de school aan het pleintje waar onze straat op uitliep. Samen liepen we er in onze zondagse pofbroeken naartoe om kennis te maken. Jacob meldde zich in een benedenlokaal.

Ik moest de brede trap op. Een kalende meester in een grijs pak ontving me met een gereserveerde glimlach. Hij stuurde een bestraft kind naar huis en stelde zich voor: 'Germeraad, aangenaam.' Het leek er niet op dat hij op me zat te wachten. Hij zei dat het tot zijn taak behoorde kwekelingen te helpen. Goed, vanaf volgende week vrijdag dus. Ik mocht eerst een ochtend kijken en luisteren. Op de vrijdag daarna moest ik zelf de Bijbelvertelling doen. Zijn lokaal zag met drie korte spitsboogramen uit op de straat.

'Er komt straks een jongen van onze klas bij me, die moet ik even helpen met zijn huiswerk,' meldde ik aan juffrouw Kleinlugtenbelt.

'Goed,' zei ze geschrokken, 'maar zoiets moet je wel even vragen, ik wil weten wie hier in huis komt. Wat voor jongen?'

'Een nieuwe jongen, hij is er in de tweede klas pas bij gekomen, Leendert Brasz.'

'Ken ik niet,' zei ze. 'Dan geef ik jullie eerst een kopje koffie in de keuken.'

Hij belde aan om half elf. Ik hoorde juffrouw Kleinlugtenbelt meteen het halletje in lopen en de knip omdraaien van het luik in de voordeur.

Nu ziet hij haar in de omlijsting van het raam, dacht ik, *zoals Jacob en ik haar de eerste keer zagen.*

We zaten met z'n drieën in haar keuken. De oude vrouw

lag in bed met hoofdpijn, Kleinlugtenbelt was naar Hengelo voor een wedstrijd van de Hengelose Boys, Jacob fietste met de slagersmand rond.

Het straaltje zweet liep bij Leendert nu midden uit de inplant van zijn haar naar zijn neus. Hij veegde het met zijn hand weg.

'Waar ben je dan in de kost?' vroeg juffrouw Kleinlugtenbelt.

'Ik woon bij mijn ouders, mevrouw, hier in Enschede.'

'O, dat is wat anders, je woont hier. Waar woon je dan?'

Met een mengsel van botte nieuwsgierigheid en goedhartige interesse probeerde ze hem uit te melken, maar hij reageerde niet alert, gaf korte antwoorden. Zijn vader werkte, ja. Niet in het textiel, nee, op 't slachthuis, ja. Niet als slachter, nee mevrouw. Als keurmeester, ja. Hij had één zus, ja. Geen broers, nee. En een moeder, voegde hij eraan toe zonder dat ze daarnaar vroeg. Ze keek hem verbaasd aan. Toen wilde ze het tweede kopje inschenken, maar Leendert zei ook daar nee op en dat hij niet veel tijd had.

In mijn kamer legde ik mijn aantekenschriften op tafel, de hele mikmak: Nederlands ontleden, algemene geschiedenis, vaderlandse geschiedenis, aardrijkskunde, dierkunde, biologie, fysica, geluid en elektromagnetisme, zang, Genesis 1, Handelingen der Apostelen, Paulus, Bijbelse aardrijkskunde, Daniël in Babel, Bijbelse chronologie, opvoedkunde, psychologie, scheikunde, geloofsleer.

Hij zuchtte. Dat kon hij toch niet allemaal overschrijven? Ik opende ieder schrift, trok met potlood en liniaal een streep waar we het tweede jaar begonnen waren en legde de stapel voor hem neer.

'Neem maar mee, het is maar een maand, echt minder dan je denkt. Schrijf het vanmiddag en maandag over en geef me alles maandagavond maar terug.'

'En zondag?' zei hij, voor het eerst nu met een lachje.

Ik keek hem vragend aan. Jacob en ik studeerden niet

op zondag, thuis bij onze ouders niet en hier niet. Zondag rustdag, kerkdag. We haalden het niet in ons hoofd aan deze structuur te morrelen. Eens was ik op een late zondagmiddag naar de telefooncel aan de Laarressingel gewandeld en had gebeld met Tom om hem te vragen waar onze klas die avond verwacht werd voor ons aangename koffie-uur. Ik vertelde het toen onbevangen aan juffrouw Kleinlugtenbelt. Zij reageerde onthutst. Op zondag gebeld in een cel? Getelefoneerd? Maar daar had ik toch geld voor moeten betalen? Ja, gaf ik toe, daar moest ik natuurlijk wel een dubbeltje voor in de gleuf stoppen, voor een lokaal gesprek.

'Zouden jouw ouders dat goed vinden?'

'Maar bij ons op het dorp hebben we geen telefooncel,' zei ik ongelukkig.

Jacob had me geholpen: bij hem in Westerlee ook niet.

'Maar het is betálen,' zei ze, 'en dat hoort niet op zondag.'

Ik had er niet bij nagedacht. Om van haar preek af te komen gaf ik toe.

'Als ik zin heb om op zondagmiddag mijn huiswerk te doen,' zei Leendert stug, 'dan doe ik het. Dat is toch bijna hetzelfde als een boek lezen? Mijn vader en moeder zetten me niet de pin op de neus.'

'Maar heb je tijd voor huiswerk als je tweemaal naar de kerk bent geweest?'

'Ik ga alleen op zondagmorgen. Twee keer al die gereformeerde leefregels, dat wordt me te veel. *Ich habe genug, ich habe den Heiland, das Hoffen der Frommen, auf meine begierige Arme genommen.*'

Ik keek hem onthutst aan, en ook nieuwsgierig. Deze jongen schudde zomaar een Duitse tekst uit zijn mouw waar ik nooit van gehoord had. Deze jongen koos zelfstandig een weg die mij niet geleerd was. Was deze jongen te vertrouwen? Maar mijn nieuwgierigheid won het van mijn argwaan, want hij keek me trouwhartig aan en herhaalde: '*Ich habe genug*', en nu zong hij die drie woorden met onweerstaanbare intervallen in een melodie die in mijn hersenen bleef hangen.

'Dank je,' zei hij, 'dat ik je schriften mag lenen. Waar moet jij kweken? Zie je ertegen op?'

Ik vertelde hem hoe Jacob en ik in de school aan het plein kennis hadden gemaakt met onze onderwijzers en hoe mooi de gangen betegeld waren, blank met donkere biezen. En in de bovenlokalen spitsboogramen. Het was of ik nu op mijn beurt hem inleidde in een museum.

'Amsterdamse school?' vroeg hij.

'Nee, hier in Enschede, aan het eind van onze straat. Zullen we er even naartoe lopen?'

Hij lachte voorzichtig en stond op.

'Graag.'

We gaapten het schoolgebouw aan. Onze blikken gleden over de voorgevel van bruine baksteen. Ik wees Leendert op de halfrond gemetselde luifel boven de toegangsdeur. Hij las hardop de naam van de school: '4^E SCHOOL', horizontaal, 'MET DEN BIJBEL', vanaf de L van SCHOOL letter na letter verticaal naar beneden. Het was een prachtige winkelhaak van gele letters tegen het roodbruin van de bakstenen muur.

Hij wees me op de drie keer drie heel smalle ramen centraal boven de luifel en op de zonnewijzer daarboven en hij zei: 'Amsterdamse school, dat is een bouwstijl van rond 1930 die in Amsterdam begonnen is.'

'O,' zei ik beschaamd.

We staken de straat over, hingen naast elkaar over het hek en tuurden naar de spleet naast de deur, de brievenbus met daarboven een buikige uitstulping met het woord POST.

'Dat vind ik misschien het mooist,' zei ik aarzelend.

Hij knikte.

'Wat zou ik hier graag kweken,' zei hij. 'Het zou het makkelijker maken.'

'Zie je ertegen op?'

'Ik weet niet hoe ik een verhaal vertellen moet. Ik kan wel een opstel schrijven, ik kan het zelfs voorlezen, maar een verhaal vertellen, dat kan ik niet.'

'Probeer het voor de spiegel.'

'Kun jíj een half uur in de spiegel naar je eigen smoel kijken?'

39
Het opstel

We kregen plotseling een uur vrij, dominee De Beer had zich ziek gemeld. Ik had Leendert beloofd dat hij mijn *Kleine Johannes* mocht lenen die ik voor vijftig cent aan de boekenkraam op de markt had gekocht, en dus fietsten we samen naar de Steenbakkerstraat. Toen we de trap weer afkwamen met het boek, had juffrouw Kleinlugtenbelt in de keuken twee glaasjes ranja ingeschonken.

'Ga zitten,' zei ze, 'dan heb ik er ook wat an.'

Ze streek met haar hand voorzichtig over de lichtgroene kaft van *De Kleine Johannes* met bloemen, kikker en insect en zei dat haar man ook boeken las, over Garriet Jan en Annechien, en dat hij er soms luid lachend uit voorlas. Toen vertelde ze dat haar moeder, die er zwijgend en breiend bij zat, binnenkort tachtig zou worden. Een zus en zwager van opoe kwamen van ver en bleven slapen in het bed van Jacob en mij. Jacob kon terecht bij Frederika Gort, voor mij zocht ze nog iets. De vraag bleef even hangen. Het was Leendert die na een korte stilte zijn keel schraapte en wat onbeholpen zei: 'Mevrouw, dat kan wel bij mij, kan wel bij ons. Misschien?'

Hij zou het overleggen met zijn moeder.

Leendert Brasz was na die eerste keer niet meer naast mij komen zitten. Onze klas was klein genoeg voor veel lege banken. Hij koos zelf het isolement van de achterste bank en zat daar tussen de lessen een boek te lezen. Eén keer had Tom zijn hand op Leenderts arm gelegd en hem een duwtje gegeven in de richting van het raam waar een stuk of zes van ons over de schoolclub praatten. Hij had er even tussen gestaan, Tom had hem gevraagd of hij clublid wilde worden, hij had zwijgend zijn hoofd geschud en zijn eenzame bank weer opgezocht.

Ik had de indruk dat Leendert alleen mij als praatgenoot verdroeg, gewoon op grond van onze ontmoeting in het museum bij de houten Jezus. In groter gezelschap wilde hij zich onzichtbaar maken. Alleen in de lange eetpauze om zes uur schoof ik weleens naast hem in zijn achterste bank of bij mooi weer op het muurtje aan de straat. Hij liet me dan een plaatje van Van Gogh zien, of legde me iets uit over een regel van Gerrit Achterberg die ik aanwees in mijn agenda: 'Ik spoed mij naar de thermen.'

Meneer Ottevanger gaf ons onze opstelschriften terug. We kenden zijn tactiek en zaten te wachten op de stekeligheden die hij luidkeels ventileerde voor het front van de klas. Soms was er lof. Hij zeilde het schrift van Anko op diens bank.

'Ja, Anko, ik wil jou helemaal niet in 't zonnetje zetten of iets verkeerds van jou zeggen, maar jij bent toch goed in wiskunde, hè? Dus in logica?'

Anko mompelde iets en meneer Ottevanger vervolgde: 'Dan snap ik in de wereld niet hoe jij zoiets kunt opschrijven. Een paar keer heb ik erbij gezet "Nonsens". Een 4, meer heb ik niet kunnen geven voor jouw onlogische taalkronkels. Asjeblieft.'

Toen ik aan de beurt was, humde hij en zei: 'Simon, dat is redelijk in orde met jouw opstel, maar je moet niet te moralistisch worden. Ik hou ook niet van zondagssport, maar je moet je wat beter inleven in de wereld van anderen om goede kritiek te hebben. 6½.'

Ik was ontevreden en sloeg het schrift niet open. Ik betwijfelde ook of meneer Ottevanger zich zélf kon inleven, bijvoorbeeld in de middelmaat.

'Ypkemeulen, Tom, hoe kon je dat nou doen? "Zij antwoord" met een d, dat ontsiert je hele opstel. Als je dat volgend jaar op het examen flikt...'

Tom sloeg met een brede glimlach zijn schrift open.

'Tien rode strepen onder één foutje, meneer? Als ik zak voor schoolmeester kan ik nog altijd corrector worden.'

Meneer Ottevanger draaide hem zijn rug toe en wendde zich tot Leendert, die met een eenzaam rood hoofd in de achterste bank zat te wachten op het oordeel.

'Leendert Brasz, jou ken ik, je zat al bij mij op de lagere school en op de ulo, ik heb je vaker gezegd: jij hebt talent. Prachtig verhaal.'

Leendert stak zijn hand uit, maar meneer Ottevanger ging verder: 'Zou jij nu eens, bij uitzondering, de eerste bladzij van je opstel willen voorlezen? Hier, voor de klas.'

Leenderts hoofd werd nog roder. Er zat voor hem niets anders op dan zich te onderwerpen aan de dwingende blik die hem vanuit het scherpe profiel van meneer Ottevangers gezicht trof als een pijl. Hij schoof zijn bank uit, ik zag dat hij even wankelde. Hij droeg weer geitenwollen sokken in plompe hoge schoenen. Voor de klas las hij zacht de titel voor: 'Een nieuwe lente en...' Het onvermijdelijke zweet trok vochtige lijnen over zijn wangen. Een druppel spatte op de grond.

Het ging over een oude man, die voor het eerst in het voorjaar de plekken in zijn tuin opzocht die hij in het najaar voor de winter had klaargemaakt. Leendert las zinnen waaruit ik haastig flarden in mijn *Schermer* noteerde: 'de losse teugel van de wind', 'volgespoten door de zon', 'vogeltjes van liefde'.

'Dit is heel mooi, je bent een dichter,' zei meneer Ottevanger. 'Je hebt je cijfer al zien staan, een 9.'

Leendert stapte uit een kring van donkere druppels op

de houten vloer en liep naar zijn bank achterin. Voor het eerst zag ik een gelukkige glimlach op zijn gezicht.

Na de les stiefelde Anko op hem af: 'Mag ik dat opstel van jou eens lezen?'

Leendert stopte het in zijn tas, klikte de sloten dicht en zei: 'Neenee, vraag meneer Ottevanger maar hoe je het kunt leren.'

40
Mozes

Van lesgeven had ik nog geen verstand, maar al binnen het eerste kwartier begreep ik dat ook meester Germeraad het niet in de vingers had. Meteen na het gebed viel een jongen met opzet uit zijn bank, ik zag het vanaf mijn stoel achterin. De onrust golfde door de klas. Een meisje gilde toen haar achterbuurman aan haar haren trok. Meester Germeraad tikte met zijn trouwring op zijn lessenaar. Het geluid zakte weg in het rumoer. Pas toen hij met krijt een paar namen had opgeschreven in een witte rechthoek op het bord, kon zijn stem het aan. Hij vertelde het Bijbelverhaal over onderkoning Jozef van Egypte en de elf broers. Hij keek er te veel bij in de kinderbijbel op zijn lessenaar, zodat er te weinig leven in zat. Ik trok daar mijn eerste les uit.

Bij rekenen mocht ik een stapel schriften uitdelen. Maar ik kende de namen niet. Ik las ze één voor één voor en gaf het schrift af in de richting van de opgestoken vinger. De klas siste 'sssst', en dat bleek bij het pesterijtje te horen, want toen ik klaar was riepen ze door elkaar naar meester Germeraad dat die meester achterin er niks van wist en de schriften verkeerd had uitgedeeld. De wisseling verliep rumoerig, terwijl Germeraad op knipnagels tussen de rijen liep.

Eindelijk kon de klas de pennen in de inktpotjes dopen om uit het rekenboek sommen te maken in het rekenschrift. Ook ik kreeg een taak. Germeraad vroeg mij om samen met hem langs de opgestoken vingers te lopen. Het was mijn allereerste actieve daad in het Nederlands Lager Onderwijs. Een meisje met vlechten was verstrikt geraakt in een staartdeling en ik schoof naast haar. Op een kladje deed ik een jongen voor dat je in de optelsom 43 + 79 + 57 eerst 43 + 57 te pakken moest nemen.

In het witte hok op het bord stonden nu zeven namen, waarvan drie met een kruisje. Drie kinderen bleven om kwart voor twaalf achter, met de armen over elkaar stijf in hun bank in de rij onder de spitsboogramen die, zoals Leendert me had uitgelegd, een speels brokje renaissance in de Amsterdamse school hadden ingebracht. Germeraad gaf me op een briefje mijn werk voor de volgende vrijdag mee: vertellen over de geboorte van Mozes enzovoort, daarna een leesles. Hoelang moest zo'n vertelling duren? Ik moest maar zien, zei hij, een klein half uur was voldoende.

De school hanteerde hetzelfde Bijbelrooster voor alle klassen, dus de volgende vrijdag moest ook Jacob in zijn klas de kleine Mozes geboren laten worden en uit de Nijl laten redden door de prinses. Binnen een kwartier stond hij bij de brandende braamstruik, en toen was Mozes al tachtig. Hij vertelde het bij de warme maaltijd, hij lachte zichzelf uit. Het schoolhoofd had er met hem over nagepraat en hem wat aanwijzingen gegeven.

Ik hield het voor mijn klas twintig minuten vol. Bij de braamstruik zag ik met een slinkse blik op mijn horloge dat er nog maar twaalf trage minuten voorbij waren en dus stoomde ik door naar de kronkelende staf van Aäron en juist toen ik water in bloed wilde laten veranderen, stond meneer Germeraad achter in de klas stijfjes van zijn stoel op en zei: 'Hier ga ik morgen verder.'

'O,' zei ik.

Daarna mocht ik de beloofde leesles geven. Ik nam een stapel *Ha...! Lezen!* aan uit de handen van meester Germeraad, legde voor ieder kind een boekje neer en rechtte voor de klas mijn rug. Uit de klassenlijst noemde ik een naam en zo'n kind begon hompelend voor te lezen totdat ik na een paar minuten een volgende naam riep. Het werd stil en sloom in de klas. De kinderen leken te dommelen. Tegen de achterwand van het lokaal zag ik alleen de handen en benen van meester Germeraad. Hij zat het breed uitgevouwen *Gereformeerd Gezinsblad* te lezen. Na schooltijd gaf hij geen enkel commentaar op mijn volgepropte Mozes. Ook niet op de leesles. We spraken alleen het volgende Bijbelverhaal af.

In de week daarna bezorgde de post mij een zwaar pakket. Op het inpakpapier stonden een dames- en een herenschoen afgedrukt en de naam van mijn vader. Het waren de beide delen van de *Kinderbijbel* van Anne de Vries met illustraties van C. Jetses.

'Die kun je vast wel gebruiken op school,' schreef mijn vader erbij.

Die kon ik heel goed gebruiken op school. Voor in deel I vond ik de plaat van Kaïn die met wanhopige handen aan zijn hoofd wegvluchtte van zijn vermoorde broer Abel. Ik opende deel II en zag hoe Jetses Jezus had getekend Die op een berg aan een meer onder een boom de mensen toesprak. Hoog boven Zijn hoofd buitelden vier zwaluwen.

41
Maandag wasdag

Juffrouw Kleinlugtenbelt maakte ons 's morgens wakker door op onze deur te kloppen. Twee keer in de week zette Jacob zijn wekker om op tijd bij de slager te kunnen zijn, en als hij zijn fiets door het hekje had geschoven (ik hoorde het dichtklikken), kwam ze met een zachte klop mij voorzichtig wakker maken, zoals ze zei. Soms zag ik dan de deurkruk omlaag gaan, ze kwam binnen, keek op mij neer, glimlachte en ging op de rand van het ledikant zitten. Ik lag altijd aan de kamerkant, ik kon haar hand niet ontwijken die mij even over mijn haar streelde. Verstijfd lag ik te wachten tot het ophield, mijn armen en handen onder het laken naast mijn lijf gestrekt. Ik ademde zo licht mogelijk, alsof ik ook mijn longen verbood tekenen van leven te geven. Het duurde niet erg lang, maar de seconden leken minuten. Eén keer zei ze: 'Ik wou dat je m'n zoon was.' Ik dacht: *Ik niet.* Toen ging ze weg, alsof ze mijn gedachte geraden had, maar dat had ze niet.

Overdag was ze trouwens gelijkmatiger geworden, ook vriendelijker, maar als ze vond dat wij te weinig dankbaarheid toonden, begon ze op te sommen wat zij zoal voor ons gedaan had. Ze dribbelde meestal vrij opgewekt door het huis, ze kookte goed, ze kwam enthousiast terug van mevrouw De Beer en van Heleen Heupers, bij wie ze meer koffie dronk dan stof afnam. Soms vertelde ze iets in half afgemaakte zinnen die ik ook maar half begreep: 'Wat ik nou toch bij Heleen in bed heb gevonden...' 'Ik moest mevrouw De Beer helpen met haar korset...'

Ze had die gekke buurvrouw Oostindie met haar man door hun open slaapkamerraam heen horen kroelen en lachen en de buurvrouw had geroepen: 'Pieter, Piet, hou op, ik kan nie meer...'

'Hij kietelde haar,' stelde ik vast, en zij zei: 'Ze bint gek, wie doet dat nou bie 't open raam.'

'Uw man kietelt u toch ook weleens,' zei ik toen ze in de keuken bij het aanrecht nog niet kon ophouden met lachen.

Ze draaide zich niet om, ze zei: 'Och jonge.'

Op maandag stond het humeur van juffrouw Kleinlugtenbelt op wasdagniveau. In onze eerste maanden had ze nog in de schuur op een ribbelig wasbord staan schrobben en boenen, maar toen ze merkte dat onze overhemden en onderbroeken meetelden, had ze besloten een kleine wasmachine te huren. In het schuurtje werd een stopcontact gemonteerd en voortaan reed op maandagmorgen om kwart voor zeven de wasman voor met drie wastrommels op zijn bakfiets. Hij sloeg zijn armen om zo'n witte ronde Miele met een wringer, liep halletje en keuken door en zette hem in de schuur. Juffrouw Kleinlugtenbelt gaf hem een briefje van een gulden en twee losse kwartjes voor één ochtend huur, duwde de stekker in het stopcontact en begon met de lakens.

Op zo'n herfstige maandag in het begin van oktober, toen de uitgewrongen lakens om negen uur klef aan de lijn hingen, riep ze ons voor de koffie beneden. We zaten voornamelijk zwijgend aan tafel. Opeens zei ze tegen Jacob: 'Hoe zit 't met jou met 't geld? Simon heeft me al een week geleden z'n kostgeld betaald.'

Ik zag Jacob schrikken. Zelf had ik de postwissel die mijn vader mij gestuurd had al vóór de eerste oktober op het postkantoor verzilverd.

'Ik denk dat mijn moeder gisteren een brief geschreven

heeft,' zei hij. 'Ik denk dat het geld vandaag aankomt.'

Over zijn suppletie zei hij niets, in dit aspect was zij niet ingewijd.

'Als je maar niet denkt dat juffrouw Kleinlugtenbelt het geld op de rug groeit,' mopperde ze.

Jacob trok onder zijn rosse kuif wit weg, stond op, draaide zich om en liep de trap op.

'Daar kan hij toch niks aan doen,' zei ik. 'Zijn ouders moeten het bij elkaar schrapen.'

'Het was maar een grapje,' zei ze, 'je snapt toch wel dat ik dat niet meende.'

'Nee,' zei ik.

Maar ik wist niet of ze begreep waar dat 'nee' wel en niet op sloeg. Ik zweeg en volgde Jacob naar boven. Op ons kamertje zag ik hem aan tafel zitten. Over zijn wang gleed een traan.

'Ik moet m'n bek tegen haar houden,' zei hij zacht en woedend.

Die middag kwam de post en legde Jacob zwijgend het geld voor haar op tafel. Ze borg het in haar huishoudportemonnee en mompelde: 'Toch nog gekomen dus.'

42
Windrozen

De familie Brasz bezat een voortuintje met wat slordige graspluimen. Het grint naar de voordeur knarste onder mijn voeten. Achter de gesloten vitrage stond een vage gestalte. Leendert deed al open voordat ik aan de bel trok. Hoog en verlegen stond hij tussen de deurposten. In de kamer zat een klein gezin. Zijn vader legde langzaam de krant op de grond en stak zijn hand naar mij uit. Zijn moeder legde haar hand op mijn arm en zei: 'Simon dus, vriend van Leendert?' Bedoelde ze het vraagteken achter haar zin als een vraag of als een wens? Een zusje van een jaar of twaalf keek mij op haar hoede aan en reikte een slap handje.

Het gesprek kwam maar niet los. Leendert zweeg. Hij had weer dat zweet op zijn voorhoofd. De vader vroeg vriendelijk waarom ik hier een nachtje kwam slapen. Ik antwoordde dat de moeder van mijn kostjuffrouw tachtig werd en dat ze in mijn kosthuis mijn slaapkamer nodig hadden voor verjaardagsgasten en dat Leendert het had aangeboden. De moeder knikte en zei dat het aardig van me was om te komen. Ze schonk koffie en schoof een sprits onder het oortje zodat die niet weg kon glijden. Het was een kamer zoals overal, met vier stoffen fauteuils rondom een kleine tafel met een potbegonia, een eethoek in de hoek en een dressoir met kopjes en glazen. Een kolenhaard brandde laag.

Toen de koffie op was en er weer een stilte viel, zei

Leendert: 'We gaan naar boven. Ik wijs Simon de weg wel. Trusten.'

'Trusten,' zeiden we in koor.

Leenderts kamertje zag uit op de straat. Het was half zo groot als de kamer van Jacob en mij, en volledig vol met een bureau, twee rechte stoelen en kasten met boeken. De lichte kou van de herfst deerde mij niet, vooral niet door de warme rijen boeken. Een reeks lichtbruine banden, *Bibliotheek der Nederlandse Letteren*. Een rijtje Goethe, Rilke, Hölderlin, namen die ik niet of heel vaag kende. *Herfsttij der Middeleeuwen, In drie etappen, Afscheid van domineesland*. Op het bureaublad lag een roman die ik niet kende, *Vrouw en vriend* van Anna Blaman. Daarnaast een dun lichtblauw boekje, *Windrozen per bos*, met een bladwijzer.

'Kijk daar eens in,' zei Leendert en wees naar *Windrozen*.

Ik sloeg het open bij de bladwijzer. Het was een gedichtenbundel.

'Lees eens de laatste regels.'

... maar je leeft zonder god / zo onhandig, las ik, alleen met mijn ogen.

'Hardop.'

'... maar je leeft zonder god zo onhandig.'

'Leef je zonder God zo onhandig?' vroeg ik. 'Maar ik schrijf God met een hoofdletter.'

'Ik ook, maar niet per se. Ja, zonder God leef je onhandig.'

Hij nam het voortouw, hij was het vooral die praatte, alsof hij zijn zwijgen in de woonkamer en op school haastig teniet wilde doen. Hij praatte over regels van de kerk die hem misselijk maakten. Over Jezus Die hij hoog had. Over de palmpasenezel in het museum. Over zijn afkeer van een kwekkende kamer vol mensen op verjaardagen. Over moderne gedichten. Hij nam *Windrozen* weer op, bladerde en las: 'Ik vond ook die dag het spoor nog niet / de sleepteen van de tijd / in het rulle zand.'

Toen zei hij: 'Hier hoort mijn naam tussen. Ik ben een van hen, tussen Remco Campert en Hans Andreus. Ik ben niet minder dan zij, hier en daar ben ik beter.'

'Nou nou.'

'Niks nou nou,' grauwde hij nerveus. 'Luister.'

Hij trok een la van zijn bureau open en las iets voor van een blad papier: 'Waar is / de schimmel van de maan / de losse teugel van de wind / de blauwe slee van nacht?'

'Heb jij dat geschreven?'

'Je zult later meer van me horen.'

'Dat klinkt arrogant.'

'Nee,' zei hij, 'een mens moet iets willen, iets kunnen. Ik kan toch al niet veel. Wacht maar af, jij hebt het in je om mij te begrijpen. Denk ik.'

De lucht buiten was donker geworden. De kruin van de boom voor het huis stond er donkerder tegenaan. Leendert leek in deze kleine muffe kamer niet op de onhandige verlegen jongeman in onze klas. Hij was hier Leendert Brasz volledig met es en zet en met alle kennis die er in zijn hoofd zat. Hij overdonderde mij, en ik bewonderde hem.

Ik vroeg hem naar zijn kweeklessen. Hij haalde zijn schouders op en begon over Verlaine, een naam die ik niet kende en van me liet afglijden. Ik koerste weer op de school en vroeg hem of mijn vraag ook die van hem was, déze vraag: zag hij het in de toekomst wel zitten voor een klas kinderen? Hij antwoordde kort: nee, dat zag hij niet zitten. Zijn eerste stotterverhaal voor de klas had vijf minuten geduurd en toen was hij zwetend afgehaakt.

Hij nam *Vrouw en vriend* van zijn bureaublad en vroeg: 'Weet jij waarover dit gaat? Over een homofiele vrouw.'

'Ik dacht dat vrouwen niet homofiel kunnen zijn,' zei ik. 'Dat kunnen mannen toch alleen?'

'Bij vrouwen heet dat lesbisch,' zei hij alsof hij alles

beter wist en hij legde het boek weer weg. 'Je moet nog wat bijleren.'

Dat hooghartige van hem beviel me niet. Maar hij fascineerde me. Hij zei dingen die nog nooit iemand tegen mij had gezegd. Hij trok me op.

Bedtijd. Leendert schoof het gordijn dicht.

'Ik dek het venster toe met mijn gordijn,' zei hij, en het leek een dichtregel.

Hij wees me de kleine wastafel, verscholen in een hoek naast zijn bureau. Toen ik mijn mond en mijn tandenborstel had gespoeld en me omdraaide, stond hij daar opeens in zijn pyjama. Terwijl hij zijn tanden poetste, begreep ik wat mij te doen stond met mijn pyjama.

'Maar waar is het bed?' vroeg ik.

Het bed stond nog een trap hoger, op zolder onder balken en omringd door lange ineengevouwen zomerklapstoelen en kartonnen dozen waar niets in leek te zitten. Het was een tweepersoons bed, maar dat was ik immers wel gewend. Sliep hij altijd in z'n eentje in een tweepersoons bed? Ja, zei hij, hij was te lang voor een éénpersoons, hier kon hij diagonaal in liggen.

'En ik dan?' vroeg ik.

'Vannacht lig ik niet diagonaal,' zei hij ernstig.

Toen hij het peertje op zolder gedoofd had, lagen we stil naast elkaar op onze rug. Ik luisterde naar de regen op het dak en ik dacht dat hij hetzelfde deed.

'Het is nu donker,' zei hij. 'Ben jij niet bang in het donker?'

'Jij ligt toch naast mij?'

Hij verschoof even en zei: 'Dat vind ik wel een mooi antwoord. Maar ik ben hier nooit eerder samen geweest. Als je alleen ligt, kun je bang worden.'

'Waarvoor?'

Hij zweeg eerst, en zei toen: 'Voor het leven dat nog

komt. Ik zeg wel ja en amen tegen God met een hoofdletter, maar ik zie hem ook vaak met een kleine letter en even vaak zie ik hem niet, dan laat hij het afweten, en dan ben ik onvoldaan tot boven in mijn schedel.'

'Of jij bent het die het laat afweten,' zei ik, maar ik wist meteen dat dit een te snel en te gemakkelijk antwoord was, want hij zei: 'Dat had je niet moeten zeggen. Maar ik zal je het niet kwalijk nemen.'

Het was weer een antwoord waarin hij zich dominant toonde, maar ik verdroeg het omdat hij zo'n intellectuele voorsprong had op mij. Bovendien was het makkelijk praten in het donker. We hoefden elkaar niet aan te kijken. Ik had in zijn kamertje gemerkt dat praten hem beter afging wanneer hij van mij wegkeek. Hier zag ik alleen het schemerige licht dat vanuit het dakraam op de balken viel. Ik nam aan dat ook hij zijn ogen open had en dus hetzelfde zag. Ons gesprek verliep via de balken en daardoor was er tegelijkertijd een geruststellende afstand én nabijheid.

We spraken over onze hekel aan gymnastiek. Over zijn wens een goed kerstgedicht te schrijven, 'want de meeste kerstgedichten zijn varkensvoer'. Over de bossen bij Gronau, waar hij graag fietste, vlakbij over de grens. Over het gedicht 'Bommen' van Paul Rodenko.

Het viel me op dat opnieuw alleen hij het was die de onderwerpen aandroeg, alsof nog nooit iemand echt naar hem geluisterd had en hij nu de gelegenheid aangreep. Af en toe zei hij niets, alsof hij hongerig lag na te denken over het volgende onderwerp. Ik ademde in zulke stiltes rustig door en ik dacht aan een zin uit de vorige eeuw die ik ergens gelezen had: 'Luchters van stilte schoven tussen.'

Toen ik bijna niets meer antwoordde omdat ik slaperig werd, zei hij: 'Laten we gaan slapen.'

Hij legde een moment zijn rechterhand op mijn bovenbeen en zei bijna plechtig: 'Ik stel het op prijs dat je bent gekomen. Welterusten.'

'Maar jij bood het toch aan! Welterusten.'

Hij draaide zich om, van mij af, hij strekte zijn benen naar achteren en zijn hoofd naar voren. Ik dacht te merken dat hij op een ongemakkelijke manier precies paste tussen de planken aan zijn hoofd en die aan zijn voeten.

De volgende avond liep hij naar zijn gewoonte in ons schoollokaal naar een van de lege achterste banken. Deze keer stopte hij een moment bij mijn bank en drukte me een los schriftvelletje in de hand.

'Van vanmorgen,' mompelde hij.

Ik las, en legde het papiertje daarna zorgvuldig in mijn *Schermer*. Dit stond er:

Ik heb de nacht gevoeld donzig van regen
en in het landschap grijs van slaap gewaakt

Ik weet van stemmen achter nachtelijke coulissen

en van het raadselachtig fluisteren
van grint over een late plotselinge voetstap

Ik ken het nauwelijkse ademen
van uren langer dan hun schaduw

het zijn ook dingen die men groet met ja en amen
maar stug en onvoldaan

L.B.

43
Eitje

Na de kerstvakantie thuis passeerde ik de hoge borden langs de Zwolse spoorbaan weer in de minder goede volgorde: 'Kolen Van den Berg', 'Pierik Brandstof', 'Talens' kolen'. Ik beet mijn kiezen op elkaar en tilde mijn fiets over de drempel het schuurtje in, waar het als vanouds stonk naar vochtig beton, waterig waspoeder en hond. Rexje begroette mij met een paar blije blaffen, en dat hielp.

Jacob was een trein eerder gekomen, zat al in de keuken koffie te drinken met juffrouw Kleinlugtenbelt. Ze begroette me hartelijk, de oude vrouw glimlachte.

'Weer leven in de brouwerij,' zei juffrouw Kleinlugtenbelt, 'het was maar een allenige Kerst.'

Ik zag dat ze het meende.

'Groeten van mijn vader en moeder,' zei ik, want dat mocht ik niet vergeten, zoiets streelde haar.

'Nog wat nieuws daar in 't noorden?'

Ik bukte me naar mijn weekendtas, haalde er een bruinrood tasje uit, schoof de rits open en nam in mijn hand wat erin zat. Ze barstte in lachen uit toen ze mijn eerste scheerapparaat zag.

'Nou word je een man, nou word je een kerel,' lachte ze. 'Nou ga je achter de meisjes aan, net als Jacob.'

'Ik achter de meisjes aan?' riep Jacob.

Haar nichtje uit Hengelo, een mollig meisje van zestien, kwam af en toe langs en elke keer had juffrouw Kleinlugtenbelt gezegd: 'Jacob, hoe vin je haar?' Maar Jacob vond niks van haar. Hij hield niet van plakacties, hij regelde zijn zaken zelf, hij schoor zich al een jaar. Af en toe zag ik hem praten met Anna Foekens en dan lachte hij zoals zijn haar was, heel lichtrood van verlangen. Anna had het alweer uitgemaakt met de sproetige Ido uit de eerste klas. Maar Jacob maakte geen vorderingen bij haar en ik vroeg hem niets.

Het crèmekleurige bolletje lag nog onwennig in de holte van mijn hand. Trots las ik hardop het merk voor: *Philips Staalbaard ivoor nr. 7735*. Kleinlugtenbelt kwam thuis van het naaiatelier en ook hij zette het op een lachen en riep: 'Nergens voor nodig, als jij op de hoek van de straat gaat staan, waait dat vlas van jou er vanzelf wel af.'

Hij nam het apparaatje van me over, tuurde naar de zilverkleurige scheerkop, drukte ergens op en de kop viel met wat baardhaarscheersel in zijn hand.

'Agattejakkesbah,' riep juffrouw Kleinlugtenbelt, 'je zou denken dat 't salmiak was en 't oplikken. Weg, blaas het buiten weg.'

'Je hebt dus toch baardhaar,' gaf Kleinlugtenbelt toe. 'Je wordt een man.'

Het waren dezelfde woorden van zonet van zijn vrouw, maar hij zei het serieus, meer als man tegen man, zoals hij me ooit gewaarschuwd had tegen de smoezelige kapper.

'Dat ding noemen ze een eitje,' zei hij. 'Net een ei, dat kun jij weten van de Eiercentrale. Heianeihat?'

De Eiercentrale sloeg ik over, ik haakte alleen in op het laatste woord, dat ik niet verstaan had. Hij schreef het voor me op, maar ik snapte het niet en Jacob evenmin.

'Das Twents, jong, Twents in tempo. Heianeihat? Heb ie al 'n ei had? Vrouw, kook vijf eieren bij de aardappelen. Mooi dat de jongs d'r weer bint.'

Leendert ontbrak. Meneer Ottevanger opende de eerste les met gebed, kuchte en zei: 'Vooraf als onderdirecteur een mededeling namens de directeur de heer Hazelaar. Leendert Brasz zal niet terugkeren op school. Hij vindt na drie maanden dat hij toch geen onderwijzer wil worden. Ik zeg over zijn besluit geen kwaad en geen goed, maar misschien heeft hij gelijk. Ik ken hem, hij zat bij mij op de 3e School met den Bijbel en later op de ulo in dit gebouw. Onlangs heb ik hem nog even gesproken. Jullie vinden het wel goed dat ik hem mede namens jullie Gods zegen heb gewenst in zijn verdere leven. Voor de school is het jammer. We zijn maar klein, we kunnen elke leerling gebruiken. Grammatica. We gaan nu over tot de verschillende soorten bijvoeglijke bepalingen. Als eerste…'

Alles wat hij dicteerde schreef ik keurig op, maar alles ontging me. Leendert. Ik miste hem. In korte tijd had ik zoiets als vriendschap ontwikkeld met die zwijgzame, hautaine oudere jongen die mij nieuwe wegen had gewezen. Waarom had hij bij de laatste les vóór Kerst niets gezegd?

Na de les liep ik meneer Ottevanger na op de gang en vroeg: 'Wat doet Leendert Brasz nu?'

'Ik meen te weten dat hij een baantje heeft bij de Twentsche Bank.'

'Dat lijkt me niks voor hem,' zei ik, 'helemaal niks, zo'n kunstzinnige jongen.'

Meneer Ottevanger trok twee verticale rimpels boven zijn neus en zei: 'Nu ik je toch spreek, loop even mee naar het kamertje.'

Hij wees me een stoel en ging naast me zitten.

'Dit is vertrouwelijk,' zei hij. 'Kan ik ervan op aan dat dit onder ons blijft?'

Ik knikte gewillig, hoewel ik niet wist wat hij ging zeggen.

'Ik ken Leendert dus al langer. Hij heeft iets, iets geniaals en iets vreemds. Je herinnert je het opstel dat hij voorlas. In zijn laatste gesprek met mij vroeg ik hem of hij vrienden had gemaakt in zijn klas. Hij noemde toen jouw naam. Klopt dat?'

'Vrienden,' zei ik, 'dat is veel gezegd. Maar we kunnen goed met elkaar praten. Ik heb een keer bij hem gelogeerd. Hij schrijft heel goede gedichten.'

'Gelogeerd? Geslapen?'

'Ja, op zolder bij hem thuis.'

'Hadden ze daar een bed over?'

'Nee, Leendert heeft een tweepersoonsbed, om zijn lengte. Voor één keer kon ik daar wel bij.'

Meneer Ottevanger leek geschrokken.

'Misschien is het goed dat je dit niet meer doet,' zei hij.

Hij kuchte en herhaalde de droge kuch alsof hij niet goed wist hoe hij het zeggen moest.

'Je bent... hoe oud?'

'Bijna zeventien, meneer.'

'Wel, je weet wat eh, wat homofiel betekent?'

Ik knikte.

'Nogmaals: ik zeg jou dit in vertrouwen omdat ik het nodig vind. Leendert is een zwijgerd, maar hij heeft mij onder vier ogen toch eens verteld dat hij een eh... homofiele aanleg heeft. Begrijp je wat ik bedoel? Je begrijpt wat ik bedoel. Hij vindt het een groot probleem. Dit probleem ligt niet op mijn terrein, ik heb hem naar zijn predikant verwezen. Jou raad ik met klem aan niet meer bij hem in één bed te slapen. Je begrijpt wat ik bedoel.'

Ik begreep eerst niet wat hij bedoelde, ik zei: 'Maar bijna alle leerlingen van onze school slapen bij elkaar in een tweepersoonsbed, ik bedoel jongen bij jongen, meisje bij meisje.'

'Zeker, maar dat spreekt vanzelf, dat is normaal. Voor Leendert is dat niet normaal. Begrijp je wat ik bedoel?'

Ik aarzelde, maar opeens sprong er in mijn gedachten weer een vonk over naar de kapper aan de Laarressingel en ik knikte, ik dacht dat ik begreep wat meneer Ottevanger bedoelde. Maar Leendert was die kleffe kapper niet. Bij Leendert had ik geen enkele argwaan gevoeld. Het moment dat hij zijn hand op mijn bovenbeen had gelegd, had ik me volledig vredig gevoeld. Hij had zich bovendien meteen daarna teruggetrokken op zijn eigen helft, ver van mij vandaan.

'Maar,' zei ik, 'zo is Leendert niet.'

'Vergeet niet wat ik je gezegd heb, en nogmaals, laat het onder ons blijven. Wel, ik vrees dat de les van meneer Schonewille al begonnen is. Zeg hem maar dat ik je even spreken moest.'

Meneer Ottevanger keek mij vriendelijk aan, vaderlijk zelfs, gaf mij een hand alsof hij iets bezegelde en deed de deur van het kamertje voor me open.

Langzaam liep ik over de gang, met mijn hand langs de kapstokhaakjes hakend. Was ik geschrokken? Ik was geschrokken. Moest ik dus op mijn hoede zijn voor die lange jongen met z'n verlegen zweethanden? Daar had ik nou helemaal geen zin in.

44
Rorschachtest

Meneer Schonewille was nog net niet echt begonnen. Hij stond met zijn gladde, strakke gezicht achter de lessenaar. Tom Ypkemeulen, die op vakantie in Engeland was geweest, had ons daar twee woorden voor geleerd: *pokerface* en *stiff upper lip*. Het haar van meneer Schonewille lag platgekamd op zijn schedel, met rechts van het midden een scheiding zo recht als loodrecht in het meetkundeboek. Hoewel zijn ogen niet onvriendelijk keken, hing er niet het kleinste lachje om zijn mond. Gérard Souris had me verteld dat meneer Schonewille ook wel 'de kip' werd genoemd omdat een kip nooit lacht. Hij praatte koel, nee, koel was het niet, hij sprak onderkoeld.

Anna Foekens had op een Covatjo-avond eens een citaat voorgelezen dat volgens haar op meneer Schonewille sloeg: 'Zijn stem was altijd eender: glad, glanzend, met een nauwelijks hoorbaar gekraak van deftigheid.' Dat kwam uit een roman van A. den Doolaard, beweerde ze, en wij hadden er hard om gelachen, want het klopte. Een enkele keer verdiende hij de naam 'kip' niet, als hij met een voorzichtige glimlach een les toelichtte met een grap of als zijn ogen twinkelden wanneer hij een van ons een fraai geformuleerde ironische vermaning toediende. Wij hielden van zijn pedagogiek- en psychologielessen. Hij wist heel veel.

Ons onderling gepraat zakte automatisch in toen meneer Schonewille zijn psychologieboek open op de lessenaar legde. Hij sprak: 'Dames en heren, ik wens u een voorspoedig en gezegend 1956. Juffrouw Wisselo, wilt u misschien het bovenlicht sluiten, het is hier wat fris.'

Toen Riek het bovenraam had dichtgeklikt met de stok, begon meneer Schonewille de rorschachtest uit te leggen. Dat die nu 35 jaar oud was, dat die uit Zwitserland kwam, dat die uitgevonden was door Herman Rorschach. Een psychologische test, zei hij, waarvoor wij onze aanstaande schoolkinderen maar niet moesten gebruiken als proefpersonen, maar die wel interessant was. Je (hij zei natuurlijk 'u') moest een rechthoekig papier in tweeën vouwen, weer openvouwen, op de vouw een grote mop inkt laten vallen en dan het papier weer dichtvouwen zodat de vlek uitvloeide, en opnieuw openvouwen. Wat zag je daar dan in? Meneer Schonewille vouwde een stuk papier open dat hij had voorbewerkt en toonde een grote grillige vlek van donkerblauwe inkt.

'Wat ziet u hierin?'

'Niks. Dit is puur toeval,' zei Otto Stroink.

'Uw ziel heeft diepere kamers dan u misschien vermoedt, meneer Stroink. Ik deel u nu vijf rorschachvlekken uit waar cliënten van mij hun licht over hebben laten schijnen. U weet waarschijnlijk dat ik een psychologisch spreekuur aan huis heb. Wilt u noteren wat u in deze vlekstructuren ziet? U begrijpt dat ik de namen van mijn cliënten op deze testvellen verwijderd heb.'

Anko Boxum schoof naast mij, we spraken af dat hij het zou zeggen en ik het noteren.

'Wat zie je, Anko?'

'Een inktvlek,' zei Anko.

'Ja, nee, wat zie je erín?'

'Twee zeepaardjes.'

'Beetje dieper. Welke indruk geven die zeepaardjes?'

'Ze zijn verliefd,' grinnikte Anko. 'Ze staan nog wel met de rug naar mekaar toe, maar zo meteen draaien ze zich om met de bekjes naar mekaar toe.'

‘Anko, je bent werkelijk verliefd, maar je hebt nog geen succes bij haar. De rorschachtest heeft je verraden.’

Na tien minuten verzamelde meneer Schonewille onze blaadjes met notities en stopte ze in zijn tas.

‘Maar meneer,’ zei Peter, ‘wij willen nu wel graag weten hoe wij psychologisch in elkaar zitten.’

‘Dat zult u van mij niet horen, meneer Hobbelink. U bent geen cliënt van mij. Maar uw waarnemingen kunnen mij misschien helpen. Ik zal die in mijn praktijk vergelijken met de waarnemingen van mijn cliënten.’

Hij zweeg een moment, keek in de richting van Elsje Meijer en zei: ‘Juffrouw Meijer, stoor ik u? Ik zie dat mijn woorden door u aan de Schrift worden getoetst.’

We keken allemaal om naar Elsje Meijer. Ze kreeg een kleur en sloeg snel haar zakbijbeltje dicht. We wisten dat ze de volgende dag moest kweken en dus stiekem een Bijbelles zat voor te bereiden. We lachten haar toe. Meneer Schonewille vertrok geen spier en ging verder.

‘De rorschachtest kan allerlei elementen van een persoonlijkheid bovenhalen. Impulsen, karaktertrekken, optimisme, pessimisme, criminele of liefdadige inborst. Een goed opgeleide psycholoog kan conclusies trekken uit de interpretaties van de cliënt. Maar ook leken, de categorie waartoe u behoort, hebben hun indrukken. Daarom heb ik u zojuist een keer ingeschakeld om uw notities te vergelijken met die van mijn cliënten. Mij kwam onlangs zelfs een Amerikaans artikel onder ogen van ene mevrouw Hooker, die op grond van de rorchachtest wilde vaststellen of een man heterofiel of homofiel was. Maar daar kwam niets uit, zij kon geen verschillen aantonen in depressie, zelfrespect, relatieproblemen en seksuele problemen tussen heterofiele en homofiele mannen en daarom concludeerde zij ook dat homofilie geen psychische stoornis is. Mij dunkt dat zij gelijk heeft.’

‘Hùh,’ zei Anko en hij stak zijn vinger op.

'Zegt u eens, meneer Boxum?'

'Mannen met mannen schandelijkheid bedrijvende, is dat geen psychische stoornis?' zei Anko verontwaardigd.

'U citeert Paulus. Maar Paulus had het niet over psychische aandoeningen, Paulus had het over zelfgekozen egocentrische excessen van heterofiele mannen die nu eens met hun vrouw sliepen en dan weer voor de afwisseling met een jongeman.'

Anko keek mij vertwijfeld aan en schudde zijn hoofd. Hij leek geschokt. Hij opende zijn mond, maar sloot hem weer omdat hij kennelijk niet met meneer Schonewille in debat durfde gaan.

'Het leven ligt nog voor u, meneer Boxum. U zult nog vele ontdekkingen doen. Wij vervolgen de les over de rorschachtest.'

In die dagen zag ik dat er bij boekhandel Witkam aan De Klomp naast de Hema opruiming was. Met mijn armen steunde ik op de vensterbank en mijn ogen gleden langs de titels. Vooraan, schuin omhoog tegen een stander geplaatst, stond *Oude Cryptogamen* van Gerrit Achterberg. De titel telde vijftien grote letters en de naam van de dichter zestien. Samen namen ze de hele voorkant van het boek in beslag op zes volle regels, ze drongen zich aan mij op en wekten mijn begeerte. Het leek een aanslag, in elk geval op mijn portemonnee, hoewel het afgeprijsd was. Ik dacht aan 'Reiziger doet Golgotha' in mijn *Schermer*-agenda, en voor ik mezelf terug kon roepen stond ik al in de winkel, waar een kleine man het boek voor me inpakte en mij onderzoekend aankeek. Wat cryptogamen waren wist ik niet.

Op mijn kamer probeerde ik de eerste regels te begrijpen. 'Aan het roer dien avond stond het hart / en scheepte maan en bossen bij zich in.' Het gelukte maar half. Wat moest ik met de onbegrijpelijke regels op al die volgende bladzijden? 'Ik ben de dunne zijde om uw huid', 'Borsten rijzen als sterren in het zenith van mijn levenszin', 'Gij zijt niet gangbaar meer, de kamer op en neer.' Tevergeefs zocht ik naar het gedicht over de reiziger. Had ik een miskoop gedaan? Maar in de opruiming werd niet geruild.

In de weken daarna fietste ik af en toe door de straten van de stationsbuurt en dan kwam ik langs de Twentsche Bank op het Hoedemakerplein. Het symmetrische gebouw zag er gesloten uit. De kelderraampjes waren voorzien van tralies. Daarachter bevond zich vast en zeker een potdichte kluis. In de gevel was op een steen de naam te lezen van de bankier: Blijdenstein, naar wie de laan van onze school genoemd was.

Eindelijk zag ik hem traag komen aanrijden door de Tromplaan, machinaal, zijn blik op nul. Zijn zadel stond te hoog, hij zat met een onwerkelijke knik in zijn rug op zijn fiets. Ik riep zijn naam en zag hem schrikken, alsof hij opeens weer mens werd. Hij remde, hij steunde met de tenen van zijn plompe schoenen aan weerskanten van de wielen op de straat. Hij droeg weer van die dikke wollen sokken. Zijn fietstassen puilden uit.

'Wat doe je nou voor werk?'

'Geld,' zei hij somber. 'In zakjes. Moet ik rondbrengen.'

Hij maakte een van de riempjes van een fietstas los en liet me kijken. Dichtgestrikte witlinnen zakjes. Aan de buitenkant waren de ronde vormen van kleingeld zichtbaar.

'Waar gaat dat naartoe?'

'Mag ik niet zeggen.'

Hij verlegde zijn blik van de straatstenen een moment naar mijn gezicht. Zijn ogen stonden schuw, om niet te zeggen wanhopig. Ik vroeg zijn hulp bij de oude cryptogamen.

'Achterberg,' zei hij, minder somber nu.

De zaterdagmiddag daarna zaten we met een kop koffie in een cafeetje aan de Markt en hij legde me 'Standbeeld' uit. 'Een lichaam, blind van slaap, staat in mijn armen op.'

Na een half uur haalde de serveerster onze kopjes weg. Leendert betaalde. Hij verdiende nu immers, zei hij cynisch.

Op de Markt, op het stuur van onze fietsen geleund, praatten we na. Die bank was geen baan voor hem, nee. In die witte zakjes hoorden geen munten maar boeken. Misschien moest hij gaan studeren. Amsterdam? Hij had gehoord dat daar een wereld openging.

'Je zadel staat te hoog,' zei ik.

Hij rommelde in zijn fietstassen, trok een Engelse sleutel naar boven en begon aan het zadel te morrelen. Toen gaf hij me een hand.

'Zien we elkaar nog eens?' vroeg ik.

'Misschien zien we elkaar nog eens,' zei hij en zijn blik zocht weer de straatstenen.

Ik keek hem na, hij op z'n fiets, net als na ons gezamenlijk museumbezoek, maar heel anders. Hij had zijn zadel te veel omlaag gezet, hij fietste nu met gebogen rug.

45
Catootje

De maand februari was stervenskoud. Dagen aaneen vroor het vijftien tot twintig graden. Na de kerstvakantie had ik mijn houten schaatsen meegebracht en samen met Jacob fietste ik af en toe 's middags vóór de lessen naar een ondergelopen weiland dat ijsbaan heette. Hij was er wild enthousiast over en voorspelde een Elfstedentocht. Het was de enige sport die ook mij interesseerde omdat ik de spelregels kende omdat er nauwelijks spelregels bestonden. Wankelend en met stijve schouders kwam ik op gang. Jacob haalde me twee keer in toen ik nog maar op de helft was. Anko Boxum was ook verschenen. Hij zwaaide wijd met zijn armen als hij met lange, ruige halen over de baan vloog.

Na een uur haakte ik af. Het snot liep langs mijn mondhoeken naar de wollen sjaal om mijn hals. In de berm strikte ik mijn schaatsen los en ik sprietste met mijn duim tegen een neusgat het slijm het bevroren gras in. Anko kwam naast me zitten en begon de veters van zijn schaatsen los te trekken.

'Het is nog te vroeg om naar school te gaan,' zei ik. 'Ik ga nog even naar de Steenbakkerstraat, ik ben verkouden.'

'Ik heb ook nog wat te doen,' zei hij vaag.

Hij fietste met me mee en toen we aankwamen op het punt waar ik rechtsaf moest, remde hij af en legde zijn hand op mijn stuur zodat ook ik moest stoppen.

'Hoe doe jij dat nou, een opstel maken?'

Ik snoot hard mijn neus in mijn natte zakdoek en zei:

'Je moet niet naar woorden zoeken, je moet gewoon over je onderwerp nadenken, steekpunten op papier zetten en dan maar schrijven.'

'Ja, dat kun jij, maar ikke niet. Jij zit in de karakterkubus van Heymans in de buurt van de actieve cholericus.'

'Hoe kom je erbij?' riep ik. 'Laat je geen oor aannaaien door die Heymans uit je psychologieboek. Ik ben misschien actief bij een opstel, maar zie mij eens krukkelen bij gymnastiek. En nu wil ik naar huis, ik ben snotverkouden. We zien mekaar over een uur op school.'

'Dan heb ik daar nog wel een vraag.'

'Op school, in de eetpauze, ik ga hier dood van de kou.'

Ik had nu een schone zakdoek en mijn druipneus was opgedroogd in de warmte van de radiator in het schoollokaal. Om zes uur, toen we in de banken onze boterham aten, volgde ik de wenkende vinger van Anko de gang in naar de verste hoek. Hij prikte die grote wijsvinger in mijn borst en zei: 'Jij weet niet waarom ik net als jij eerder wegging van de ijsbaan.'

'Nou?'

'Ik wilde haar even zien, ze kwam om vijf uur uit het kantoor van de Bamshoeve. Maar ik weet niet hoe je dat verder moet aanleggen. Ik ben niet zo actief volgens de kubus van Heymans.'

'Stik in die kubus, Anko. Je bent verliefd en ze heet Cato.'

Hij keek me stomverbaasd aan.

'Hoe weet jij dat?'

'Je hebt mij een keer verteld dat je Cato zo'n mooie naam vond en je keek er hemels bij.'

'Cato Tent. Ken je haar? Elke zondag zie ik haar in de Noorderkerk, elke zondag.'

'Heb je al met haar gepraat?'

'Ja, juni vorig jaar.'

'Dat is al even geleden.'

'Op het plein van de kerk, na een kerkdienst.'

'Dat kon slechter.'

'We stonden allebei te wachten, ik weet niet meer op wie en waarom. En toen vroeg ik: waarom ben jij hier? En toen vroeg zij: waarom ben jij hier? En toen hadden we een gesprek. Ze vertelde dat ze na de ulo op het kantoor van de Bamshoeve in de loonstrookjes werkte, en verder weet ik het niet meer, maar ze was aardig, ze had een groene jurk aan met streepjes. Maar wat nu?'

'Denk je dat zij ook op jou is?'

'Misschien kun jij me raad geven.'

'Maar ik heb nul komma nul ervaring, en jij bent een jaar ouder dan ik, jij bent achttien. Heb je nooit eerder...?'

'Nooit,' zei Anko, zo beslist alsof ik hem en zijn vlinders rondom Cato beledigd had.

'Je hebt kans,' zei ik. 'Probeer het.'

'Hoe dan?'

Er flitste een liedje door mijn hoofd dat mijn oude dorpsvriend Pieter weleens zong, over Catootje die met een vriendje naar de botermarkt was gegaan. Er kwam ook een dominee in voor.

'Vraag haar met een briefje of ze een keer met jou vanaf de kerk naar de Markt fietst om daar samen een glaasje ranja te drinken.'

'Vanaf de kerk?' riep Anko verontwaardigd. 'Maar ik ga op zondag niet naar de markt.'

'Nee, ezel, doordeweeks, vanaf de kerk als gebouw.'

'O,' zei Anko, 'en dan?'

'Dan schrijf je dat versje er maar bij: "Ik ben met Catootje naar de botermarkt gegaan, ze kon maken wat ze wou, en ze maakte van boter een dominee, een dominee pardoes, in de karrek, in de karrek, zei de dominee." Dat zal ze leuk vinden.'

Anko trok rimpels. Vond hij dit plan te wuft? Toch vroeg hij of ik dat versje even voor hem wilde opschrijven.

Onder de les stak ik hem stiekem het papier toe. Ook de rest van het liedje kende ik uit m'n hoofd, maar die liet ik weg, want de nerveuze, serieuze Anko zou daar beslist door van z'n stuk raken: 'Mooie benen, mooie benen, zei de lichtmatroos' en 'Lekker zoenen, lekker zoenen, zei de dikke meid'.

46
Toeval

Midden februari raakte de kolenvoorraad in het land op. De voorkamer van de familie Kleinlugtenbelt bleef nu ook op zondag buiten gebruik. Juffrouw Kleinlugtenbelt had al weken eerder haar gatenplant en sanseveria uit de vensterbak verplaatst naar de tafel en in dubbeldikke *Tubantia*'s verpakt. De regering zette de kolen op rantsoen. De kolenman liep achterom, lichtte het schuine deksel van het houten kolenhok achter het schuurtje en liet er twee zakken cokes in leeglopen, meer mocht niet. Het fornuis verwarmde de keuken.

Jacob en ik studeerden bij ons petroleumstinkdier, totdat we zo erg moesten knipperen met onze ogen dat we geen letter meer konden lezen of schrijven. Dus doofden we het kacheltje na een paar uur warmte, plaatsten het op de overloop, zetten het raam op een kier, en werkten verder met twee truien aan het lijf, een wollen sjaal om de nek en het hoofd in de boeken. Juffrouw Kleinlugtenbelt had medelijden en zei dat we best in de keuken mochten komen leren. We deden dat één keer, maar ze had geen besef van zwijgen.

In de week met de strengste vorst kondigde de regering voor alle scholen een brandstofvakantie af. We misten onze warme klas. Jacob fietste in die week met ijspegels aan zijn neus op zijn slagersfiets door de stad, vatte kou en bleef een paar dagen rillend in bed. Ik bracht hem zijn bord met eten boven. Voor het slapengaan perste juffrouw Kleinlugtenbelt voor ons twee citroenen uit en gaf mij het sap mee naar boven in twee glazen heet water met suiker. Ik werd niet ziek, was alleen dag aan dag verkouden.

Midden in die tijd van ijs, snot en sneeuw viel mijn verjaardag. Mijn vader en moeder waren van plan er weer bij te zijn, maar ze schreven dat het geen goede tijd van reizen was nu de Spoorwegen alleen maar uit bevroren wissels leken te bestaan. Ik was opgelucht.

Na vier dagen rekende Jacob zich weer beter. Het was immers zaterdag, hij moest vroeg op en naar de slager. Ik draaide me nog eens warm om onder de moltondeken, maar ik werd weer wakker uit mijn naslaap doordat van beneden uit het huis een korte loei tot mij doordrong, alsof de stofzuiger van mijn moeder hard aangezet werd en na twee, drie seconden snel weer uitgezet. Juffrouw Kleinlugtenbelt had geen stofzuiger. Het leek het brullen van een groot onbekend dier.

Ik had het eerder gehoord, twee keer al, maanden geleden, vroeg in de morgen. Eén keer had ik gedacht dat ik droomde, de andere keer had ik het toegeschreven aan een straatventer, maar nu schoot mijn hart in een verschrikte versnelling. Ik draaide me op mijn rug en luisterde waakzaam. Toen kwam Jacob de trap weer op. Hij knipte het lichtknopje om. Zijn gezicht stond op alarm.

'Niet naar beneden gaan,' zei hij. 'Er is iets met Kleinlugtenbelt, hij ligt buiten westen in de keuken op de vloer. Heb je hem horen schreeuwen?'

Ik ging rechtop zitten, de deken om mijn rug geslagen.

'Wat heeft ie dan?'

Jacob haalde zijn schouders op. Zijn stem trilde toen hij verder vertelde.

'Hij schokte met z'n armen en benen en z'n hoofd, er stond schuim op z'n mond, het leek of hij kauwde, maar hij kauwde op niks en toen lag hij daar met wijd open mond op de grond en er kwam bloed uit z'n mond.'

'En juffrouw Kleinlugtenbelt?'

'Die zat op haar knieën naast hem en hield z'n arm vast en ze zei alsmaar: och mien jonge, och mien jonge. En toen hebben we hem samen op z'n zij gedraaid, dat moest, zei ze, anders kon hij zich verslikken in z'n speeksel. Maar nou moet ik langs de dokter fietsen en dan naar de slager. Ik moest zeggen dat jij maar even boven moest blijven.'

Nadat ik twee truien had aangetrokken, knielde ik bij de B.E.S., opende het deurtje en streek een lucifer aan. Door het spiekglaasje zag ik dat het petroleumreservoir bijna leeg was. Bijvullen durfde ik niet. Het petroleumblik stond in de schuur en dan zou ik door de keuken moeten. Ik trok het monstertje dicht naar mijn benen. Het zou het nog wel een uur uithouden.

Ik sloeg mijn *Leerboek der Dierkunde* open, *deel I Het menselijk lichaam*, en zocht de stof die meneer Tulp voor maandag had opgegeven: Hoofdstuk 4, §2, 'Het bloed en de bloedsomloop'. Naar het midden bladerend kwam ik een tandenknarsend doodshoofd tegen en vervolgens plaat III in kleur met het hele zaakje van hart, maag en darmen in borst en buik. Snel zocht ik het bloed op en begon met potlood en liniaal de belangrijkste woorden te onderstrepen: eiwitstoffen, stollen, bloedkoek, serum. Maar ik dacht aan het bloed uit de mond van Kleinlugtenbelt, sloeg het boek dicht en zocht afleiding in mijn *Schermer*. Ik vond een foto van een beeldhouwwerk van Ernst Barlach: Thomas legde smekend zijn hand op de schouder van Jezus.

Op de trap kwam langzaam het geluid van stemmen naar boven, juffrouw Kleinlugtenbelt zei woorden die ik niet verstond, de stem van Kleinlugtenbelt bromde zacht terug. Eindelijk hoorde ik hun slaapkamerdeur dichtklikken. Een kwartier later deed zij mijn deur open. Door de kier zei ze: 'Kom maar gauw beneden eten, en dan gelijk koffie.'

In de keuken was het warmer. De oude vrouw lag nog in bed, zei ze. Ik trok één trui uit. Haar man lag ook nog in bed, zei ze. Haar ogen zagen rood.

'Je hebt het wel gehoord, hè?'

'Eh, ja.'

'Je wist het toch, hè, wat hem mankeert?'

Ik wist van niets, niemand hier in huis had daarover ooit gepraat, maar daar leek zij niet bij stil te staan, dus ik knikte van ja.

'Het was weer mis,' zei ze. 'Opeens. Ik ben daar altijd onrustig van en opeens overkomt het hem. Een toeval, hè. Hij beet nu ook zijn tong kapot.'

Ze snikte even en veegde langs haar ogen met een wit zakdoekje waarop een rode roos was geborduurd. Ik at mijn boterham, ik dronk mijn koffie. Wat moest ik zeggen?

'Mooi dat Jacob u kon helpen,' zei ik.

'Maar ik wil niet dat een ander mens dit ziet. Jacob gaat langs de dokter. Die zal zo wel komen.'

'Hoe vaak gebeurt zoiets?'

'Eén of twee keer in een jaar. Dat heeft hij al z'n hele leven. Ik wist dat wel toen we trouwden. Hij heeft het me verteld voordat we verloofden, dat was toch heel netjes van hem. Ik wist niet wat het was, ik dacht dat ik er wel mee kon leven. Ik vertelde het aan mijn moeder en die was het er niet mee eens. Hij gaat dan wel over naar onze kerk, zei ze, maar een man met toevallen, dat is geen makkelijk leven. Zou je dat wel doen, zus? Dat zei ze. Maar het was zo'n goeie vent. Ik bedoel, het is een goeie vent. Hij had ook een goeie baan, bij de pyjama's en overhemden. In al die tijd heeft ie op z'n werk twee keer een kleine toeval gehad. Maar met die scharen op de kniptafel, dat kan toch gevaarlijk zijn. Ik dacht: als we maar een paar kinderen hebben, dan gaat 't misschien over, door de afleiding.'

Ze drukte weer het zakdoekje tegen haar ogen, roerde tegelijk in haar kopje, nam een slok.

'Een tante van mij kreeg nog een kind toen ze vierenveertig was,' zei ik onhandig. 'U bent pas negenendertig.'

Ze keek me aan en begon weer te huilen.

'Och jonge, wat zeg ie toch, wat zeg ie toch. Dat kan mien man niet, hij is veel te zenuwachtig door die kwaal. Dat kan hij niet.'

Toen we het tweede kopje dronken, zei ze: 'Vertel dat maar niet verder, ook aan Jacob niet, dat laatste niet. 't Is net of ik het aan jou wel kwijt kan, net of jij een beetje m'n zoon bent.'

Opnieuw kwam er afweer in mij op, maar het medelijden overheerste. Toeval, een woord vol geheime betekenissen.

Ik vulde de petroleum in ons kacheltje bij, zag dat het nu vijftien graden was in onze kamer en zocht in mijn dierkundeboek de bloedparagraaf weer op. Maar de bloedplaatjes en de bloedwei drongen niet goed tot me door. Ik hoorde iemand de trap opkomen en weer weggaan, de dokter. Mijn gedachten waren vol van Kleinlugtenbelt en van wat hij niet kon. Hij bleef tussen de middag in bed.

'Pien in de kop,' zei juffrouw Kleinlugtenbelt.

Aan de maaltijd was nu zij degene die het stille voor- en nagebed beëindigde met een opwaartse snuif van haar neus. We aten in een drukkende stilte. 's Avonds, toen Jacob en ik terugkwamen uit school, zat Kleinlugtenbelt aan tafel de krant te lezen.

'Weer boven Jan?' vroeg ik, omdat het zo raar was om niets te zeggen.

Hij antwoordde niet, keek van ons weg en boog zijn hoofd dieper naar de krant. Het was een houding van schaamte, als van iemand die besefte dat hij zich misdragen had. Maar hij had zich niet misdragen. Er werd niet meer over gesproken.

47
Elfstedentijd

Daarna gingen de dingen weer zoals ze gingen, totdat er een uitzondering aanbrak. Een dag of wat na zijn toeval trok Kleinlugtenbelt 's morgens al vroeg zijn winterjas aan en liep de verkilde voorkamer binnen. Ik wilde naar boven gaan en zag, toen hij de kamerdeur opendeed, ook Jacob daar al zitten, net als hij in zijn dikke jas, zelfs met zijn ijsmuts op. Verbaasd keek ik toe hoe Kleinlugtenbelt een eetkamerstoel naast die van Jacob trok en hoe ze samen hun hoofden hieven naar het geribbelde wandtoestel van de radiodistributie. Een opgewonden mannenstem spuwde snelle zinnen de kamer in. Opeens begreep ik waarom Jacob al zo vroeg in de morgen over mij heen was gestapt en ons ledikant had verlaten. Elfstedentocht!

'Deur dicht!' riep Jacob mij toe. 'Of kom er ook bij. Dit gebeurt maar een paar keer in je leven.'

De *Tubantia* had er al een week vol van gestaan. Ik had het gelezen, de Elfstedentocht was de enige wedstrijdsport die mij kon boeien.

'Hoelang duurt dat?' riep ik.

'Sssst,' siste Jacob. 'Lang, elke minuut is mooi.'

Een ijsmuts bezat ik niet, een winterjas en wollen sjaal wel. Zo zaten we opeens met ons drieën in de brandstofschaarste bij een kille haard ons aan sneeuw en ijs te verwarmen. De knop naast het radiokastje stond op Hilversum 1. De verslaggever schreeuwde met geknepen stem dat ze bij Stavoren moeite hadden met sneeuw die in dikke vlagen over de baan woei.

'Parrega,' riep Jacob. Hij praatte niet meer gewoon, zijn stem klonk luid en enthousiast. Kleinlugtenbelt grinnikte.

'Dat wordt klunen,' klonk het uit het kastje. 'Twintig meter op de schaats door stro.'

'Klunen?' vroeg ik.

'Sssst,' sisten ze nu allebei.

Jacob hield in zijn King-atlas de tocht bij.

'Kopgroep van acht.'

'Ik wou dat ik het kon zien,' zei Jacob. 'Televisie.'

'Wie hebt de knip van Van Heek nich,' zei Kleinlugtenbelt.

Om half elf bracht juffrouw Kleinlugtenbelt koffie, schudde haar hoofd en ging terug naar opoe in de warme keuken.

'Elf uur drieëntwintig,' riep het kastje aan de muur. 'De kopgroep passeert Franeker Bolwerk.'

'Vrouwbuurstermolen,' toeterde de reporter.

'Het bruggetje van Bartlehiem buigt door, er staan wel honderd man op.'

'Dokkum. En nou de goeie afslag naar de Bonkevaart.'

Juffrouw Kleinlugtenbelt bracht ons drie borden boerenkoolstamppot. We sloegen het gebed over.

'Bonkevaart. Kopgroep van vijf. Wie gaat het winnen?'

'Ze slaan de armen om mekaars schouders. Alle mensen. Twee uur zestien, ze gaan tegelijk de streep over. Kameraden zijn het. Ze winnen met hun vijven. Nee, dat kan niet. De erekrans wordt afgevoerd. Daar komt Jeen van den Berg in z'n eentje. Is hij nou de winnaar?'

Daarover discussieerden we 's avonds met de klas na de les. Otto trok een conclusie die wij eigenlijk wel beaamden: 'Kameraadschap wint het altijd van de eerste willen zijn.'

'Ja, Otto,' zei Peter, 'dat moest maar eens gezegd worden.'

De volgende dag was het 15 februari en staken de torenhoge zwarte Elfstedenletters bijna vanboven uit de pagina's van de *Tubantia*. De maandag daarna viel – mijn vader zorgde daar trouw al anderhalf jaar voor – het weekpakketje *Gereformeerd Gezinsblad* voor mij in de bus. Noch op de vijftiende, noch op de zestiende, noch op de dagen daarna had het ook nog maar het kleinste berichtje over de Elfstedentocht.

De betekenis van het begrip 'tijd' boeide mij. 'Dit gebeurt maar een paar keer in je leven,' had Jacob mij toegeroepen toen ik nog aarzelde of ik wel in jas en das bij de radiodistributie zou gaan zitten kleumen om het getetter over de tocht der tochten te volgen. De tijd ging altijd met mij mee. Het horloge van mijn vijftiende verjaardag zat dag en nacht om mijn pols. Alleen op zaterdag haakte ik het los in het dampige badhuishok. De dingen hadden de tijd nodig om te gebeuren, ze gebeurden op een zeker tijdstip en veranderden daardoor in feiten, ook al zouden ze door iedereen vergeten worden. Altijd ging dat door. Daar moest het woord 'immer' voor uitgevonden zijn. De tijd was niet af te remmen, niet met de hand, niet met een wapen, niet door dood te gaan. Op dinsdag 14 februari 1956 om 14.16 uur reden vijf mannen over de finishlijn van de Elfstedentocht. In de tijd ontstond het feit.

Op een kladblaadje noteerde ik reeksen Franse woorden (*misage, déconvenue, infliger, passablement*) om te oefenen of ik ze uit m'n hoofd in het Nederlands kon vertalen zonder te spieken in mijn *Aide Traducteur*. Toen ik voldaan alle woorden had doorgestreept omdat ik ze nu in twee talen kende, noteerde ik eronder: 'Woensdag 15 februari 1956 om 11.28½'. Dit was in de tijd een geschenk van de tijd, dit diende vastgelegd te worden.

En nooit zou zo'n tijdstip terugkeren, in der eeuwigheid niet. Alleen God ontsteeg aan de melancholische realiteit van de vergetelheid, want 'God zoekt weer op wat voorbijgegaan is'. In mijn zakbijbeltje had ik Prediker 3 vers 15 aangestreept. Maar ik vond wel dat een mens ook een beetje voor God kon spelen door zich de dingen uit de tijd te herinneren. Ik wilde de tijd opslaan in mijn pakhuis van herinnering als een innerlijke tijd. Om te bewaren. Misschien zelfs over te dragen aan de eeuwigheid. Maar op dat punt stokten mijn gedachten, ze vervloeiden en vervaagden aan de gesloten grens van de tijd die dag aan dag een dag opschoof.

48
Cato

In die tijd – het was net voorjaar geworden, op de kale takken van de bomen langs de Lasondersingel stond soms al een hele dag een heldere zon – wenkte Anko Boxum mij in de pauze van een Covatjo-avond naar buiten. Hij stootte zijn schouder tegen de mijne en zei één woord: 'Cato.' Hij sprak het uit als 'Khaathoo', hij keek me met half ontblote tanden verrukt aan en hij stompte me tegen mijn schouder.

'Anko! Is het gelukt?'

'Jahaa!'

'Heb je op de markt een glaasje limo...'

'Neehee!'

'Heb je dat liedje van Catootje op de botermarkt...?'

'Natuurlijk niet,' riep Anko. 'Verkering vragen is geen grapje, je kunt toch met de leiding van Boven geen spelletje spelen!' Hij sprak 'Boven' uit met een hoofdletter.

'Dus jij denkt... Maar vertel eerst...'

'Wij waren hier in de Oosterkerk op een jeugdavond. Dominee De Beer sprak over 'De gereformeerde antithese'. Daar waren Jacob en jij ook bij. Wat De Beer zei, ik weet er niks meer van, want zij zat twee rijen voor mij. We fietsten 's avonds naar huis, jij en Jacob en ik, en achter ons fietste Cato met vriendinnen. Ik bleef een beetje achter en zij bleef een beetje achter en toen reden wij naast elkaar en toen zei zij dat haar fietslicht 't niet goed deed en toen zijn we afgestapt bij de roomse kerk aan de Oldenzaalsestraat en toen heb ik aan haar licht gemorreld en zij kwam daar met haar hoofd ook bij en ik rook haar haar en toen schoot het uit me los.'

'Wat schoot er uit je los?'

'Dát, en toen was het aan.'

Het gezicht van Anko glom en zijn forse lippen glansden in het licht van een lantaarnpaal.

'Dus bij de roomse kerk heb jij haar...'

'... voor het eerst gekust, en zij mij, ik ging door de grond. En haar bril viel van haar neus. Die heb ik nog voor haar opgeraapt.'

'Was hij kapot?'

'Natuurlijk niet, hij was nog heel. Ze heeft hem gauw weer opgezet, want ze is wel een beetje bijziend.'

'Maar dat was ze niet toen jullie samen met dat fietslicht...'

'Nee, toen niet,' grinnikte Anko. 'En aan die lamp mankeerde niks, dat had ze niet goed gezien.'

'En nu is het echt oprecht serieus?'

'Gisteravond ben ik bij haar ouders geweest en heb gevraagd of ze het goed vinden. Ze vinden het goed. Morgen schrijf ik aan mijn ouders.'

'Jullie zijn wel erg zeker van je zaak.'

'*Ehen werden im Himmel geschlossen*,' zei Anko.

'Van wie heb je dat?'

'Weet ik niet, maar zo is het.'

'Wel een beetje vroeg, dat je nu al aan trouwen denkt.'

'Nee,' zei Anko beslist, 'wij houden niet van die aan-uitverkeringen, wij zijn naar elkaar toe geleid.'

'Dat hebben jullie dan wel zelf gedaan. Beetje afremmen op de fiets, een zogenaamd kapot fietslicht...'

'Daar ga ik niet op in,' zei Anko verontwaardigd. 'Wij geloven in leiding van Boven. Ik wil je wel vertellen, het is een grote vreugde bij elkaar te zijn. Vooral in het donker.'

'Op een bankje in 't bos op het Hoge Boekel?'

‘Bijvoorbeeld,’ zei Anko vaag en stralend. ‘Maar dan doen we haar bril af. Die stoppen we in het borstzakje van mijn overhemd.’

‘We...?’

‘Altijd alles samen doen.’

Ik vond dat wel een mooie uitspraak, en ook nogal benauwend. Maar dat zei ik hem niet.

Ergens in juni telde dominee Onvlee aan het begin van de eerste les een leerling te weinig. Peter Hobbelink zei dat het Anko Boxum was en dat die nog wel bezig zou zijn een eindje rond te fietsen met z’n verkering. Na het gebed werd er aan de deur getikt en kwam Anko binnen. Hij stond daar lang, breed, ongecompliceerd, hij lachte zijn tanden bloot en het viel me weer op dat zijn groen uitgeslagen tanden nu al een tijdje wit waren.

‘Anko, welkom,’ zei dominee Onvlee, ‘en je weet wat Prediker zegt: er is een tijd om te omhelzen en een tijd om verre te zijn van omhelzen.’

Anko bleef stralend lachen en rekte met zijn ellebogen zijn borst uit zodat we bijna zijn ribben hoorden kraken. De tijd, zijn simpele tijd, was overvol geraakt met geluk.

Toen de zomervakantie naderde, had Anko nog één keer mijn advies nodig. Cato zou voor het eerst meegaan naar Wittewierum, een week lang. Hij zou haar door de schuren leiden, langs de paardenstallen, ze zouden stilstaan bij de ladder die naar de hooizolder leidde. Zijn ouders zouden haar leren kennen. Maar hoe moest dat nou? Bij hem thuis op de boerderij spraken ze Gronings en nooit anders dan dat. Alleen één uur per jaar probeerden ze met moeite het Hollands, als de dominee op huisbezoek kwam. Cato verstond geen Gronings. Hij had het geprobeerd, hij had tegen haar gezegd ‘ik laip op hozevorrels op beun’, maar ze had alleen ‘ik’ en ‘op’ verstaan. Hoe moest dat nou in

Wittewierum, een hele week lang?

Ik vond het nogal eenvoudig. Ik zei: 'Jij vertaalt het Gronings van je ouders en van jou gewoon voor haar. Daar word je op de duur zo zat van, dat zij vanzelf wel een mondje Gronings leert. Als de verkering tenminste aanblijft.'

'Aanblijft?' riep Anko verontwaardigd. 'Cato gaat mij vóór alles. Ik besluit nu dat ik in haar nabijheid alleen Hollands spreek, ook tegen mijn ouders.'

'Dat is compleet onnatuurlijk, Anko. Dan misken je je ouders en verloochen je je moedertaal.'

'Haar taal is mijn taal, haar land is mijn land.'

'En haar God is mijn God,' wilde ik hem aanvullen, want ik kende het Bijbelverhaal over Ruth net zo goed als hij, maar ik hield mijn mond, want hij zou het opvatten als ijdel gebruik van Gods naam. Het was voor hem trouwens volkomen zeker dat haar God zijn God was en zijn God die van haar. Daar dacht hij volgens mij niet eens over na. Hij was bij voorbaat gevuld met zekerheden.

49
Kleren

En toen kwam mijn grote broer van de Marine in zijn in model gestreken matrozenpak terug van de Papoea's op Nieuw-Guinea. Per vliegtuig. Mijn moeder was bezorgd. Een vliegtuig kon gemakkelijk uit de lucht vallen, een schip kon minder gemakkelijk zinken. Ze probeerde het hem nog te zeggen toen er onverwacht een maand voor zijn terugkeer door de krijgsmacht telefonisch contact werd gelegd tussen hem en zijn familie. Maar van de zenuwen praatte ze tegen hem over het weer in plaats van over de KLM. Mijn vader schreef mij in zijn wekelijkse zondagsbrief: 'Hij had 3 minuten en het ging zeer goed. Wij zijn er allemaal even voor geweest. Het was zo duidelijk dat ik zijn stem wel herkende en Wolter kon wel horen dat ik ervoor was. Ik begrijp het ook niet hoe of zoiets wel kan. Moe zei nog tegen hem dat het hier nog koud was, doch het zweet liep hem van de rug zei Wolter.'

Al weken van tevoren had ik in mijn agenda op de eerste dag van de paasvakantie een hoog, smal uitroeptreken geplaatst. Naar huis.

Op wittedonderdagavond zond de AVRO in het programma 'Met band en plaat voor u paraat' op Hilversum I de *Johannes-Passion* van Bach uit. Toen mijn klasgenoten hadden gemerkt dat er in mijn ontwikkeling een muzikaal gat zat, hadden ze mij onder de neus gewreven dat ik moest luisteren en waar ik het lichtgroene boek kon kopen dat, naar ik hoorde, partituur heette.

In de woonkeuken bij mijn moeder met haar handnaaimachine en mijn zusje klikte ik de knop van de radiodistributie naar de I en hoorde hoe het koor luid inzette met '*Herr, Herr, Herr, unser Herscher.*' Ik was positief overdonderd. De propvolle notenbalken in de partituur zeiden me niets. Maar in de balken met tekst kon ik het stijgen en dalen van de stemmen goed volgen. De koralen vond ik het mooist en dat waren ook de momenten waarop mijn moeder even niet aan het wiel van haar naaimachine draaide en het hoofd hief.

'Is dat Duits?' vroeg mijn zusje.

Mijn vader nam de hoorn van de haak, liet met een forse draai aan de slinger de telefoon rinkelen, vroeg, toen het postkantoor zich meldde, nummer 36 op het dorp aan en wachtte.

Ik stond vlak naast hem en luisterde mee met mijn oor bij de hoorn aan zijn oor. Een krakende stem zei: 'Hooiveld hier. Met wie?'

'Met Poorta. Hooiveld, mijn zoon heeft een nieuw pakje nodig. Kun je langskomen en wat laten zien? Hij is zeventien. Eén meter zeventig, zou ik zeggen. Plusfour? Nee, daar wordt die jongen nou te groot voor, zegt mijn vrouw. Lange broek. Nee, niet een heel pak. Broek met jasje dat er een beetje bij past. Neem maar wat kleuren mee. Vanmiddag half vier, goed. Goeiedag.'

Hij legde de hoorn op het apparaat en belde af.

Bijna twee jaar lang nog had ik, net als Jacob, mijn pofbroeken gedragen, een voor in de week, een voor op zondag. Al in de kerstvakantie had ik tegen mijn moeder gezegd dat de jongens van mijn klas lange broeken droegen, 'allang lange broeken, hoor'.

'Dan doen we dat voor jou ook, van 't voorjaar,' zei mijn moeder. 'Is 't niet, pa? Een nieuw pakje, daar is hij wel aan toe.'

Hooiveld legde zijn koffer op onze keukentafel en klapte het deksel open. Er steeg een geur uit op van verse manufacturen. Hij tilde zo'n lange broek uit de koffer. Twee strak gestreken plooien vielen vanaf zijn arm scherp naar beneden. Begerig keek ik toe. Een lange middelgroene broek met vouwen over de lengte en een omslag onderaan. Die zou mijn uiterlijk veranderen in degene die ik nu geworden was. In mijn opvoedkundeboek had ik daar een woord voor gevonden: adolescent, geen puber meer. Deze broek paste bij mijn langzaam groeiende ambitie, die – ik zou het niet vergeten – uit de knop was gesprongen toen ik op mijn eerste avond in Enschede een paar drieste woorden had gezegd.

Ik paste nog een paar broeken, maar keerde terug tot de eerste liefde en ik koos er een okerkleurig jasje bij in de kleur van het overhemd van meneer Hazelaar toen hij ons afhaalde aan het station, hoelang geleden al.

Op paaszondag liet de zon zich maar af en toe zien en de thermometer kwam niet boven de vijf graden. In mijn pantalon, die goed onder mijn regenjas uitstak, liep ik naast mijn vader huiverend maar rechtop naar de kerk. Dominee Bosscha preekte vanzelfsprekend over de opstanding. In een paar tussenzinnen waarschuwde hij voor de nieuwe postzegels die in de krant waren aangekondigd, Europazegels, in strijd met de door God gestelde grenzen. Na de dienst liep ik op mijn oude vriend Pieter af. In mijn nieuwe kleren voelde ik me zijn gelijke, met dit verschil dat hij nu publiek hand in hand liep met zijn meisje.

Na Pasen kwam mijn grote marineblauwe broer dus terug uit Nieuw-Guinea. Mijn moeder rende nerveus schoonmakend door het huis. Omdat Schiphol oneindig ver weg was, haalde zijn verloofde hem bij ons dorpsstation van de trein. We lieten haar alleen gaan. Ze hadden elkaar anderhalf jaar niet aangeraakt. Lachend kwamen ze terug, de armen om elkaars schouders, Wolters koffer en weekendtas aan de vrije hand. Ze gingen achterom, want in de winkel stond een klant. Mijn moeder liet de man wachten, ze zei: 'Ik moet eerst even mijn zoon begroeten.'

In de kamer, die we anders alleen op zondag gebruikten, zaten we te kijken en te luisteren naar een vreemd geworden Wolter, die gelukkig nog wel Gronings sprak. Zijn matrozenkraag zat onberispelijk. Hij liet foto's zien van een strand met palmbomen waar hij zwom, van Papoeavrouwen met blote borsten, van Papoeamannen met geheven peniskokers. Hij schoof ze onbekommerd over het tafelkleed naar ons toe, zijn verloofde proestte van het lachen, mijn vader en moeder wendden hun blik af, maar ik nam de foto's nieuwsgierig in de hand en zag hoe borsten stonden en hoe balzakken onder ingekokerde penissen hingen.

'Dat is daar heel gewoon, hoor,' zei Wolter. 'Hoe hoger dat ding omhoogsteekt, hoe gewichtiger die kerels zijn. Die koker is ook wat voor ons de broekzak is. Die knapen doen daar stukjes van vruchten in om onderweg op te eten.'

'Nou nou,' zei mijn vader.

Toen klapte Wolter zijn koffer open en haalde er cadeaus uit. Een opgezette paradijsvogel voor zijn meisje. Die mocht dat land niet uit, die had hij meegesmokkeld. We streelden de veelkleurige veren van de wijde staartboog. Mijn vader kreeg Amerikaanse sigaren die in Hollandia gekocht waren. Voor mijn moeder was er een doek die door Papoeavrouwen geweven was in lichtgroen en blauw. Aan mij en mijn zusje gaf hij kleine houten beeldjes van varkens en ook kregen we elk een Nieuw-Guineese gulden. Verbaasd besnuffelden we het lichtbruine bankbiljet met een groene Juliana erop.

'Het kan nog,' zei hij. 'Ik weet niet hoelang Nieuw-Guinea nog onder Juliana blijft. Soekarno zit haar achter de broek.'

Hij klapte een doosje open en liet een paar zilveren ringen zien met grote lichtgroene stenen.

Mijn moeder strekte haar hand naar het doosje en zei: 'Daar wil ik er wel een van hebben.'

Ik zei: 'Niet zo begerig,' en daar had ik meteen spijt van, want mijn moeder was nog steeds nerveus en antwoordde scherp: 'Ik ben niet begerig.'

Ze keek me aan en zag dat ik geschrokken was. Nog dezelfde middag, toen alles weer rustig was, en Wolter met zijn verloofde op zolder was beland, vroeg mijn moeder: 'Wil jij me even helpen dit tafeltje van de keuken naar de kamer te dragen?' Zij tilde aan de ene smalle kant, ik aan de andere. Toen zij over de drempel was, zei ze tegen me: 'Ik had dat niet moeten zeggen. Vergeet het maar. Je bedoelde het niet verkeerd.'

Dat had ik niet verdiend, ik had wel degelijk iets lelijks gezegd. Ze was misschien wel begerig geweest naar zo'n ring, maar ik had haar verlangen naar zoiets moois niet mogen misprijzen.

Wolter schoof die avond inderdaad zo'n grote ring met groene steen aan haar hand. Trots liet ze hem zien aan vrienden die Wolter kwamen begroeten.

'Vind je hem ook mooi?' vroeg ze mij.

'Heel mooi,' zei ik, en ik meende het, de forse ring paste precies aan haar forse werkhand.

Ze kneep me zacht in mijn bovenarm.

50
Het dagboek

Juffrouw Kleinlugtenbelt deed iedere maandagmorgen in het schuurtje de was en iedere maandagavond in de keuken de strijk. Op dinsdagmorgen schrobde ze met emmers vol water het trottoir voor haar huis. Buiten en binnen zeemde ze daarna de ramen. Iedere avond bracht ze de *Tubantia* van de dag naar het schuurtje, waar een rechthoekige stapel naar boven groeide ten behoeve van de oudpapieractie van de kerk. Nooit werd in kamer of keuken een losliggend boek aangetroffen.

'Jouw tafel ligt zo vol,' zei juffrouw Kleinlugtenbelt. 'Je stapelt die boeken van jou maar op, zo slodderig.'

Buiten mijn schoolboeken om bezat ik nu 43 boeken dankzij de marktkraam van de bebaarde boekenman. Soms stapte ik over de drempel van een echte dure boekwinkel.

'Ik heb nog wat ruimte over in de voorkamer,' zei juffrouw Kleinlugtenbelt goedig. 'Daar kunnen wel een paar vaasjes en foto's weg, daar kunnen jouw boeken wel staan.'

De kamer had een in de muur verzonken open kast met vijf planken. Eén plank bevatte de bibliotheek van de familie Kleinlugtenbelt: de reeks *Garriet Jan en Annegien* door Havanha, de negen lichtbruine banden met de Bijbelverklaring van Matthew Henry, nog als nieuw, en wat losse romans zoals *Op de drempel* van Mien van 't Sant en *En de tuinfluiter zingt* van Jos van Manen-Pieters. Op een al te stille zondagavond dutte juffrouw Kleinlugtenbelt weleens boven zo'n roman in.

Vier andere planken stonden vol pulletjes, prulletjes en portretten. Eén daarvan had ze nu voor mij uitgeruimd en met de stofdoek gladgewreven. Ik liep een paar keer voorzichtig met een stapeltje boeken voor mijn buik over de traploper naar beneden en daar stond toen boven Matthew Henry mijn bijna volle plank strak in het alfabetische gelid van Bertus Aafjes tot Betje Wolff.

Op een avond bij het terugkomen uit school troffen Jacob en ik juffrouw Kleinlugtenbelt in haar eentje aan tafel aan met een hoog kantoorachtig boek voor zich waarin ze zat te schrijven. Ze klapte het dicht en smeet er een theedoek overheen.

'Mijn man is al naar bed, was moe,' zei ze. 'Opoe ook, had koppien. Ik had 't rijk alleen vanavond. Niks an.'

'Wat is dat?' vroeg Jacob.

'Nieuwskier,' zei ze, maar ze lachte alsof ze het leuk vond dat ze betrapt was.

'Lijkt wel een kasboek,' zei ik, want ik zag de hoeken onder de doek uitsteken. 'Bent u aan 't schrijven?'

Ik durfde wel met die vragen, ze zat er eigenlijk een beetje op te wachten, anders had ze dat kasboek wel verstopt toen ze ons onze fietsen in de schuur hoorde zetten.

'Heeft m'n man meegebracht van 't atelier. Wouen ze weggooien, zonde toch. En nou skrijf ik m'n dagboek hierin.'

'Een dagboek!' riepen Jacob en ik tegelijk.

Ik durfde eraan toe te voegen: 'Lees es wat voor.'

Aan haar gezicht zagen we dat ze zich gevleid voelde door onze aandacht.

'Klein stukkie dan. Ik heb m'n man ook al wat voorgelezen, maar lang niet alles.'

Ze bladerde terug en las hardop: 'Vanmorgen guur en koud weer. Jacob gaat naar de slager. En ik ga met me zuster meubels te kopen, die oude bin ik zat. Om half elf koffie drinken met de buurvrouwen. Vanmiddag een fluitketel gekocht voor Frederika Got haar verjaardag. En voor Opoe kousen. Simon en Jacob vanavond tot negen uur skool.'

Pats, dicht sloeg ze het boek. Aan haar pauzes hoorden we dat ze geregeld iets oversloeg.

'Je blijft ervan af,' zei ze met een gezicht dat verried hoe ze van onze belangstelling genoot. 'Ik verstop het.'

In die week moest ik voor het vak 'lezen' van meneer Ottevanger een voorjaarsgedicht voordragen voor de klas. Ik liep naar mijn plank in de kamer, trok het bundeltje *Als de ziele luistert* van Guido Gezelle uit de rij en zag op de plank onder die van mij iets uitsteken. Het kasboek. Ik schoof mijn hand over *Garriet Jan en Annegien* heen en trok het omhoog. Er zaten vijf brede elastieken omheen die het geheim afsloten. Ik duwde het terug.

Op weer zo'n dag in mei kwamen we 's avonds terug uit school en lag er op de keukentafel een kaartje met een tekening van een lichtblauw kinderschoentje.

'Geboortekaartje?' vroeg ik.

'Geboortekaartje,' zei Jacob.

Hij pakte het op, sloeg het open.

'Blief er liever van af,' zei juffrouw Kleinlugtenbelt vinnig. 'Is nich veur oe.'

'O, neem me niet kwalijk,' zei Jacob, 'ik dacht...'

We hingen onze jassen in de hal aan de kapstok en keken elkaar aan.

'Toch maar even koffie drinken?' zei ik.

De beide vrouwen zaten te zwijgen aan tafel. Kleinlugtenbelt zat tussen hen in en tilde de krant nogal hoog voor zijn gezicht. Het viel me nu op dat opoe rode oogjes had. We kregen elk een kopje koffie voorgezet. Uit allebei spatte een druppel over de rand.

'Wie is er geboren, dan?' vroeg ik, want je moest toch wat zeggen.

'Och, die mensen bint van de heb,' zei juffrouw Kleinlugtenbelt nors. 'Dat is een kind van de dochter van een zus van m'n man. Wat heb ik daarmee te maken? Die sturen een kaartje om een cadeautje te krijgen. En dat moet wat kosten, die mensen bint van de dure kant.'

'Nee zus,' zei opoe. 'Die mensen sturen een kaartje voor de goeiigheid. 't Is familie. Dat meisje, die moeder kwam hier toch altijd as kind over de vloer.'

'Al jaren niet meer. En nou, as 't erom gaat dat ze wat krijgen, sturen ze een kaartje. Ie kunt wel kwaad wezen, moeder, maar ik zeg de waarheid, ik ben rechtdoorzee, ik huichel niet, nooit.'

Jacob stond op en zei welterusten. Ik volgde hem, ik zei nog: 'Een kaartje met een schoentje erop vind ik altijd mooi,' maar ik zag dat ze me niet begreep.

De volgende morgen zat ze zwijgend tegenover ons aan het ontbijt. Om half elf schoof ze ons op onze kamer onze koppen koffie toe. Na het zwijgzame gebed voor het middageten, zei ze: ''k Zal eropuit moeten vanmiddag, een hemd kopen voor dat kind.'

Het enige geluid dat, na het tikken van vorken en messen in borden, nog klonk was het nasale Bijbelhoofdstuk dat Kleinlugtenbelt voorlas. Het drong niet tot ons door.

Toen we 's avonds uit school kwamen en op onze hoede de deur naar de keuken openden, zaten de beide vrouwen een babybroekje met hemdje te bekijken. Op het aanrecht stonden drie lege schoteltjes met gebakkruimels.

'Mooi stofje,' zei juffrouw Kleinlugtenbelt.

Ze schoof ons twee moorkoppen toe. Ze had geld overgehouden in de afdeling Kinderkleding van V&D. Jacob en ik, we aten weer met smaak.

Deel III

1956/1957

'Wie ist das klein, womit wir ringen,
was mit uns ringt, wie ist das groß'

Uit: Rainer Maria Rilke, 'Der Schauende'

51
Zomervakantie

Samen met mijn dorpsvriend Pieter van 'Tweed, Flanel en Kasjmier' fietste ik in de zomervakantie een driedaagse tocht naar Friesland. Met onze volle zijtassen trapten we ons voort, alsmaar tegen de wind in die ons met harde flarden vanuit lange rijen populieren om de oren sloeg. We overnachtten bij een oom en tante van Pieter in een klein rond Fries dorp waar op de terp de kerk in het midden stond. 's Avonds speelden we aan tafel halma met ons drieën, want er was een dochter van zeventien. Ze speelde ook een spelletje met haar ogen in die van mij. Een paar keer boog ze zich in haar dunne zomerjurk net te diep over het bord om haar pion te verzetten.

Ik vergat haar flirt toen Pieter en ik weer flink doortrapten op weg naar Wieuwerd. Daar kon je in de kerk dode mensen zien van een paar honderd jaar geleden, zei Pieter. Dat hield me onderweg bezig, ik had nooit een dode gezien. Pieter ook niet, maar hij was vooral benieuwd naar de chemische processen die ontbinding tegenhielden.

Een vrouw in een donker geruit mouwschort verkocht lichtblauwe kaartjes met 'Grafkelder Wieuwerd'. De toegang tot de dood kostte twee kwartjes. Op mijn kaartje stond 'N° 4703'. De vrouw ging ons voor, onder het orgel een stenen trap af. Onverhoeds keek ik de dood recht in het bleke gezicht, kil en verwrongen in vier menslange kisten met glazen deksels.

'Dood door tbc,' zei de vrouw en ze wees naar de eerste kist. '1610, meisje, veertien jaar.'

Haar bordpapieren lijf lag verkrampt. Kleren droeg ze niet. Haar schamelheid lag bloot voor 4701 mensen en voor ons. Borstjes had ze niet. Ik dacht even aan het nichtje van Pieter. Naast het meisje van veertien lag een vrouw met hoge schouders en vertrokken mond. Net als het meisje was ze bespannen met bleke huid van perkament. Daarnaast een man met een gat in zijn linkerwang en een open mond die gesmoord leek in een gil.

'Kaakontsteking,' zei de vrouw, 'heeft zeer veel pijn geleden.'

De laatste dode had zijn ogen maar half kunnen sluiten. De vrouw hoefde ons niet te vertellen dat het een man was. Tussen zijn benen hing een verrafelde penis. Of waren het resten van een onderbroek?

Ik wilde graag weg van deze gruwelijke eeuwenoude doden, die straks ongewild hun dode naaktheid zouden tonen aan de volgende voyeur. Pieter kocht een dun boekje dat hem zou kunnen inlichten over processen van ontbinden en niet ontbinden. Ik wist genoeg, ik zoog buiten in het gras van de terp frisse adem naar binnen en dacht: *Hier wil ik nooit meer naartoe.* Maar Pieter stond al aandachtig in het boekje te lezen op zoek naar chemische oorzaken.

We fietsten terug naar het nichtje van zeventien. Ik vermeed haar blik. De volgende dag reden we over de Groninger Straatweg en de Friese Straatweg met de wind in de rug terug naar huis. In de stad Groningen zetten we onze fietsen op slot onder de Martinitoren en klommen we naar boven. De wind trok aan onze haren. Nooit in ons leven waren we zo hoog geweest. Pieter wees naar het westen, waar Friesland lag. Ik draaide mijn hoofd naar rechts, naar de scheve toren van Bedum waarlangs we straks naar huis zouden fietsen.

Pieter stelde voor als afsluiting iets te drinken bij Vroom

& Dreesmann. Maar eerst nam ik hem mee naar de boekenafdeling om mijn agenda voor het nieuwe schooljaar te kopen, mijn tweede *Schermer*, mijn laatste.

Toen de ober onze koffie bracht, zat ik al te bladeren. De vrolijke jongen op de eerste zwart-wit-foto droeg een gekabelde slip-over, had een slordige golf dik donker haar en een bovenlip als een accolade. Hij was van een robuustere orde dan ik, hij zou de ogen van Pieters nichtje terugbetaald hebben.

Pieter keek even met me mee, leunde achterover, stak een sigaret op en begon aan zijn koffie. Nu was ik aangekomen bij een reeks waar 'foto's Maria Austria' bij stond. Op een ervan hing een meisje van mijn leeftijd haar was aan een draad. Met geheven gezicht stond ze in tegenlicht op een overloop, een tenger profiel met paardenstaart en amper een verheffing in haar bloes (ik had een gedicht gelezen van Nijhoff over een meisje en haar 'bijna jongensborst'). Op zo'n meisje zou ik verliefd kunnen worden. Maar hoe? Voorlopig bleef ze een foto.

Pieter schoof mijn koffie naar me toe en stak zijn hand uit naar mijn *Schermer*. Nu bladerde hij. Algauw was hij achterin. Ik kon het opschrift op de kop lezen, hij volgde nauwkeurig de kolommen van 'Lijst der elementen bij Scheikunde' en nadat hij had omgeslagen de 'Formules voor Stereometrie, Goniometrie en Trigonometrie'.

'Handige agenda,' zei hij. 'Wel erg veel foto's, maar ook leuke spreuken bij elke dag.'

Lachend las hij er een paar voor: 'Men kan geen omelet maken zonder eieren te breken.'

'*Wer durch des Argwahns Brille schaut, sieht Rampen selbst im Sauerkraut.*' Ik wilde het Duits van zijn *Sauerkraut* niet op me laten zitten en vond een dagspreuk ergens in de aanstaande mei: '*Jede Konsekwenz führt zum Teufel. (Luther)*'.

'Dat klopt niet,' zei Pieter. 'Jezus is altijd consequent geweest, anders had Hij wel een omweg om Golgotha heen genomen, om ervan af te komen.'

We discussieerden daarover terwijl we naar onze fietsen onder de toren liepen. Ik zei: 'Jezus volgde de wetten van Zijn tijd niet consequent. Je mocht op sabbat niet werken, maar Hij vond het prima dat een boer op sabbat z'n schaap uit de gracht takelde. Door dat soort inconsequenties kwam Hij op Golgotha terecht.'

'Dat is iets heel anders. Als je niet consequent bent, ben je niet eerlijk.'

'Misschien hebben we allebei gelijk.'

'Dat kan niet. Er bestaat maar één waarheid.'

We kwamen er niet uit. Toch vond ik dit het beste gesprek van de hele tocht, een zinvol gesprek met nog onrijpe gedachten. Pieter zou dat wel niet met mij eens zijn. Hij etaleerde rustig rationele zekerheden over God, dood en liefde. Ik hield te veel van het mysterie om alles al vast te leggen. In de drukke Ebbingestraten was geen discussie mogelijk en toen we langs het Boterdiep naar huis fietsten, waren we Luther al vergeten.

In de spiegel van mijn slaapkamertje raakte ik de volgende dag ook de doden van Wieuwerd en hun pijnlijke perkamenten onvergankelijkheid langzaam weer kwijt. Ik had de sleutel in mijn deur omgedraaid en keek mijzelf in de ogen, ik was mijn eigen publiek. Al pratend schaafde ik aan de zinnen die ik zou uitspreken in de openingsspeech van de begroetingsavond in Enschede. De voorzitter van Covatjo was voor zijn eindexamen geslaagd en bereidde zich voor op zijn eerste dorpsschool. Ik was sinds een jaar algemeen adjunct en dus had het clubbestuur mij aangewezen als interim. Ik was ambitieus genoeg om het te willen, maar niet vaardig genoeg om het te doen. Een toespraak voorlezen wilde ik niet. Alleen mijn steekwoorden had ik opgeschreven. In de spiegel zette ik er ook wat gebaren tegenaan. Vooral lette ik op de mimiek van mijn gezicht. Bestudeerd losjes, af en toe een glimlach, een rimpel in het voorhoofd.

Ik liet de wasbak halfvol stromen, legde een naald uit mijn moeders speldenkussen op mijn pink en liet voorzichtig mijn hand te water totdat alleen de top van mijn pink nog droog was. Toen het water niet meer bewoog, liet ik mijn pink zakken en ja, de naald deed het, de oppervlaktespanning van het water zorgde ervoor dat hij niet zonk. Pieter zou met de wetten van de fysica kunnen bewijzen dat het normaal was. Ik vond het liever een wonder en concludeerde eruit dat het met mijn speech dan ook wel zou lukken.

52
Derde jaar

De voorzittershamer beefde in mijn hand. Achter de façade van mijn colbert en lange broek probeerde ik mijn onzekerheid te verstoppen. Ik duwde mijn knieën naar elkaar toe en mijn dijen tegen de tafelrand, zodat ik stevig stond in de nieuwe Swift-sandalen die mijn vader mij uit de zomercollectie had laten passen, zijn hand gesloten om mijn wreef. Ik tastte naar mijn vlinderdasje, klemde de hamersteel in mijn hand en tikte dwingend op de tafel. Het gekakel zakte langzaam in. Iedereen, vooral de nieuwe eerste klas, keek naar mij, nieuwsgierig. Een moment dacht ik aan twee jaar geleden, toen ikzelf in mijn pofbroek daar zat en voor het eerst baas werd over mijn verlegenheid. Nu vielen mijn broekspijpen glad en egaal langs mijn langer geworden benen.

'Ik open de vergadering,' zei ik, verbaasd over mijzelf.

Vóór de pauze kopieerde ik het programma dat ikzelf twee jaar geleden had ondergaan. De nieuwelingen stelden zich voor, vertelden iets over zichzelf. De verse eerste klas telde één Groninger, één Friezin, één Drentse, één Noord-Hollandse, één Zuid-Hollander, allemaal timide zestienjarigen, en vier Enschedeërs die al praatjes hadden. In mijn eigen derde klas verschenen twee nieuwe leerlingen. Een lange jongen in een donkergroen corduroy pak die Wouter Wagelaar heette. Een meisje dat de hbs had gedaan en nu met vrijstellingen in één jaar onderwijzeres wilde worden. Ze heette Greetje van Damme en trok toen ze ging staan een lichtbeige jumper glad over een donkerbeige rok. Ze kwam uit Perkpolder in Zeeuws-Vlaanderen en zei met een Zeeuws accent dat wij voor haar allemaal 'van den overkant' waren.

In de pauze vol rumoer van zomergesprekken kneep Tom Ypkemeulen in mijn rechterspierbal en zei: 'Het lúkt je!' Hij droeg tot mijn verbazing een gewone stropdas. Toen kwam meneer Hazelaar binnen. Hij stond algauw leerlingen op hun schouders te kloppen.

'Perk?' vroeg ik aan het meisje uit Perkpolder. 'Is er echt een polder naar Perk genoemd?'

'Perk?' vroeg zij.

'Jacques Perk, van *Mathilde*.'

Maar zij trok haar beige schouders op.

Naast haar stond de lange jongen in groen corduroy. Hij had de uitstraling van een man, hij was dan ook ouder dan wij allemaal, 25 volgens het informatievelletje dat ik van meneer Hazelaar had gekregen. Wouter Wagelaar keek mij strak aan met een wat scheve glimlach om zijn mond, alsof hij het hele zaakje hier maar kinderspel vond.

Na de pauze deden we een spel, een plaatsnamenspel. Bij Anna Foekens thuis hadden ze pas behangen, ze had stroken geknipt van resten behangselpapier en er met Oost-Indische inkt groot en zwart de verhaspelde namen op geschreven van de dorpen en steden waar we vandaan kwamen: 'HAN, REM!' 'ITI, WURM TWEE.' 'MEELDROOM.' 'HÉ, GERBRAND.' Anna hield de stroken omhoog met haar handen wijd uit elkaar. Hoe langer de naam was, hoe spannender haar truitje werd. Anko Boxum was de enige die 'Iti, wurm twee' raadde.

Meneer Hazelaar poetste ten slotte ons kwekelingenbewustzijn op met een degelijk toespraakje over 'Waarom? Waartoe? Waarheen?' en sprak een gebed uit waar we allemaal stil van werden. Om halftien joeg ik iedereen naar buiten, de nieuwen moesten voor de goede indruk op tijd in hun kosthuis zijn. In het gewoel liep ik tegen Wouter Wagelaar aan en vroeg: 'Voel je je wel thuis bij dit grut?'

Hij trok zijn ribfluwelen schouders op en zei: 'Ik moet je toegeven, bij de luchtmacht ging het er ruiger aan toe.'

'Geen plaatsnamen raden, daar?'

'Over plaatsnamen heen razen. Maar ik kreeg rugletsel en mag niet meer vliegen. Ach, schoolmeester is ook een vak. Mijn pa is hoofd der school in Emmeloord.'

'Meeldroom.'

'Dat zag ik zojuist voorbijvliegen, ja. Mijn droom van meel.'

Op de stille singel ruisten de dynamowieltjes van Jacob en van mij tegen onze voorbanden. Het licht van onze koplampen bewoog zich wankelend voorwaarts over de klinkers. Bij een onverhoedse stuurbeweging raakte onderweg soms het ene licht het andere.

'Derde jaar,' zei ik. 'Laatste begin.'

'Ik verlang er zó naar mijn benen onder mijn eigen tafel te steken,' zei Jacob.

De familie Kleinlugtenbelt was nog in haar geheel op. Zelfs de oude vrouw keek ons helder aan zonder hoofdpijn in haar ogen.

'Good daj d'r weer bint,' zei Kleinlugtenbelt.

We zaten als een hecht gezin met ons vijven rond de keukentafel. Juffrouw Kleinlugtenbelt schoof ons elk op een schotel een heertje toe.

'Voor jullie bewaard,' zei ze. 'Wij hebben al gehad bij de koffie. Zes weken weg geweest, het was zo stil hier.'

'Hebt u ons gemist dan?' vroeg ik.

'Wat dach ie, wat dach ie?'

Ik had hen niet gemist, ik had weer het idee gehad dat de trein bij Zwolle de verkeerde kant op reed. Maar dit begin beloofde iets.

We vertelden over de avond, we hapten in ons kruimelende heertje en wilden toen naar boven waar onze koffers nog onuitgepakt stonden, maar Kleinlugtenbelt zei: 'Woch even, jongs.'

Hij legde twee opgevouwen stukken textiel op tafel, tilde ze op zodat ze uit hun vouwen vielen en opeens waren het pyjama's. Kleinlugtenbelt had ze zelf geknipt en genaaid. Maar nu was er een probleem. Tot nu toe hadden hij en de meisjes op het atelier de pyjamabroeken rechttoe rechtaan geknipt en genaaid, van voren net zo gesloten als van achteren. Uit de detailhandel kwam de vraag naar een gulp in de broek. Het ging om de jongens, de jonge mannen. Nu had hij hier twee pyjama's, een met, een zonder. Wij moesten maar eens passen of het beviel en hoe het beviel.

Jacob en ik lachten, we kozen ieder een pyjama en gingen ons op onze kamer verkleden.

Jacob had die met, ik die zonder. Leuke kleuren, donkerblauw met rode bies, donkerrood met blauwe bies. Grinnikend daalden we weer af naar de keuken. Juffrouw Kleinlugtenbelt klapte in haar handen en zij en haar man bekeken ons met een langzame blik van boven tot onder.

'Jouw gestrit hangt te laag,' zei juffrouw Kleinlugtenbelt tegen mij.

'Gestrit?'

'Je kruis, het kruis van je broek.'

'Ken ie dat nich?' zei Kleinlugtenbelt. 'Dat is Twents, jong. Wie hebt doar 'n spreekwoord van: sloan is ok nich altied wat, zee Jan, toen d'r 'n dikke vleeg op zien gestrit zat.'

'Skaamt oe,' zei opoe.

'Maar moeë, dat hef ja niks omhakken,' zei haar dochter.

'Skaamt oe dat oe 't licht van den hemel aanskouwt,' antwoordde de oude vrouw. 'Ik goa noa bedde hèn.'

Ze vouwde haar breiwerk in elkaar en stommelde naar de wc.

Ik trok de pyjamabroek wat op en toen was het met

mijn gestrit in orde. Maar wat beviel nou het beste, met of zonder gulp?

'Dat kun je zo niet weten,' zei juffrouw Kleinlugtenbelt. 'Dat moet je proberen. 't Gaat om dat ding van jullie.'

We gingen om de beurt naar de wc en in de keuken brachten we verslag uit van onze praktijkproeven: gulp of geen gulp, het maakte ons weinig uit, met een lichte voorkeur voor gulp.

'Kiek,' zei Kleinlugtenbelt, 'daar heb ik wat an, ik zal de baas rapporteren dat hij voortaan de helft aanmaakt met en de helft zonder. Kieken wat 't wordt. De wichter zult wel schik hebben. En hol de pyjama's maar geliek an.'

Opgeruimd togen we nog eens de trap op. Er woei hier een gunstige wind. Onze pyjama's, rood en blauw, geurden vers naar katoen.

53
Schwere Wörter

Als ik mij verveelde, trok ik mijn stiekeme tekenschriftje uit mijn tas en tekende de kop van een leraar, alleen het profiel, verder bracht ik het niet, ik kon immers niet tekenen. Maar niet alleen uit verveling deed ik dit. Het was ons laatste jaar. Ik wist dat ik onze klas en de docerende mannen met krijtjes zou gaan missen. Deze mensenschool was me in het bloed gekropen. Nooit zou dit leerlingenleven met zijn kleine, warme verantwoordelijkheden terugkomen.

Voor Duits was een nieuwe leraar verschenen, hooguit acht jaar ouder dan wij. Toen hij op de hoge kruk achter de lessenaar schoof, zagen wij dat zijn linkerarm slap neerhing. Hij droeg een lichtbruin kostuum dat hem ruim zat, zodat zijn linkermouw golfde. Meneer Kooij, een neutrale naam. We gisten naar die arm. Totdat Wouter Wagelaar van zijn hospes hoorde dat het een Duitse granaatscherf was geweest die in de oorlog pezen en zenuwen van die jongensarm had doorgesneden.

Meneer Kooij vertelde tussen de *schwere Wörter* door dat hij niet van oorlog hield maar wel een fascinatie voor de laatste oorlog had. Een volgende keer bracht Wouter Wagelaar een *Panorama* mee, liep aan het begin van de Duitse les naar de lessenaar en sloeg het tijdschrift open. Ze spraken als gelijken met elkaar, Wagelaar en Kooij. In onze banken hoorden we woorden als 'doodstraf', 'Neurenberg', 'Goering'. Peter Hobbelink kwam naast Wouter staan en keek mee. Toen ging ook ik, en Otto volgde. Wat we zagen waren liggende mannen met open mond en een aangesnoerd koord om hun blote hals. Hun handen lagen op hun buik, ongevouwen. Op hun jas een strook papier met een naam: Jodl, Keitel, Von Ribbentrop, Seyss-Inquart.

Ik liep terug naar mijn bank en tekende het profiel van meneer Kooij, een gezicht met interesse, een bril, dicht haar, een begin van zijn rechterhand met een gladde ring. Ik wist niets over hem, en toch had ik bij het tekenen het idee dat hij de stabiele volwassenheid bereikt had waarnaar ik streven moest.

In de pauze zaten Anna, Riek en Rietje om Elsje Meijer heen in het gras naast onze schoolramen, een paar armen om Elsjes schouders. Die avond, meteen na de lessluiting, zei Anna tegen me dat ik iets moest weten omdat ik in het bestuur van de schoolclub zat. Elsje had flarden van het gesprek rond de lessenaar opgevangen en de andere meisjes hadden gemerkt dat ze wit wegtrok. Haar vader was in de oorlog door de Duitsers doodgeschoten in een korenveld. Elsje was toen zes. In dat veld werden samen met hem nog 45 mannen gedood. De grond zoog hun bloed in. Het jaar daarna lag daar weer een korenveld, en op de plek van het bloed groeide het koren hoger. Wist ik dat niet, dat van Elsje? vroeg Anna. Nee, dat wist ik niet, terwijl ik al twee jaar met haar in dezelfde klas had gezeten. Er was zoveel wat ik nog niet wist. Onzeker, medelijdend en mistig van gedachten fietste ik over de singel.

54
Stemmingen

Met drie vingers tikte Anna Foekens dwingend op mijn arm.

'Lees dit,' zei ze en ze duwde een briefje tegen mijn hand.

Ik sloot mijn vuist eromheen, ging naar de wc, deed de deur op het haakje, streek tegen de muur het briefje glad en las: 'Simon. Jij wordt vast tot voorzitter van de club gekozen. Ik en zes anderen willen dat Otto Stroink ook lid kan worden. Wij vinden: het is een club van scholieren, niet van kerkleden. De meningen op school zijn er rijp voor. Zijt gij van de onzen?'

Dit was tactiek. Ze vleide me en wilde iets van me. Na de laatste les bleef ik met haar onder het fietsenhok hangen. Op het dak ruiste een septemberregentje.

'Ik weet wel een betere voorzitter,' zei ik. 'Jij.'

Anna lachte schril.

'Maar ik ben een meisje. Het is altijd een jongen uit de examenklas geweest.'

Ik begreep eruit dat ze wel wilde, ik zei: 'Als Juliana koningin kan zijn, dan kun jij voorzitter worden.'

'Nee, jongetje, dat zou meneer Hazelaar niet leuk vinden en mijn vader zou het mij verbieden. En nu de kwestie-Stroink.'

Maar ze wist toch, zei ik, dat Otto Stroink inmiddels al een positie was opgeschoven? Hij kon gastlid worden. Maar hij vertikte het. De andere twee die niet van onze kerk waren, dat christelijk-gereformeerde meisje en die zwarte-kousen-jongen, waren al geslaagd voor het examen en van school af.

'Dien in oktober jullie voorstel maar in,' zei ik.

Het zaaltje van de Oosterkerk liep mooi vol. We waren met meer dan dertig, een fris gewassen vriendenclub die in een lichte geur van Majazeep luidruchtig bijpraatte. Het tiental geboren Enschedeërs viel er af en toe buiten, omdat de anderen veel uitwisselden over hun kosthuizen. Ido Drint klaagde dat de hond van zijn kostbaas water slobberde uit de emmer met geschilde aardappelen, lange scheten flodderde en uit de bek stonk. Anko Boxum had vanwege zwangerschap in zijn kosthuis drie maanden tijdelijk bij een rustige oude dame gewoond, maar nu was hij terug en moest weer met zijn vingers in zijn oren studeren.

Frans Labots, een nieuwe jongen van de tweede klas, stond tegen een donkerblond meisje uit de eerste op te scheppen dat hij met zijn weduwe zulke goede gesprekken had over ka es en em.'

'Ka es en em?' vroeg het meisje.

'Kerk, staat en maatschappij, dat weet je toch wel, Bella?'

Ze zei niets terug, glimlachte even. Ze droeg een kleine paardenstaart en ongewone rode kousen.

Toen de stembriefjes werden voorgelezen, was het steeds twee keer Tom tegen één keer Simon. Ik vrat mijn teleurstelling en ambitie op. De club had gemerkt dat ik minder vlot was dan Tom, niet goedlachs genoeg zoals hij. Ik feliciteerde hem en de steel van de voorzittershamer gleed van mijn hand in de zijne. Opeens had ik niets meer te doen dan te luisteren naar Wouter Wagelaar.

Wouter had een lezing voorbereid over Emmeloord waar hij vandaan kwam, het jongste dorp van Nederland. Hij oversteeg het schoolse, hij praatte van een vel papier waarop ik zijn steekwoorden kon meelezen omdat ik aan de bestuurstafel naast hem zat. Zo hoorde het, wist ik. Hij maakte gebaren, hij lachte soms, zijn stem zat vol nuances, hij leek geen zenuwen te kennen. Hij zette geen feiten op een rij, hij vertelde verhalen. Over het oude Emmeloord op de punt van Schokland. Over bodemvondsten. Hij bukte zich, zette een tas op tafel en haalde potscherven tevoorschijn, zelf gevonden, en een kinderschoen, uit een verdronken schip, zei hij, en we zagen een verdronken kind. Over de duizenden onderduikers in het riet van dat pas drooggevallen land van de polder, Noordoostpolder, zei hij, N.O.P., Nederlands Onderduikers Paradijs, Niet Over Praten.

We luisterden drie kwartier naar hem en zuchtten als een schoolklas na een sterk verhaal. We konden geen van allen aan hem tippen, hij was een geboren onderwijzer.

'Waarom ben je eigenlijk naar de opleiding van de luchtmacht gegaan?' vroeg Tom. 'Je hoort voor de klas, je bent nu al voor je examen geslaagd.'

'Als je pa schoolmeester is,' zei Wouter, 'en het ook thuis voor het zeggen heeft, dan wil jij het dus niet worden. Ik vloog in mijn straaljager lekker laag over Emmeloord, ik kon de koppen van de kinderen op het schoolplein van pa tellen. En ik trok weer op naar boven de wolken. Maar toen kwam die rug ertussen, ik werd afgekeurd. En dan moet het toch maar schoolmeester wezen. Maar nou wil ik weg, mijn verloofde van de trein halen.'

Hij legde zijn vinger op de mond, spande zijn lippen en fluisterde: 'Ze blijft tot maandagochtend. Samen onder één dak. Wel met hospes en hospita erbij, maar wij in twee kamertjes naast elkaar. Niet Over Praten.'

Na de pauze las Anna het voorstel voor dat we allemaal al kenden omdat ze het een week geleden op papier had uitgedeeld. Ze vertelde ook over het staartje van deze muis. Meneer Kool, voorzitter van het schoolbestuur, had zo'n brief in handen gekregen. Anna was bij hem ontboden. Meneer Kool was tegen toelating van leerlingen tot de club als ze niet van de kerk waren. En waarom had ze dit niet overlegd met meneer Kool? Omdat wij een zelfstandige club zijn, meneer, een ontspanningsclub en een studieclub. Een gereformeerde club, Anna. Ja, meneer, van scholieren, niet van kerkleden. Lang verhaal kort: hij bleef tegen, maar wilde het ook weer niet verbieden, wij leerden hier immers ook op eigen benen staan, als wij de antithese maar vasthielden en ons niet op het hellend vlak begaven. De antithese tussen wie, meneer? Tussen jullie en de eventueel niet-gereformeerde leden. Maar we praten op school toch vijf dagen in de week met Otto, meneer, u hebt hem toch zelf als leerling toegelaten, en we merken van antithese niks, echt niet, meneer, we gaan mooi en zinvol met elkaar om, dat is eigenlijk wel een soort stijgend vlak, meneer. Maar het gaat om het principe, Anna.

'Stemmen,' riep iemand vanuit de zaal. 'Niet zeuren.'

Maar Tom gaf de zaak in discussie. Er kwam wat keelgeschraap, nauwelijks discussie. Het voorstel werd aangenomen met één stem tegen en één onthouding. Anna had het goed aangevoeld: de eerste lichtingen leerlingen waren verdwenen, de scherpe kantjes waren eraf, in een paar jaar was onze ondergrondse gevoeligheid bovengronds geraakt.

'Otto wil toch niet,' zei Tom.

'Hij heeft gelijk,' zei Anna, 'maar het gaat om het principe.'

Jacob en ik fietsten de Wilhelminastraat uit en rechtsaf de Oldenzaalsestraat in. Net om de hoek liep het meisje met de rode benen. Ik remde, Jacob remde ook. Haar fiets stond lek, zei ze, ze was lopend gekomen en ging lopend terug.

'Spring maar achterop,' zei ik.

Ze tastte mij lichtjes in mijn rechterzij en gleed, terwijl ik naast Jacob weer gang maakte, op mijn bagagedrager. Daarna voelde ik haar niet meer. Misschien hield ze zich nu vast aan de veren van mijn zadel. Haar rechterzij was wel heel dichtbij. Nooit eerder had ik zo gefietst. Het ging Jacob niet vlug genoeg, hij zei dat hij maar doorfietste. Of liet hij haar bewust aan mij?

Pas na tien winkels vroeg ik: 'Hoe heet je ook alweer?'

'Bella toch. Heb je dat niet onthouden van de begroetingsavond?'

'Rij ik wel goed?' vroeg ik bij de Minkmaatstraat, waar Jacob rechts afgeslagen was. 'Waar woon je eigenlijk?'

'Roomweg 83. Maar ik kan verder wel lopen.'

'Had je gedacht.'

Weer zeiden we een poos niets. Het was geen haaibaai, daar achter op mijn fiets. Misschien was ze net als ik bezig haar verlegenheid te overwinnen. We reden de Roomweg in. Nu kwam er toch een keutelend gesprekje.

'In welke klas zit je?' vroeg ze.

'Derde, laatste jaar.'

'Dan ben je al achttien.'

'Zeventien.'

Ze lachte met een glinsterend lachje. Het klonk als uitlachen, maar dat was het niet.

'En jij?'

'Zestien.'

We waren nu bij 83. Ze gleed van mijn fiets en zei: 'Dank je wel voor het brengen,' en ze lachte opnieuw dat licht parelend lachje, nu wat verlegen. Ik kon haar gezicht niet goed zien in het halfdonker.

'Dag,' zei ik.

'Ja, dag,' zei zij.

55
Meester Tulp

Een nieuw kweekrooster verloste me van de fantasieloze meester Germeraad, die vooral achter zijn krant zat als ik onder zijn toezicht taal of aardrijkskunde aan zijn klas gaf. Voortaan fietste ik naar de Tegelerweg, naar de snelle naoorlogse nieuwbouw van de 1e School met den Bijbel. In zo'n strak klassenlokaal waarin alles met rechte meters was uitgemeten, ontmoette ik nu één ochtend per week de andere meneer Tulp, bij avond onze biologieleraar, hier overdag meester Tulp. Net als aan de Blijdensteinlaan zette hij aan de Tegelerweg zijn motorfiets in het fietsenhok. Zijn motorhelm legde hij op het tafeltje waarop ook zijn lessenaar stond. Toen ik de eerste keer achter in zijn vierde klas zat om de kunst bij hem af te kijken, zag ik dat de jongens van de voorste bank soms voorzichtig hun hand uitstaken om de helm even aan te raken.

Meester Tulp kon mooi vertellen, de klas trok het Bijbelverhaal uit zijn mond. Daarna rekenles. Hoofdrekenen. De tafels.

'Kom jij es voor de klas, Piet, en zeg de tafel van 7 op.'

Het lukte tot 5 x 7, Piet begon te hakkelen en viel stil.

'Wacht,' zei meester Tulp, 'ga jij eens krom staan, Piet.'

Piet stond krom met zijn achterwerk naar de lessenaar. Opeens greep meester Tulp hem bij zijn schouders, rukte hem rechtop en riep: '6 x 7 is?'

'42,' zei Piet, '7 x 7 is 49, 8 x 7...'

'Ziezo,' zei meester Tulp, 'het zat even vast, het is losgeschoten, goed gedaan, Piet. Karel, zeg jij eens... wat zit jij te dromen, Karel?'

Karel stak zijn vinger op en zei: 'Meester, wij gaan emigreren, wij gaan naar Zuid-Afrika.'

Ik had op het Rooster van Lesuren, dat aan een touwtje naast de deur hing, gezien dat na de rekenles 'schrijven' aan de beurt was. Maar meester Tulp trok zich daar niets van aan, hij begon Karel te vragen over waarom en wanneer. Toen ging hijzelf vertellen.

Karel reist naar Zuid-Afrika, zei hij, hij klimt op Schiphol in het blauwe vliegtuig van de KLM, hij vliegt over land en zee, hij vliegt boven de woestijn en dan krijgt het vliegtuig pech, één motor stottert en valt uit, op de andere motor zeilt het naar beneden, het komt glijdend terecht aan de rand van oerwoud en woestijn, en daar staat een leeuw te wachten. Die leeuw sluipt dichterbij, die ziet mensen het trapje afkomen, die heeft honger, die spert zijn muil open. Maar de piloot morrelt aan de motor, ze stijgen weer op en die leeuw kijkt ze na met z'n open bek vol scherpe tanden.

'Maar meester, we gaan met de boot,' zei Karel.

'Dan vertel ik later nog een verhaal over de boot, voordat je weggaat.'

Toen de middagpauze begon zei meester Tulp tegen mij: 'Ik beweer niet dat dit pedagogisch allemaal volgens het boekje was, vanmorgen. Maar hou ze bij de les, hou ze actief, kruip in hun huid. Tot vanavond.'

Meneer Tulp las ons die avond een zin voor uit ons plantkundeboek, een vreselijke zin vond hij het: 'Een bloem is een sterk veranderde stengel, waarvan de leden tot een korte as zijn ineengedrongen.' Hij zei dat dit een waarheid was in de vorm van een leugen, en de leugen was dat de waarheid niet uitging van de verwondering over de bloem. De Schepper had die bloem niet gemaakt voor zo'n verdorde zin. Toen trok hij platen uit zijn tas en gaf een kleurige les over kruis- en zelfbestuiving bij bloemen. Ten slotte keek hij met ons vooruit.

'Op een dag,' zei hij, 'sta je voor de klas en geef je les over bloemetjes en groente. Zorg ervoor dat je een schooltuin hebt. Laat de kinderen zaad zaaien. Goudsbloemen, zonnebloemen, worteltjes. Leer ze hoe ze moeten zaaien. Ik was al vader van twee kinderen, toen ik dat nog niet wist. Ik zaaide worteltjes in mijn voortuintje, van die smalle bruine zaadjes zo uit de hand uitgestrooid in de grond. Toen kwam er een oude man langs en die zei: 'Meester, als je 't zo doet, komt het op als het haar op een schurftige hond, vol kale plekken. Meng dat zaad eerst met droog zand en strooi het dan uit, dan zie je het in het voorjaar gelijkmatig opkomen.'

Hij zocht zijn helm, hij lachte en zei: 'Verwonder je.'

56
Het Boerenkerkhof

Na de broodpauze viel het eerste avonduur uit. We liepen met ons drieën rechtsaf de Blijdensteinlaan in, Otto Stroink, Tom Ypkemeulen en ik. Otto wees op de struiken en het slordige gaas met gaten waarachter scheefgezakte grafstenen zichtbaar werden.

'Daar kun je doorheen,' zei hij. 'Maar het mag niet.'

'Dan doen we dat,' zei Tom en hij stak één lang been door een rafelgat. Onze voeten ritselden door een pad van herfstblad. Tom stak weer zijn been uit en veegde met zijn schoenzool een liggende steen bloot. 'Hier rust Eind Brandt,' las hij voor, '1841 tot 1924.'

Bij een scheve beuk bleef Otto staan en las bleke namen op een rechte steen: 'Pieter Scheenstra 1899 tot 1900, Pietertje Scheenstra 1913 tot 1919. Slaap zacht lieve kinderen.' Dat zijn vast kinderen van boerenmensen uit Losser. Dit was oorspronkelijk de begraafplaats van Losser, het Boerenkerkhof.'

Ook ik veegde met mijn voet blad weg en vond languit liggende namen: Sachse, Baümer, Lasonder, Jannink.

'Textielbaronnen,' zei Tom. 'Die konden zo'n steen wel betalen. Je zou zeggen, ze kunnen er nooit meer onder vandaan. Kijk hier, Blijdenstein, oprichter van de Twentsche Bank.'

Ik dacht aan Leendert Brasz. Zou hij zijn tijd nog verdoen met geld tellen in de kelder van de Twentsche Bank achter de gevelsteen van Blijdenstein?

‘Mijn geliefde echtg. Johanna Gerritdina Bennink, 1886 tot 1920,’ las ik. ‘Die is maar 34 geworden.’

‘Geliefde,’ herhaalde Tom opgewekt en hij gaf Otto een duw. ‘Hoe is het met de liefde, Otto?’

‘De liefde en de dood,’ zei Otto en hij liet wat geel eikenblad neerdwarrelen over Johanna Gerritdina Bennink. ‘Wendy en ik kruipen ook weleens door dat gat aan de straat en dan loopt het hier in de schemering heel lekker. Maar je moet wel uitkijken voor de boomwortels. Je ligt zomaar plat op je bek.’

‘Maar dan vang je mekaar op,’ zei ik.

Otto schopte bladeren voor zich uit en zei: ‘Ik kan jullie wel een raad geven: als je verkering zoekt, zoek verkering binnen je eigen kerk, anders krijg je verkering met een stok in het wiel. Wendy’s ouders, dat zijn best aardige mensen, maar ze zitten helemaal vast in dat systeem van jullie kerk, zo onbeweeglijk, en daar moet ik ook bij willen horen, vinden zij, anders wordt het niks met mij en Wendy, zeggen ze. Al dat geouwehoer.’

‘En Wendy zelf?’ vroeg Tom.

‘Wendy kan niet kiezen. En ik wil niet kiezen. Maar misschien moet ik het.’

Hij wrikte aan een dikke dode klimoptak die omhoog kronkelde langs een eik die zijn schors om de roestige spijlen van een puntig ijzeren hek had gewrongen.

‘Hoe ben jij eigenlijk op onze school terechtgekomen?’ vroeg ik.

‘Meneer Hazelaar en mijn vader kennen elkaar, en meneer Hazelaar is net zo vriendelijk voor synodalen als vroeger. Dus toen mijn vader hem vertelde dat ik onderwijzer wilde worden, nou ja, meneer Hazelaar had natuurlijk ook leerlingen nodig. Onze klas is een leuke klas en verder laat de school me koud, ik zit er om m’n diploma te halen. Zijn jullie misschien ook verliefd?’

De wending kwam onverwacht. Wilde hij van het onderwerp af? Maar dood en liefde verdroegen elkaar goed op een romantisch kerkhof. Klasgenoten die het serieus en in vertrouwen samen over verliefdheid hadden, het wekte in mij een voorjaarsgevoel in september.

'Hmm,' zei Tom. 'Ik wacht tot de ware Josefina in mijn vaarwater komt.'

'Wat is verliefd?' vroeg ik. 'Hoe weet je dat je verliefd bent?'

'Simon, je bent verliefd,' zei Otto, 'ik hoor het aan je stem.'

Ik keek hem verbaasd aan en haalde mijn schouders op. Toen waren we aan de andere kant van het Boerenkerkhof beland, bij de hoge poortzuilen aan de Deurningerstraat. Opnieuw kropen we door gaten in gaas. Er stond een bord 'Verboden Toegang'. Toen Otto zijn jack loshaakte van een stuk draad, viel er een stukje gekreukt papier uit zijn zak. Ik raapte het op en gaf het hem. Het was een krantenknipsel.

'Ach ja,' zei Otto. 'Potverdorie. Dit kreeg ik van Wendy's vader, een maand geleden al. Hij had het voor me uitgeknipt uit die poepgereformeerde krant van jullie, sorry. Lees dat nou es. Wat vinden jullie daarvan?'

Het ging over gemengde verkering. Ik boog me over het grijze krantenpapier. Tom keek over mijn schouder mee en las hapsnap een paar zinnen voor. 'Nu zal het voor jullie toch wel onwedersprekelijk zijn, dat je toch niet van een Hervormd of Synodaal jong mens kunt beweren, dat hij of zij het ware geloof deelachtig is.' 'Indien wij onze verkering zonder meer met zulk een voortzetten, handelen wij tegen het gebod des Heren.' 'Wat moet je doen? Bidden en nog eens bidden, dat de Here jullie van elkaar vervreemdt.'

Otto keek ons vragend aan.

'Nee,' zei Tom, maar ik wist niet wat hij daarmee bedoelde.

'Ach,' zei ik, maar dat hielp ook al niet.

Het probleem was te groot, ook wij hadden deel aan het

verschil tussen Otto en de anderen op school. Toch had hij ons in vertrouwen genomen, dus we klopten hem op de schouder, maar zonder hem te kunnen helpen. Hij drukte het krantenpapier in zijn vuist in elkaar en mikte de prop over het gaas het kerkhof op. Langs de textielarbeidershuizen van de Bilderdijkstraat liepen we zwijgend terug naar de Blijdensteinlaan.

'Na dat knipsel heb ik het in een boze bui uitgemaakt,' zei Otto eindelijk. 'Maar een week later liepen we alweer samen in het Volkspark. Je ruikt elkaars adem weer, je zoent, en dan vergeet je die kerk. Maar dan breng je haar thuis, je loopt als vanzelf mee naar binnen en krijgt koffie. Ik weet nog hoe haar vader en moeder keken, verrast en schichtig. Dan fiets je later in je eentje over de singel en je ziet die kerk van haar, van jullie, met z'n vinger in de lucht wijzen alsof hij daar het alleenrecht op heeft. En toen zei mijn moeder: Otto, verzuip er niet in, zij is het wel waard, maar zonder die kerk krijg je haar niet en die kerk is het niet waard. Dus op dat punt zijn we aangekomen, 't kan weer twee kanten op.'

We legden nu een hele arm om zijn schouder, meer konden we niet voor hem doen.

Na de laatste les stond ik tegelijk met Bella in het fietsenhok.

'Hé,' zei ze en ze lachte weer dat lachje van haar. Een schoonheidswedstrijd zou ze niet winnen, maar ze had een frisheid op haar wangen die ik aantrekkelijk vond. We fietsten samen in de richting van de grote kei bij het museum. Ik moest rechtsaf, zij rechtdoor, ik bleef rechtdoor gaan.

'Je moet hier toch af?' zei ze.

'O, ik fiets even mee.'

Ik vroeg niet of ze het goed vond, ik ontweek een weigering, want ik wist dat ik het dan nooit meer zou doen. Wat moest ik tegen haar zeggen? Otto en het Boerenkerkhof was een te beladen onderwerp.

‘Wat had je vandaag?’ vroeg ik onhandig.

‘Hoe bedoel je?’

‘De lessen, de leraren.’

‘Ottevanger in de laatste les. Literatuur.’

‘Hebben jullie literatuur?’

‘Ik zit immers in de nieuwe kweekschoolopleiding, jij nog in de oude.’

‘O ja. Waar ging het over?’

‘*Karel ende Elegast*. Ken je dat?’

‘Alleen de naam. Als ik volgend jaar voor de klas sta ga ik ’s avonds de hoofdakte doen en dan lees ik dat wel.’

Ze keek even opzij. Vond ze me niet oud, examenklas, bijna achttien?

We waren er. Ik tikte op haar stuur en zei: ‘Nou, tot ziens.’

‘Dag,’ zei ze.

Toen ik naar de Steenbakkerstraat fietste had ik het idee dat we niets tegen elkaar gezegd hadden, niets wat ertoe deed. Maar toch.

57
Een onbegriepelijk mens

De wijsvinger van meneer Ottevanger wenkte me. Hij keek me priemend aan. Ik volgde hem naar het kamertje aan het einde van de schoolgang. Hij sloot de deur en wees een stoel.

'Je weet waar de Bilderdijkstraat is?' vroeg hij.

'Ja, vlak bij school.'

'Begrijp jij dat de bankdirecteur annex textielbaron Blijdenstein een mooie brede laan met villa's krijgt, en Bilderdijk, de grootste dichter uit onze romantiek, een arbeidersstraat?'

Van beide heren wist ik nauwelijks iets, dus ik begreep het inderdaad niet. In mijn groene bloemlezing van Rijpma was ik vastgelopen in een kwijlend gedicht van Bilderdijk. Toch hadden een paar regels uit een ander gedicht van hem zich in mijn hoofd gehaakt. Ik had ze al eens voor Jacob geciteerd, omdat hij me verteld had dat hij in de dorpsharmonie van Westerlee een tijdlang de kleine trom had beroerd: 'Befloersde trom noch rouwgebrom ga romm'lende om voor mijn gebeente...' Jacob had gelachen, misschien mij uitgelachen, maar ik kon dat rare rijm wel waarderen.

'Befloersde trom noch rouwgebrom...' zei ik tegen meneer Ottevanger.

'Ha, bij jou kan ik terecht. Luister, Simon. Dit najaar is het honderd jaar geleden dat Bilderdijk geboren werd. De Jeugdcentrale van de gezamenlijke gereformeerde kerken hier ter stede heeft mij gevraagd een lezing over deze grote christelijke dichter te houden. Maar het ontbreekt mij aan tijd. Ik word opgeslokt door twee scholen en een groot gezin. Nu heb ik aan jou gedacht. Wil jij dit van mij overnemen?'

Geschrokken probeerde ik zijn dwingende ogen te ontwijken. Ik, een jongen van zeventien? Hij zweeg, ik was aan zet.

'Bilderdijk?' zei ik. 'Maar...'

Hij stak me twee boeken toe, Rudolf van Reest, *'n Onbegriepelijk Mens*, deel 1 en 2.

'Hier staat alles in, een gereformeerde bron, betrouwbaar.'

Voor ik het wist had ik ja gezegd. Mijn ambitie had mijn vrees de kop ingedrukt. Ik had nog een maand de tijd. Meneer Ottevanger drukte me de hand. Met een rood hoofd liep ik door de gang terug naar mijn lokaal. Het gonsde door mijn hersens: Bilderdijk, Bilderdijk.

Een week later vertelde ik het aan Bella. Ze was te voet op school en bij het naar huis gaan wees ik naar mijn bagagedrager en sprong ze bij me achterop. In het fietsenhok floot iemand schel met een boogje naar beneden. Ik keek om, het was Tom, hij stak zijn duim naar me op.

Voor het huis van haar hospita raakte ik opeens haar arm aan (hoe durfde ik?) en ik zei: 'Ik moet een lezing houden, over de dichter Bilderdijk.'

'Bilderdijk,' zei ze. 'Is dat een dichter? Dat is toch een dijk? Mijn vader en moeder wonen in de buurt van de Bilderdijkstraat, in Amsterdam.'

Ze legde het accent op 'dijk'. Ik verbeterde haar: 'Je moet niet op dijk drukken maar op Bil.'

'O, moet je op bil drukken,' zei ze.

Het bloed steeg me naar het hoofd.

'Ik dacht dat die straat naar een dijk genoemd is,' zei ze. 'Een dichter? Maar we zijn met meneer Ottevanger pas in de middeleeuwen.'

Ze scheen zich helemaal niet te generen voor haar fout, ze lachte er weer haar lachje bij, en dat gaf me moed om haar in de stormachtige oktoberwindvlagen wel vijf minuten over Bilderdijk in te lichten. Maar toen begon het te regenen, ze liep naar de voordeur en stak haar hand naar me op.

58
Rock around the clock

Die zondag zaten we in de Noorderkerk te wachten op het orgelspel van François de Beer, toen door het pad naast onze bank Bella naar voren liep, achter haar hospita juffrouw Doomkate. Ik zag haar rug. Ze liep rechtop. Ze droeg haar rode kousen. Ze draaide zich om, ze keek naar mij, ze kneep een moment haar rechteroog dicht en volgde weer het mantelpakje van juffrouw Doomkate. Juffrouw Kleinlugtenbelt draaide haar hoofd naar mij en vroeg: 'Wie is dat meisje?'

'Meisje van school,' zei ik.

'Ze gaf jou een knipoog,' fluisterde ze. 'Wat een rare rooie kousen.'

Ze keek mij aan. Zag ze dat nu ook mijn wangen de kleur van die kousen begonnen te krijgen?

Toen ze mij aan de Steenbakkerstraat mijn koffie toeschoof zei ze: 'Dat meisje is niks voor jou. Dat ziet er met die kousen uit als een zigeuner en knap is ze ook niet.'

'Ik hou niet van etalagepoppen,' zei ik.

'Nu geef je 't zelf toe dat het dat meisje is,' riep ze triomfantelijk.

Hulpeloos keek ik naar Jacob, maar die gaf met een lach om zijn mond te kennen dat ik mezelf maar moest redden.

'Och vrouw,' zei Kleinlugtenbelt, 'bemoei je d'r niet mee, laat die jongen, dat gaat vanzelf weer over.'

'Een meid met zulke lorren aan haar benen kan niet wat wezen,' zei ze. 'Simon is een beter meisje waard.'

Nu verstrakte het in mij, ik werd boos.

'Zulke kousen vind ik juist mooi,' zei ik. 'Dat is weer eens wat anders. En wat weet u nou over haar.'

'Ik zal je moeder wel es schrijven.'

'Vrouw, dat doe je niet, maak die mensen daar in Groningen niet ongerust om niks.'

'Om niks?'

Kleinlugtenbelt kroop achter de *Tubantia* en zweeg. Jacob slurpte aan zijn koffie. Mijn handen trilden. Opoe wreef over haar voorhoofd, keek naar haar breiwerk dat onder de schotelkast lag, maar ze pakte het niet, het was immers zondag. Ze zei: 'Was Willem dan oe eerste, zus?'

Kleinlugtenbelt hinnikte achter zijn krant. Juffrouw Kleinlugtenbelt keek fronsend naar haar moeder en zette de soeppan op het fornuis.

Toen zei Kleinlugtenbelt: 'Revolutie op marktplein Enschede. Binnenstad door politie ontruimd.'

Hij las het voor uit de *Tubantia* en daarmee redde hij mij.

'De meisjes op 't atelier zijn helemaal gek,' zei Kleinlugtenbelt. 'In de middagpauze grijpen ze mekaar voor 't gebouw vast, ze springen in de lucht en ze zingen van rok en klok, ik versta er niks van. Er kwamen ook wat jongens van de straat op af, nozems, en toen heeft de baas het hek op slot gedaan en de meiden naar binnen gestuurd.'

'Nozems?' vroeg juffrouw Kleinlugtenbelt.

'Nozems,' zei Jacob, 'dat zijn ongewassen jongens met vet haar die niks anders te doen hebben dan meisjes in de lucht gooien en hard loeien.'

'En gek dansen,' voegde ik eraan toe. 'Ze zingen van *Rock around the clock*, daar worden ze dol van in de kop, dat is een film uit Amerika en als ze die gezien hebben, breken ze de stoelen in de bioscoop af en dan zetten ze de stad op stelten.'

'In de bioscoop? vroeg juffrouw Kleinlugtenbelt argwanend. 'Hoe weten jullie dat?'

'Dat staat toch in de *Tubantia*,' wees ik.

'Uit gezaghebbende kring vernemen wij,' las Kleinlugtenbelt hardop, 'dat deze film met apenmuziek het beest wakker maakt in onze jeugd. Jongeren in vreemde uitdagende kleding verzetten zich tegen het gezag.'

'In vreemde uitdagende kleding,' herhaalde juffrouw Kleinlugtenbelt. 'In rooie kousen zeker.'

Na de zondagmiddagdienst zag ik haar staan praten met Bella's hospita.

Ook in onze klas was de *rock* binnengedrongen. Otto en Peter voerden tussen de banken een ongeregelde dans uit en zongen van *One, two, three o'clock, four o'clock rock.* Toen kwam meneer Hazelaar binnen voor de geschiedenisles. Hij verbood 'dit revolutionaire gedoe' in school en zei dat het in wezen terug te voeren was tot de Franse Revolutie, die immers alle waarden had omgekeerd.

Na de les zagen we door het raam dat meneer Hazelaar op zijn fiets wegreed en dus legden Otto en Peter het in de muziekles ook aan François de Beer voor. 'Laat es horen,' zei François en ze deden het stampend en zingend voor: *Rock around the clock, one, two, three o'clock...* François stopte zijn vingers in zijn oren. Hij was net terug van orgelles op hoog niveau in Parijs en had gezien dat jongeren met vetkuiven de langspeelplaten van Bach verbrijzelden bij het hossen op *rock 'n roll*, want zo heette het, zei hij.

Die avond fietste ik met Bella mee naar de Roomweg en ik probeerde te antwoorden op wat ze zei, terwijl de handvatten van onze fietsen elkaar af en toe raakten.

Ze wees naar de gesloten gordijnen van nummer 83 en zei: 'Juffrouw Ada is aangesproken door jouw hospita. Ik geloof dat die mevrouw mij niet mag. Ze zei tegen juffrouw Ada dat ik sloeriekousen droeg. En ze hemelde jou op. Ze zei dat je wel voor niks bij haar in huis mocht wonen, ze zei dat ze jou wel wilde kopen als dat kon. Als ik jou niet kende, zou ik een hekel aan dat ventje hebben gekregen.'

'Ken je dat ventje dan eigenlijk wel?' vroeg ik.

Ze keek me aan, lachte en haalde haar schouders op. Toen bewoog even de kier in het midden van de gordijnen.

'Ik moet naar binnen. Nou dag.'

59

Rock around the church

In het badhuis spoelde ik om drie uur gehaast het zweet uit mijn oksels. Mijn vochtig aanvoelende hemd en onderbroek in een *Tubantia* gerold stopte ik in mijn fietstas. In de Minkmaatstraat kwam een jongen met een slagerskorf voor op zijn fiets mij tegemoet, Jacob. Ik zwaaide naar hem. Hij riep: 'Waar ga jij naartoe?' Ik tilde even mijn gespreide handen van het stuur om te beduiden dat ik geen doel had, dat ik zomaar de stad in ging. Hij dacht waarschijnlijk dat ik gewoon een oud boekje ging kopen op de markt. Maar ik wist wel beter.

Het was er veel drukker dan op een gewone marktdag. Ik moest afstappen omdat ik anders met mijn voorwiel vlekken in broekspijpen en ladders in nylonkousen reed. Politieagenten bewogen zich in groepjes van twee of drie langzaam door de menigte met de hand aan de gummiknuppel. In de Haverstraat zette ik voor een etalage met kleine beeldhouwwerkjes mijn fiets op slot en gespte mijn fietstassen dicht. Een terracotta kinderkopje keek me vanachter het raam zachtzinnig aan.

De middagvoorstelling duurde van twee uur tot half vier, had ik in de *Tubantia* gelezen. Op de Oude Markt steeg geroes van honderden mensen naar de boomkruinen. De baardman van de boekenkraam was een van de laatste marktkooplui. Gehaast was hij bezig zijn dozen in zijn bestelwagen te schuiven. Hij herkende mij en riep: 'Wegwezen, jongeman, ga maar een boek lezen, zo meteen breekt hier de hel los. Of kom je daarvoor?'

Maar hijzelf kon niet weg, hij zat vast tussen de golvende koppen van mensen. Hij kroop zijn wagentje in, legde berustend zijn handen op het stuur en keek naar de massa aan de andere kant van zijn ruiten. De menigte bewoog niet voorwaarts, zoals het hoorde op marktdag, ze wervelde als een enorme stilstaande golfslag en keek in de richting van Concordia. Met duwen en persen vond ik een plek tegen de muur van de oude hervormde kerk onder een hoog raam naast een stapel ingeklapte marktkramen.

De torenklok sloeg half vier en het duurde maar even of de deuren van Concordia stuiterden open. Daar kwamen ze, de nozems. Jongens in open leren jackjes, het overhemd uit de broek, de knoop van hun stropdas losgeschoven, meiden met wijd opgekamd haar, hoog op hun hakken en smal in de taille van hun wijd klokkende jurken. Ik stond terzij, maar ik was erbij, en dat was alles wat ik wilde. Zien wat er gebeurde. Zingend, struikelend, hossend en hees schreeuwend persten de nozems zich de menigte in.

Naast mij begon zo'n jackjesjongen de stapel marktkramen tegen de kerkmuur te beklimmen. 'Hé daar,' riep een agent, maar de jongen sjorde al aan de bovenste houten spanten zodat die losschoten en naar beneden tuimelden. De agent duwde mensen opzij zodat ze niet geraakt werden, een andere hief zijn gummiknuppel en mepte naar de benen van de klimmende nozem. De mensen begonnen te jouwen en toen sloegen opeens wel tien agenten op de joelende massa in.

Geschrokken drukte ik me tegen oneffen stenen van de oude kerkmuur. En opeens herkende ik de sproetenneus van Ido Drint. Hij botste tegen me aan en schreeuwde: 'Simon, jij hier, geweldig!' Zijn ogen schitterden.

'Ben je binnen geweest?' riep hij en hij wees naar de gevel van Concordia. 'Heb je *Rock around the clock*...?'

‘Ben je gek?’ riep ik terug. ‘Jij wel?’

‘Nee, durfde niet. Als Hazelaar het hoorde zou hij het aan mijn ouders...’

Vanuit een opgeschoven bovenraam van een café klonken opeens de zweepslagen van een melodie die ik herkende. Het geluid van de muziek dat over de markt denderde veranderde hier en daar in schreeuwend gezang van hakkehklakkehwahrokklokwah. De uitvoering van Otto en Peter in ons klassenlokaal was heel wat beschaafder geweest.

Opeens vormden zich paren die met slingerende hoofden en schokkende knieën elkaars handen grepen en om elkaar heen probeerden te cirkelen, maar daarvoor was het veel te druk. Een meisje trok haar schoenen uit en smeet ze in de lucht. Een jongen ving er een op en sloeg er een andere vetkuif mee om de oren. Tomaten vlogen langs en tegen hoofden. Een meisje krijste en wreef haar handen door haar rood druipende haar.

Ido greep mijn arm en toeterde in mijn oor: ‘Weet je wat nozem betekent? Nederlandse Onderdaan Zonder Enige Manieren.’ Hij schaterde.

Een jongen hief zijn been en trapte tegen een gummiknuppel. Twee agenten grepen hem en boeiden zijn handen op zijn rug. Ze duwden hem een zijstraat in, daar waar ergens het politiebureau was. Vanaf de andere kant drongen agenten zich met een tweede jongen door de massa heen. Het geschreeuw verdubbelde in kracht, het verdween dwars door de boomkruinen naar het onverschillige luchtruim. Een charge van weer nieuwe agenten dreef de hossers naar de achterkant van de kerk. De markt werd schoongeveegd, Ido en ik hoorden bij het vuil.

We waren samen terechtgekomen in een bewegende stroom van mensen, opgejaagd door zwiepende agenten. De massa bewoog voor de wapenstokken uit om de kerk heen. We moesten mee, we zaten er midden in, we deden een rondje om de kerk. Daar verschenen al de bogen van de Sint-Jacobuskerk, en daar de stoeptrap van de Openbare Bibliotheek en weer zagen we Concordia en weer cirkelden we met z'n honderden in steeds sneller tempo om de oude kerk. *Rock around the church.* Maar steeds verdwenen mensen in zijstraten, alsof een middelpuntvliedende kracht hen uit onze ronding wegkwakte. Toen we voor de derde keer de Jacobuskerk passeerden en daarna de Bibliotheek weken ook wij uit en stonden we opeens in de Haverstraat. Vanaf de Oude Markt klonk gegil. Ik draaide me om. Daar werden ze geraakt door wapenstokken. Nu wilde ik wel weg. Waar was Ido? Ik zag hem niet meer tussen de hijgende mensen.

Als door een wonder stond mijn fiets nog tegen de etalageruit. Eén fietstas hing open, er zat een scheur in. Het keramieken kindje keek vanachter het glas verbaasd naar een vuil hemd dat in de vensterbank lag. Mijn eigen hemd van na het badhuis. Ik greep het en duwde het in de fietstas. Langs mij golfden zingende jongelui. Ik klikte mijn slot open en wilde weg. Maar de politie hield de rijweg schoon en had de mensen de trottoirs op gedrongen. Ik zag een gat, stak er mijn voorwiel in, duwde en deed een stap op de rijweg. Een agent hief schild en knuppel en kwam op me af. Ik deinsde terug, probeerde langs het trottoir weg te komen, maar mijn fietswiel klemde. Er hing iets tussen de spaken, ik herkende mijn onderbroek, wurmde hem los en stopte hem in mijn jaszak. Langs de puien van winkels vluchtte ik terug, de Menistenstraat in waar geen agenten te zien waren. Bij het spierwitte Menistenkerkje met het kruis op de spits stapte ik weer op en ongestraft fietste ik door de Oldenzaalsestraat terug langs een blinde muur met de vers gekalkte spreuk *Wij draaien dol op rock en roll.*

In het schuurtje stond de wasmand. Ik smeet mijn smerige hemd en onderbroek erin. Ik moest maar liegen dat ik ze bij het badhuis uit de krant in een vuile plas had laten vallen.

Of zou ik het maar vertellen en de held spelen?

Tijdens de stamppot speelde ik de held. Kleinlugtenbelt en Jacob lachten hard, de beide vrouwen schudden vermanend hun hoofd. Ik hield er een goed gevoel aan over, omdat ik even naar de wilde wereld had gekeken, zonder kleerscheuren. Alleen in de rug van mijn hemd zat een gat, constateerde juffrouw Kleinlugtenbelt toen ze de maandag erna de was sorteerde. Ze verklaarde me voor gek en onvoorzichtig. Ik dacht: *Ik pas wel op mezelf, juffrouw Kleinlugtenbelt.*

Voor Bella verzweeg ik alles, want ik bedacht dat zij, ondanks de kleur van haar kousen, nooit haar schoenen in de lucht zou gooien en haar rok omhoog laten wervelen. Wel zou ik gewild hebben dat ze, zoals ik, op afstand was komen kijken om te ruiken hoe de wereld veranderde.

60
Bill Bilderdijk

In de herfstvakantie zwoegde ik aan mijn moeders keukentafel op mijn lezing. Bilderdijk bestond uit gepermanente krullen, wenkbrauwen als struikgewas, bakkebaarden tot aan zijn kin en een mond die op zoenen stond. Het plaatje met zijn kop lag naast mijn schrijfpapier. Met zo'n hoofd had hij makkelijk kunnen meehossen op *One, two, three o'clock*, als hij ook nog zijn overhemd uit zijn broek trok. Maar nee, hij was tegen de Franse Revolutie, de moeder van alle revoluties.

Met mijn vulpen vulde ik vel na vel. Mijn moeder schoof mij kopjes thee toe en in partjes gesneden appels op een schoteltje. Mijn vader keek achter mij over mijn schouders en zei dat het een lange preek werd. Toen ik terugkwam van de wc trof ik mijn zusje aan met in haar hand het vel waaraan ik bezig was. Met verdraaide stem las ze mijn moeder regels van de dichter voor: 'Met hart, met mond, met pen en rechterhand, getrouw aan God, Oranje en 't Vaderland!' Ik gaf haar een stomp en greep het papier. Toen ik klaar was, nummerde ik de dichtbeschreven vellen van I tot en met XVII en sloeg er met moeite twee nietjes doorheen. De beide delen van de biografie van Rudolf van Reest legde ik terug in mijn koffer. Veel had ik eruit overgeschreven.

Hoog op mijn zadel naast Jacob reed ik naar Zaaltje Dijkstra aan de Blekerstraat. Het liep er vol met gereformeerde jongens en meisjes van zestien jaar en ouder. Ik mocht meteen aan de tafel vooraan zitten naast dominee Onvlee, de voorzitter. De meeste gezichten kende ik niet, maar ik glimlachte naar Tom, Ido, Anna, Anko met Cato. Met een sprongetje van mijn hart zag ik Bella zitten, ze sloeg net haar rode benen over elkaar.

Achter de lessenaar betoogde ik dat er geen autobiografie van Bilderdijk bestond, jammer, dan zou ik immers echte informatie uit de eerste hand hebben gehad. In de zaal zag ik Ido een verbaasde mond trekken. Ik vertelde dat Bilderdijk zijn eerste vrouw in de steek had gelaten, en dat was natuurlijk niet goed, maar ze was wel een vreselijk mens, ze heette dan ook Van Woesthoven. De zaal lachte even. Ik zag hoe Anko met gefronst voorhoofd iets tegen Cato fluisterde en zij knikte.

Toen ik aan de nietjes vel VI omsloeg, ontstond er wat geschuif op de stoelen. Onderaan vel IX had ik genoteerd '25 minuten', maar het duurde in Zaaltje Dijkstra al 40 minuten. Thuis voor de spiegel had ik veel te snel gesproken. Vanuit mijn ooghoek zag ik dat dominee Onvlee zijn manchet terugschoof en op zijn horloge keek. Ik versnelde mijn tempo, haastte mij langs Bilderdijks tweede vrouw en was eindelijk op vel XVII toe aan befloersde trom en rouwgebrom.

Na de pauze, waarin sigarettenrook de zaal steeds blauwer en grauwer kleurde en ik de naam Bilderdijk niet één keer hoorde klinken, gaf de voorzitter gelegenheid tot vragen stellen. Ido stond op en beweerde dat een zelfgeschreven levensgeschiedenis helemaal zo betrouwbaar niet was als de spreker meende, omdat zo iemand zich altijd mooier kon voordoen dan hij was. Ik wreef in mijn ogen omdat er ook na de pauze veel gerookt werd en antwoordde dat men altijd rekening moest houden met wat grote geesten over zichzelf hadden geschreven, want dat dit uit hun hart voortkwam. Ik zag hoe Ido zijn onderkaak liet zakken, maar de voorzitter stoomde door naar de volgende vraag.

Anko ging staan en zei dat die Bilderdijk een raar heer was. Die vertrok stiekem naar Engeland, liet zijn vrouw achter en kreeg een reeks kinderen bij een andere vrouw die zijn vrouw niet was. Wat vond de spreker hiervan? De spreker keurde dit af. 'Maar,' zei ik, 'hij was nu eenmaal een onbegriepelijk mens,' en ik stak de beide boeken van Rudolf van Reest omhoog. Cato schudde haar hoofd naar mij, terwijl Anko weer dicht tegen haar aan schoof.

Een onbekend meisje met zo'n leuke klokjurk aan, zoals ik die op de Oude Markt had zien rock-en-rollen, zei dat Bilderdijk vast een minderwaardigheidscomplex had omdat hij zo dolgraag professor wilde worden. Nee, antwoordde ik, dit was roepingsbesef. Maar zij beweerde dat roeping en gevoel van minderwaardigheid vaak broertje en zusje waren en dat zo'n ongeordende geest als Bilderdijk gewoon niet geschikt was voor professor. Ik vond dat dit nogal revolutionair klonk, ik wilde de held van mijn lezing niet afvallen, maar ik voelde dat ik niet was opgewassen tegen haar argumenten.

Toen stond die vervelende Ido nog een keer op. Hij nam een trek van zijn sigaret en zei dat hij nog twee vragen had. 'De laatste vragen,' zei de voorzitter.

'Rookte Bilderdijk?' vroeg Ido.

De zaal lachte. Ik zei dat ik het niet wist.

'Maar,' zei Ido, 'hij schoof wel opium. Hij was gewoon verslaafd.'

Dit had ik weggelaten uit mijn lezing. Maar ik moest Ido gelijk geven. Ik zei opnieuw dat de man dus nogal onbegriepelijk was en dat hij die opium nodig had om op de been te blijven omdat hij zoveel te schrijven had, maar dat ik het natuurlijk niet goedkeurde.

Ido lachte en vroeg toen of Bilderdijk nog invloed had op de dichters van nu, want zij schoven ook wel zoiets als opium. Ik zag dat dominee Onvlee zijn wenkbrauwen fronste en daarom ging ik op dat schuiven niet in. Maar de moderne poëzie met die klankexperimenten, ja, ik zei dat 'klokgebom, befloersde trom, rouwgebrom' toch echt wel wat leek op 'oote boote boe' van hoe heette die man ook weer.

'Jan Hanlo,' riep Ido vanuit de zaal en hij ging weer staan. 'Dat kan je dan ook zeggen van de rock-'n-roll van Bill Haley. Sluiten zulke klanken ook niet min of meer aan bij de rommelende woordvondsten van Bilderdijk?'

Ik vond het een slimme vraag, maar ik wist er niets zinnigs op te zeggen, ik zei: 'Ik denk niet dat Bill Haley ooit van Bill Bilderdijk gehoord heeft.' Dat vond ik op mijn beurt toch wel slim van mijzelf.

Ido lachte nu luid en stond weer op. Maar dominee Onvlee tikte hem af en zei: 'We maken er geen lolletje van, vriend.'

Na de afsluiting sprak niemand mij aan. Ido was al weg toen ik naast Bella op de stoep voor Zaaltje Dijkstra stond.

'Hoe vond je het?' durfde ik te vragen.

'Ik was trots op je,' zei ze. Ze keek leuk en lachte even.

Zoiets had nog nooit iemand tegen me gezegd. Ik dacht opeens niet meer aan het horloge van dominee Onvlee en de prikkende vragen van Ido waar ik geen weg mee had geweten. In mijn borst was iets ruims ontstaan. Ze was trots op me.

'Je zult wel moe zijn, na Bilderdijk,' zei ze.

Ze legde de nadruk goed, op Bil. Onderweg waren we stilletjes. Ook voor nummer 83 bleven we niet lang meer praten. In de Steenbakkerstraat waren ze al naar bed. Jacob stond in pyjama toen ik onze kamer binnenkwam. Ik legde mijn XVII vellen op tafel.

'Hoe vond je het?' vroeg ik, aangemoedigd door Bella's lof.

Jacob zei een paar tellen niets en toen: 'Vééls te lang. Vijf kwartier.'

61
Simpele zielen

December schoof rustig voorbij. Juffrouw Kleinlugtenbelt was sinds de herfstvakantie maar weinig humeurig geweest. Kwam het doordat ze nu geregeld haar ziel toevertrouwde aan haar dagboek? Af en toe troffen we haar schrijvend in de keuken aan, alsof ze gewacht had tot we thuiskwamen. Dan klapte ze het hoge kasboek dicht, wikkelde er vijf elastieken omheen, zei met een glimlach 'Heb het hart niet om het te vinden' en liep ermee naar de kamer.

We spraken af dat we een simpel sinterklaas zouden vieren. Bij boekhandel Enschede-Lonneker bladerde ik door *Impressies van een simpele ziel.* Er stonden geen vloeken in, geen aanstotelijke onderwerpen, wel een stukje over de kater van de gereformeerde dominee. Dat paste mooi: mijn eigen wereld in combinatie met de andere wereld van Annie Schmidt.

Op sinterklaasavond trok ik na de avondboterham mijn jas aan en zei dat ik over een kwartier terug was. Kleinlugtenbelt zei grijnzend iets over de Roomweg. Juffrouw Kleinlugtenbelt verstrakte en riep mij na: 'Jij bent gek, jij, gek.' Ik fietste naar nummer 83, hing het pakje met de simpele ziel aan een touwtje aan de deurknop, ramde aan de trekbel en sprong weer op mijn fiets.

Vrolijk pakten we zakdoeken, sokken en eau de cologne uit. Jacob gaf het meest originele cadeau, hij had met dikke korting een rookworst en een metworst bij zijn slager aangeschaft. Toen dronken we chocolademelk bij speculaas.

De volgende avond in de schoolgang liep Bella in de drukte langs mij en zei zacht: 'Dank je wel.'

Ik knipoogde.

In de kerstvakantie, weer thuis in de winkelgeur van schoenen en bij het tikken van de hamer van mijn vader, bezorgde de postbode een ansichtkaart met de Dom van Utrecht. 'Gelukkig Nieuwjaar' stond erop (gedrukt) en 'Bella' (geschreven). Er kraaide geen haan naar, ik raapte in de winkel de post zelf van de deurmat en schoof de kaart achter mijn trui in het warme borstzakje van mijn overhemd.

De Kerst was ijzig zonder ijs. De dominee bad voor Hongarije vol Russische tanks en trakteerde op 'Ere zij God'. Op oudejaarsdag liep ik naar het postkantoor van ons dorp en maakte *f* 8,75 over naar de Stichting Openbaar Kunstbezit te Amsterdam voor de eerste jaargang 1957 van de radiocursus. Het reçu legde ik in mijn *Schermer.*

Op de eerste zondag van het nieuwe jaar kwam mijn broer Wolter van zijn verloofde naar ons toe in zijn matrozenpak en wachtte bij ons aan tafel totdat op klokslag twaalf de autoloze zondag voorbij was, iets wat te maken had met Suez-crisis en olieaanvoer. Om één voor twaalf kroop Wolter met zijn wollen marinesjaal om zijn nek achter het stuur van zijn derdehands Peugeot die hij gekocht had van zijn Nieuw-Guineasalaris. Vanaf het andere eind van het dorp galmde de eerste slag van twaalven naar ons toe, mijn vader stak in de buitendeur zijn duim op en Wolter ronkte het erf af naar Den Helder.

62
Mädele

Wouter Wagelaar keek ons persoon na persoon in de ogen en zei: 'Je doet natuurlijk mee.' In zijn blik lag het natuurlijke gezag waar ik jaloers op was. Een schoolkoortje onder leiding van Wouter. Hij liet ons voorzingen en deelde de stemmen in. Ik zong voor hem het lied dat ik had gekozen voor het mondeling examen in juli voor het vak zang. Wat kruisen en mollen betekenden had ik ontdekt in de zangles van François de Beer, maar ik kon er niet mee overweg. Daarom had ik mijn *Valerius' Gedenck Clanck* aandachtig doorgebladerd op zoek naar een ongekruist en ongemold lied. Ik was blijven hangen bij 'Wie dat zich zelf verheft te met / wordt wel een arme sleter'. Het zag zwart van de nootjes, maar die waren vooral voor de tweede stem en daar had ik gelukkig niks mee te maken. Wouter Wagelaar luisterde en deelde me in bij de baritons.

We repeteerden iedere week een namiddaguurtje voordat onze lessen begonnen. Iedereen was er. Saamhorig, dat waren we. Elkaar goed gezind. Ik vond het allereerst een gezellig uur, pas op afstand een koorrepetitie. Zelfs Otto Stroink was present, het was immers een schóólkoortje. De eerste keer was de plek naast Bella in haar tweepersoonsbank nog leeg. Zou ik...? Ik deed het.

'Hoi,' zei ik.

'Hoi,' zei ze terug en ze snoot een rood neusje.

'Stilte, we gaan beginnen,' riep Wouter. 'Groeperen asjeblieft. Simon, jij moet nu even niet naast je vriendinnetje, jij hoort bij de baritons.'

Er werd gelachen. Ik geneerde me, niet omdat ik vergat mee te groeperen, maar omdat Wouter ons in het openbaar aan elkaar had geplakt. Vriendinnetje, alles goed en wel, maar dat ging alleen ons beiden aan. Ik fietste gewoon al een paar maanden af en toe met hetzelfde meisje mee en het was spannend, maar alleen de handvatten van onze sturen raakten elkaar.

Papieren ritselden. Wouter hief zijn handen. We repeteerden *Abide with me*, *Onward Christian soldiers* en *Swing low, sweet chariot, coming for to carry me home*. Ik keek naar de paardenstaart van Bella en dacht dat ik haar wel weer thuis zou kunnen brengen omdat onze lessen vanavond gelijk eindigden. Maar ze had nog nooit gezegd: *carry me home*. Ook zij scheen niet te weten hoe je zoiets aanpakte. We studeerden een nieuw liedje in, iets vrolijks, *Mädele ruck ruck ruck an meine grüne Seite, i hab di gar so gern, i kann di leide.*

Om negen uur wachtte ik haar op. '*Mädele ruck ruck ruck*,' floot Tom mij na en Jacob zei toen hij langs me reed: 'Ik wacht op je bij de poort. Als 't niet te lang duurt.' Aardig van hem, hij omzeilde juffrouw Kleinlugtenbelt voor mij.

'Hoe vond je het zingen?' vroeg ik haar.

Ze fietste naast me, snoot haar neus en zei neutraal en nasaal: 'Leuk.'

'*Coming for to carry you home*,' zong ik voorzichtig.

Ze lachte en zei dat het over engelen ging en over de Jordaan.

'En dat nieuwe liedje? *Mädele ruck ruck ruck an meine grüne Seite*?'

'Leuk,' zei ze.

Het was een eentonig gesprek. Maar ze moest immers steeds haar neus snuiten.

'Ik ben een beetje verkouden,' zei ze. 'Ik ga maar gauw naar binnen. Dag.'

Toen ik de Roomweg uit fietste, dacht ik aan de eerste zoen die ik haar zou geven en ik kuste de muis van mijn hand om te voelen hoe dat voelde. Het voelde nogal onvolledig. Was ik te bang om het te doen, die zoen?

63
Achttien

Ook nu kwamen ze natuurlijk voor mij, maar ik wist zeker dat ze vooral kwamen omdat juffrouw Kleinlugtenbelt niet ophield met uitnodigen. Mijn vader en moeder hadden het smoordruk. De winkel werd verbouwd, de werkplaats werd vernieuwd. Mijn moeder schreef dat ze op de timmerlui moesten toezien en op de klantenkring. En het was weer zo'n koude winter met tochtige stations. Maar misschien kon ik naar huis komen van vrijdagavond tot maandagmorgen, opperde ze. Dan zou ik zelf zien hoe het huis veranderde en dan vierden we mijn achttiende verjaardag een paar dagen na de dag zelf. Ze beloofde me stoofpeertjes en suddervlees en ze zou vla koken met een lekker dik geel vel erbovenop. Als dat allemaal niet doorging, hun komst niet en mijn komst niet, dan zou ik op de morgen van mijn verjaardag een gelukstelegram ontvangen.

Ik vond het prima om een paar dagen te verdwijnen naar het noorden, vooral omdat juffrouw Kleinlugtenbelt al enkele keren had gedreigd dat ze met mijn moeë en va (zo zei ze dat) weleens over dat meisje zou praten. Ik kon immers een veel betere krijgen, knapper, vlotter, van mijn eigen leeftijd, niet zo'n jong floddertje met rare kousen.

Juffrouw Kleinlugtenbelt schreef mijn ouders een brief en vertelde me de inhoud: ik werd maar één keer achttien, het zou mijn laatste verjaardag in Enschede zijn, ze had al koek in huis en een bestelling gedaan bij Jacob, bij de slager dus, ze waren heel hartelijk welkom. Toen besloten mijn vader en moeder dat ze dan toch zouden komen.

Ik haalde hen die morgen met twee paraplu's in een regenbui van de trein. Om half twaalf zaten we in de kamer aan koffie met gebak. Juffrouw Kleinlugtenbelt had heerlijk gekookt, zei mijn moeder aan de maaltijd met accenten op de ee en de oo. Dat had ze ook, ik kon het onmogelijk ontkennen.

Kleinlugtenbelt had een snippermiddag genomen. We zaten rond een snorrende haard en een volle kolenkit en ik pakte cadeautjes uit. Ik deed het langzaam, dan ging deze pijnlijke opgewektheid van mij vlugger voorbij.

Mijn vader stond op, hij wilde nog eens op mijn kamer kijken. Juffrouw Kleinlugtenbelt zei dat het prima was en dat ik natuurlijk even met hem meeging, dan kon zij nog eens gezellig met mijn moeder praten. Van hart tot hart, zei ze. Haar blik stond één moment strak in mijn ogen. Toen mijn vader onze kamer binnenkwam, snoof hij hoorbaar de benauwde geur van ons petroleumstinkdier op. Jacob had het raam op een kier gezet en zat boven zijn schriften en boeken het huiswerk voor de avondles te schrijven. Hij was door zijn slagersronde wat achter geraakt.

'Zo, Jacob Roukema,' zei mijn vader. Hij legde zijn hand op Jacobs schouder, keek naar de lijnen en getallen in het wiskundeboek en zei dat hij daar nou niks van snapte. Jacob grinnikte. Ik zag dat mijn vaders belangstelling hem goed deed.

Aan mijn kant van onze tafel lag het boekje dat Jacob me die ochtend had gegeven. Het was een heel vriendelijk cadeau dat ik waardeerde. Hij gaf zelf niks om schilderijen, maar toch had hij voor mij een klein kunstboekje gekocht, een Zwarte Beertjes met op het omslag een roze kleinemeisjesgezicht met rode lippen, blauwe ogen en rode haarstrik. Daarboven stond de titel *Renoir*.

Mijn vader nam het boekje in zijn hand en keek naar kind en titel.

'Dat is een schilder,' zei ik, 'een Franse schilder. Heb ik van Jacob gekregen, vanmorgen.'

'Vind je dat mooi?' vroeg hij.

'Ja, dat vind ik mooi.'

Hij bladerde er even doorheen, stopte, fronste zijn wenkbrauwen, bladerde verder, liet me een plaatje zien van een moeder die haar kind had opgetild en tegen zich aan hield gedrukt en zei: 'Dit vind ik ook wel mooi.'

Hij bladerde verder, stopte weer en zei: 'Nou, nou.'

Aarzelend liet hij mij meekijken. Het was een naakt meisje met brede dijen, ronde borsten en roze tepels.

'Moet dat nou?' zei hij fronsend.

'Het is kunst.'

'Leer jij dat op school?'

'Wij hebben geen kunstgeschiedenis, alleen vaderlandse geschiedenis en over Napoleon en zo.'

Hij sloot het boekje, legde het terug op tafel, wees ernaar en zei: 'Is dit nou nodig?'

'Het is toch kunst, pa.'

Hij trok zijn schouders op, hij leek overrompeld en verlegen met dat wat zijn ogen niet hadden mogen zien en hij zei: 'Wat vind jij, Jacob?'

Jacob lachte en zei alleen maar: 'Tsja.'

Toen we de kamer weer binnenkwamen, viel daar het soort stilte dat volgde na een plotseling afgebroken gesprek.

Om drie uur was er thee met chocolaatjes. We spraken over de verbouwing waar mijn ouders vol van zaten, over de Messerschmidt van François de Beer die één keer per maand door juffrouw Kleinlugtenbelt in de was werd gezet, over het voordeel van leren zolen boven rubberzolen behalve bij sneeuw, over de autoloze zondagen die alweer voorbij waren. Om half vijf was er koffie met een berenklauw waar de slagroom uitpuilde en om vijf uur keek mijn vader op zijn horloge, ze moesten de trein van zes uur halen. Juffrouw Kleinlugtenbelt zei dat de boterhammen voor onderweg al in de keuken op tafel lagen.

Ik ging naar de wc en zag vanuit mijn ooghoeken dat juffrouw Kleinlugtenbelt mijn moeder een lichte duw tegen haar elleboog gaf. Toen ik na het ruisen van de waterval weer in het halletje stond, was mijn moeder daar ook. Ze keek me verlegen aan, ze legde haar hand op mijn onderarm en zei nerveus: 'Juffrouw Kleinlugtenbelt zegt dat je raar doet. Ik maak me ongerust. Wat doe je dan?'

Ik wendde me half van haar af, ik zei: 'Ze zeurt. Ik breng alleen maar af en toe een vriendinnetje naar huis. Meisje van school.'

'Dat heeft ze me verteld. Maar is dat nou wel wat voor jou? Juffrouw Kleinlugtenbelt heeft het niet op haar begrepen. Ze heeft er toch wel kijk op, ze kent haar toch. Ze zegt dat ze jou te goed vindt voor dat meisje.'

Boos schudde ik mijn hoofd en ik zei: 'Juffrouw Kleinlugtenbelt kent haar helemaal niet. En 't is gewoon een vriendinnetje. Meer niks.'

'O,' zei mijn moeder verbaasd, 'juffrouw Kleinlugtenbelt zegt dat het aan is, maar ze is nog zo jong. Beloof mij nu maar dat je ermee ophoudt. Voorlopig. Is dat ook niet beter voor je studie? Juffrouw Kleinlugtenbelt vindt dat beter.'

Hoe kon ik mijn moeder en haar aandrang weerstaan? Laf was ik, ik zei: 'Ja,' maar ik dacht onmiddellijk dat ik daar niet aan vastzat omdat het afgedwongen was.

'Goed, hoor,' zei mijn moeder zacht.

'Zo,' zei juffrouw Kleinlugtenbelt die avond tegen me, 'dat is nu verstandig van je. Je moeder heeft het me nog verteld voordat ze naar de trein ging.'

'O, ik ben een heel verstandige jongen,' zei ik dwars. 'Ik ben ook al achttien.'

64
Dat er wat bestaat

En weer fietste ik met Bella achterop over de lichtcirkels van de lantaarns aan de Roomweg. Af en toe raakte haar arm mijn rug. Voor het huis van juffrouw Doomkate remde ik af. Ik vertelde haar niet dat mijn vader en moeder geweest waren, want ze wist natuurlijk niet wanneer ik jarig was.

'O,' zei ze, 'morgen is er repetitie van het schoolkoor, maar ik heb de nieuwe liederen niet gekregen. Heb jij ze?'

Ze lagen in mijn kamer in blauwe letters en notenbalken op velletjes papier die nog roken naar de alcohol van de cyclostylator van de school.

'Wil je ze lenen?'

'Goed. Kun je ze misschien... morgen even brengen?'

'Brengen? Vindt juffrouw Doomkate dat goed?'

Ze lachte weer dat lachje waarmee het bij mij begonnen was en zei dat juffrouw Ada echt heel aardig was.

De volgende morgen trok ik aan de bel van nummer 83. Bella deed open.

'Hoi, kom maar even binnen.'

Ik schrok, maar liep achter haar aan langs een ets van de Oude Markt een kamer binnen waar het lekker warm was. In een van de fauteuils rond een lage tafel zat juffrouw Doomkate. Ze stond op, stak haar hand uit en zei: 'Dag, dus jij bent Simon? Wil je thee, Simon?'

Ze noemde twee keer mijn naam en door die herhaling voelde het in deze kamer minder vreemd en meer vriendelijk en belangstellend. En natuurlijk, ze had mij weleens van dichtbij willen zien en horen, ze was nieuwsgierig naar die jongen die ze tussen de kier van haar gordijnen door op z'n fiets had gezien met z'n ene voet steunend op de trottoirband. Misschien voelde ze zich verantwoordelijk.

Bella schonk in met de sierlijke lichtbruine boog die van een straal thee kunst maakte. Ik legde de beide velletjes papier op tafel. Juffrouw Doomkate nam ze op, snufte even en zei glimlachend: 'Ze ruiken nog naar het apparaat. Kijk nou, *Dona nobis pacem*, dat zongen wij veertig jaar geleden ook op de ulo. Wat mooi.'

'Ik ben niet zo goed in zingen,' zei ik. 'Ik moet vanmiddag goed op de noten letten. Hebt u daar *Openbaar Kunstbezit*?'

Op het salontafeltje lag een aflevering van de radiocursus die begin dit jaar gestart was en waarop ik had ingetekend. Al drie keer had de post een grote maandenvelop bezorgd met mijn naam en adres erop en vier reproducties in kleur erin, met de teksten van de radiopraatjes van de vorige maand.

Ze trok een plaat uit de envelop. Een ingedutte man met het hoofd voor een open raam, en in dat hoofd een witte Goudse pijp die zo meteen zijn mond zou ontglippen. Aan tafel zat een vrouw die aandachtig een kous stopte. Die kous was van die man, die man was van die vrouw, die vrouw was van die man.

'Deze is van de week aan de beurt,' zei ze. 'Ken je die cursus?'

'Ik ben ook abonnee. Maar ik kan de radio-uitzending niet volgen, dan ben ik naar school. Ik lees de teksten als de post ze gebracht heeft.'

'Heel goed,' zei ze.

Bella nam een schaaltje van tafel en zei: 'Wil je een chocolaatje?'

Ik verbaasde me erover dat ze dat zomaar zelfstandig

deed. Juffrouw Kleinlugtenbelt zou dat niet goed gevonden hebben, die wilde zelf geven en bedankt worden. Het waren de grootste flikken die ik ooit gezien had. Ik tilde er tussen duim en wijsvinger voorzichtig een uit die bedekt was met brokjes walnoot. Hoe moest je zoiets eten? Eerst naast mijn kopje leggen? Stukje afbijten? Ik stak pardoes de totale flik in mijn mond en kon niet antwoorden toen juffrouw Doomkate vroeg: 'En waar woon jij eigenlijk, ik bedoel, heb je ouders?'

Dat bedoelde ze dus: ik hoorde thuis bij mijn ouders. Maar ik kon niets zeggen, ik begon wanhopig de flik tussen mijn kiezen te vermorzelen, ik kon alleen met volle mond praten en ik wist dat dit verboden was. De walnoot kraakte, mijn hoofd werd rood. Bella glimlachte, maar zei niets. Ik nam nog een slok thee en zo loste de chocola waar ik niets van proefde op en kon ik slikken.

In de late middag zat ik even naast Bella in de schoolbank om te vragen of ze *Dona nobis* nog had kunnen oefenen. Ja, dat had ze. Over de flik zei ze niets. Toen dirigent Wouter 'groeperen' riep, schoot ik meteen op het groepje baritons af en we zongen *Geef ons vrede* in het Latijn en *Komt vrienden in den ronde.*

In de week daarna eindigden onze lessen op een dag weer tegelijk en bracht ik haar dus naar nummer 83. Ik probeerde gaatjes te vullen met praatjes en vertelde haar dat onze klas zich had opgegeven voor het Staatsexamen. Meneer Hazelaar had het adres op het bord geschreven, met de titulatuur. Ze kende dat woord niet, en ik zei dat het van belang was omdat het een goede indruk zou wekken bij de Weledelgestrenge Heer J.L. Amerika, Inspecteur Lager Onderwijs.

'Ik kijk wel tegen je op,' zei ze en ze lachte.

Ook had meneer Hazelaar onze klas geleerd hoe we een sollicitatiebrief moesten schrijven, want solliciteren, daar konden vooral de jongens maar het beste gauw aan beginnen, om als onderwijzer aan een kleine dorpsschool vrijstelling van militaire dienst te krijgen. Het mocht niet met een typemachine, zo'n schoolbestuur wilde je handschrift zien want sommige scholen vroegen advies bij een handschriftkundige. Hij had ook exemplaren van het schoolblad *Onze Vacatures* uitgedeeld, dat vol stond met vragende advertenties. Ik had meteen vijf sollicitatiebrieven op de post gedaan, naar Sellingen, Marum, Pesse, Pieterzijl en Vledderveen.

Bella hoorde mijn verhaal aan en zei: 'Wat ga je dan ver weg.' Maar ze knikte toen ik uitlegde dat ik wat dichter bij mijn ouders wilde wonen.

Ontevreden fietste ik weg. Weer had ik niet gedurfd me naar haar toe te buigen. Of moest je dat vragen, zo'n zoen voor 't eerst? Wel had zij weer haar hand opgestoken toen ze met haar andere hand haar fiets de donkere brandgang van juffrouw Doomkate in schoof. Er zat iets van lente in de lucht.

Om half tien kwam ik terug uit school. Jacob was nog naar een potje avondvolley. Toen ik groette, groette juffrouw Kleinlugtenbelt niet terug. Haar man bromde iets. Onweer in de lucht? Met een knoop in mijn buik hing ik in het halletje mijn jas aan de kapstok en drukte de deurkruk naar de keuken weer omlaag.

'Ga jij maar eens zitten,' zei juffrouw Kleinlugtenbelt. 'Willem, zeg jij het maar.'

'Ik heb je gezien,' zei Kleinlugtenbelt. 'Je stond aan de Roomweg met...'

'Met die griet,' zei zij. 'Mijn man reed daar toevallig langs, hij kwam van de HéABO, van de bestuursvergadering.'

'Van de EHBO,' zei hij. 'Je zag me niet. Ik fietste achter je langs en dat meisje zag me ook niet, die kent mij niet en jullie waren in gesprek.'

‘Diep in gesprek,’ zei zij, ‘en jullie lachten. Je hebt me bedrogen. Valt me geweldig van je tegen.’

‘Toevallig moest ik daar langes,’ zei hij.

‘Toevallig?’ zei zij. ‘Nou kun je toch zien dat er wat bestaat.’

‘Dat er wat bestaat?’ vroeg ik.

‘Dat er geen toeval bestaat, dat er, nou ja, dat God bestaat. Jij hebt ons bedrogen en nu ben je in de val gelopen en dat kan geen toeval wezen. Dat is leiding van boven.’

Bij het woord ‘boven’ sloeg ze even haar ogen op naar het hardboard plafond van de keuken.

‘Dat er wat bestaat?’ mompelde ik haar na, opnieuw met een vraagteken. Ik schudde die spionerende God van haar met een ruk van mijn schouders af, ik stond op, mompelde sorry en verdween naar de kleine hal en over de rode loper naar boven. Maar ze riep me terug en zei: ‘En nou doe je echt wat je aan je moeder beloofd hebt, en aan mij. Je maakt het uit.’

‘Ja,’ zei ik, maar ik bedoelde alleen dat ik haar boze woorden gehoord had.

65
Een blauw mannetje

In de week daarna fietste ik zelfs twee keer met haar op. De ene keer vertelde ik dat Sellingen, Pieterzijl enzovoort nog niets van zich hadden laten horen, terwijl ik in al die brieven toch een postzegel voor antwoord had bijgesloten. De andere keer vroeg ik ter hoogte van de Roomweg: 'Zullen we nog een rondje doorfietsen?' In het donker kon ik aan haar gezicht niet zien hoe ze dat vond, maar ze bleef wel naast me rijden langs de Grolschfabriek waar alle lichten brandden voor de avondploeg. In de Tollensstraat citeerde ik de vaderlandse dichter krom, ik zong voor haar: 'Wien Neerlands bloed in een potje doet en zet het dan op 't vuhuur.' Maar ze begreep me niet, ze was in de literatuurles natuurlijk nog niet eens bij Vondel. We kwamen ook geen van beiden op het idee dat ons fietslicht het niet goed deed en dat we dus moesten afstappen en onze haren tegen elkaars wang zouden voelen als we onze hoofden naar de dynamo bogen. We waren Anko en Cato niet.

En weer kwam ze op een namiddag lopend naar school en gleed ze na de laatste les bij mij achterop. Ze droeg de rooie kousen die mij bekoord hadden omdat ze daardoor niet gewoon een doorsnee meisje was. Aan de Roomweg wipte ze af, ze stond op het trottoir. Ik keek naar de blos op haar wangen. Rondom ons begon een heel lichte motregen die niet eens viel, die gewoon zacht langs ons heen woei en die haar wangen deed glanzen. Ik dacht: *Zal ik daar een kus op geven? Nu? Precies tussen haar oor en haar mond?*

'Je wordt een beetje nat,' zei ik en opeens boog ik mijn hoofd naar haar hoofd, nog nooit was haar meisjesgeur zo dichtbij geweest, en ik gaf haar die kus op haar wang. Ik proefde daarvan onmiddellijk de glorie, die wang was nu ook van mij. Maar één halve seconde later pakte ze hem weer van me af, ze trok die wang terug en ze zei: 'O nee, dat niet.'

Ze deed een stap achteruit, ze zei: 'Ik ga maar naar binnen,' en ze verdween in de brandgang van juffrouw Doomkate zonder nog 'nou, dag' te zeggen.

Het was midden maart en al donker toen mijn laatste les om acht uur uitging. De knoppen aan de bomen van de Blijdensteinlaan glansden gemeen. Zij zou een uur later uitgaan. Ik liep in dat uur de Blijdensteinlaan uit, kroop door het gat in het gaas en doolde over het Boerenkerkhof. Het was bewolkt. Vaag stonden en lagen de grafstenen om me heen. Opeens lachte ik mezelf uit en vond ik het nogal bespottelijk dat ik hier sentimenteel op een donker kerkhof voortliep met hoge passen om niet over de boomwortels te struikelen. Bij de poort aan de Deurningerstraat zocht ik eerst tevergeefs hoe ik eruit moest komen, maar opeens gleed er licht over me heen. Ik keek omhoog en zag een volle maan door een gat in de wolken, en meteen vond ik ook het gat in het gaas.

In de Bilderdijkstraat dacht ik eraan dat ze op een avond tegen mij had gezegd: 'Ik ben trots op je.' Maar nu had ze zo iets voorzichtigs als mijn lippen op haar wang afgewezen.

In de Blijdensteinlaan klikte ik mijn fiets uit het slot, reed naar de grote kei en wachtte. Bella zag me staan, ik stapte op en bleef stug zwijgend naast haar rijden, eindelijk de Roomweg in. Bij nummer 83 stopten we. Zij keek verlegen, ik ook. Ik zei mijn eerste woorden van die avond tegen haar: 'Je wilt liever dat we hiermee stoppen, hè?'

Ze keek me aan en antwoordde niet. Allebei bogen we het hoofd naar het trottoir. Na iedere seconde die voorbijging begreep ik beter dat mijn aarzelingen ook die van haar waren en dat we geen van beiden wisten hoe het verder moest. Even dacht ik dat ook het gedoe van juffrouw Kleinlugtenbelt er een rol in speelde, maar dat vond ik te veel eer.

'Dan moet het nu maar over zijn,' zei ik.

Haar paardenstaart bewoog even toen ze knikte.

Ik plaatste een voet op een pedaal en zei: 'Dan ga ik maar.'

'Ja. Dag.'

Zwijgend at ik de helft van de sinaasappel die juffrouw Kleinlugtenbelt voor Jacob en mij had afgeschild.

'Wat ben je stil,' zei ze.

'O ja?' zei ik. 'Nou ja, welterusten.'

Toen Jacob terugkwam van volleybal lag ik al in bed.

'Slaap je?' vroeg hij.

Ik bromde iets en hij knipte het licht aan. Van onder zijn kussen gooide ik hem zijn pyjama toe. Toen hij met blote voeten over me heen stapte zei ik: 'Het is uit.'

Hij stond één moment hoog boven mij en zei: 'O, is het uit? Maar is het dan wel ooit aan geweest?'

Terwijl hij onder onze dekens kroop, vroeg ik: 'Wat bedoel je?'

'Ze zeggen op school dat je haar nooit gevraagd hebt. Dan kan het nu ook niet uit zijn.'

Het had dus rondgezongen, ik was neergezet als een onhandige jongen die niet wist hoe het hoorde.

'Moet dat dan, dat vragen? Loopt dat dan niet vanzelf?'

'Nee,' zei hij, 'zoiets moet je anders aanpakken.'

'Heb jij ervaring dan?'

Daar antwoordde hij niet op, hij had nooit met me over verliefdheid gepraat en ik niet met hem.

'Welterusten,' zei hij. 'Kun je slapen?'

Toen ik de volgende dag door de bijna lege gang naar mijn lokaal liep, kwam Bella gehaast binnen met de buitenlucht op haar wangen. Mijn hart kneep samen, het was voorbij en ik vond haar nog steeds aardig met die rode wangen en haar mond die nu wat vertrokken was zodat haar verlegen glimlach mislukte. Was ze op het nippertje gekomen om mij te vermijden? Ik zei 'Hallo' en zij kuchte. Ik liep voor haar uit tot aan de deur van het achterste lokaal. Eén moment keek ik nog naar rechts. En zij tegelijk naar links. Toen deed zij haar deur achter zich dicht. Ik hoorde duidelijk de klik in de deurpost.

In april lag de envelop met de mei-afbeeldingen van *Openbaar Kunstbezit* op de mat. De eerste reproductie die ik tevoorschijn trok toonde een blauw mannetje dat vanuit een warm-oranje ondergrond in z'n eentje ietwat gebogen en leunend op een stok het beeld uit liep, met een terugfladderende jaspand een toekomst in, op weg naar een lichtgroene horizon en een zachtblauwe lucht met lichte plekken. Het was gemaakt door ene H.N. Werkman. Ik kende die man niet, de tekst met toelichting kwam pas over een maand. Ik kon me die plaat dus nog niet goed toe-eigenen. Toch kende ik het blauwe mannetje wel, ook al had ik het nooit eerder gezien. De kleuren vulden me, gaven me rust. Ik rechtte zijn rug, ik nam hem de stok uit de hand en kroop in zijn huid.

66
Koninginnedag

Naarmate Jacob en ik het Van Heekplein dichter naderden, klonk de fanfaremuziek luider. We grepen de heupen van de achterste man van de polonaise die plotseling over het plein kronkelde, we hosten mee, we lieten weer los en opeens was ik Jacob kwijt, maar daar stonden Ido Drint en Frans Labots uit de tweede klas. Frans greep de arm van Elsje Meijer en riep: 'Vooruit Simon, andere kant,' en daar bleek Elsje inderdaad een tweede warme arm te bezitten. Onze halve school was gekomen. Greetje van Damme uit Perkpolder riep 'hoi Simon' en legde haar arm als een Mathilde om mijn middel. Anko Boxum sloot aan met niemand anders dan Cato aan zijn zijde, en zo hosten we in de zon. Opgewonden was ik, omdat ik zomaar twee meisjes stevig tegen me aan voelde, en happy was ik omdat het noch Elsje noch Greetje was die me opwond. Ze stelden me alleen maar tevreden omdat we hier samen over het plein hopten op de maat van de fanfare waarvan het koper glom in de zon.

'De koperen tuin,' toeterde Frans voor Elsje langs in mijn oor.

'Het koperen plein,' schreeuwde ik terug.

Ido en Frans kochten bier, de anderen hielden het bij cola of chocomel. Omdat alle terrasjes vol zaten, zwierven we richting Oude Markt en kwamen achter de Grote Kerk terecht op de trappen van de Sint-Jacobuskerk. Naast elkaar zaten we te zuigen en te drinken. Greetje duwde haar arm tegen mijn arm en zei: 'Simon, ben je niet met Bella?'

Dit was tactiek. Ze wilde uit mijn mond horen wat allang door de tamtam was rondgeseind. Ik schoof een decimeter weg van de oranje jurk die haar niet stond en zei stug: 'Dat zie je.'

'O,' zei ze met een klank die onmogelijk in één letter te vangen was. Er zat bevestiging in en een vraag. Ik merkte dat ze naar mij keek, maar ik gunde haar alleen het neutrale profiel van mijn hoofd.

Frans boog zich weer naar me toe en zei: 'Weet jij dat in de kerk achter je rug een Piëta van Mari Andriessen staat?'

Wat een Piëta was had ik opgepikt uit een toelichting van *Openbaar Kunstbezit*. Mari Andriessen kende ik niet.

'Even kijken,' riep Frans en hij trok me aan mijn arm omhoog. Ido volgde. Naar Greetje keek ik niet om, ze vond het misschien wreed van me, maar ik was nu mooi van haar af. In een van de nissen vonden we de witte Maria, de witte Jezus dood op haar schoot.

'Mooi?' fluisterde Frans.

'Kun je een treurende moeder en een dode zoon mooi vinden?'

'Jij vindt dit zeker veel te rooms?'

'Welnee, maar 't is mij te hoekig, te statisch. Alleen die slappe arm vanuit die dode oksel, daar zit beweging in.'

Langs gebrandschilderde ramen ('van Charles Eyck', fluisterde Ido, maar die kende ik ook niet, ik moest nog veel leren) liepen we terug naar de hoofddeur. Bij het laatste wijwaterbakje stond Ido stil en zei: 'Die Greetje van Damme, is die op jou?'

'Ik niet op haar.'

'Ik heb nooit iemand meer teleurgesteld zien kijken dan zij, toen Bella in oktober of zo bij jou achterop sprong.'

'Mij onbekend,' zei ik.

De fiets van Anna Foekens stond tegen die van mij geparkeerd. Toen ik mijn sleuteltje in het slot stak, was ook zij daar.

'Zin om nog even rond te fietsen?' vroeg ze. 'Het Hoge Boekel is leuk.'

'Ja,' zei ik. 'Goed, kan nog wel een uur.'

Langs de Noord-Esmarkerrondweg kwamen we op de Hoge Boekelerweg en daar sloeg Anna een bospad in. Ze zette haar fiets tegen een boom, gleed zittend de helling van een droge sloot af en trok haar jurk strak over haar knieën.

'Waar is jouw vriendje eigenlijk?' vroeg ik.

Ik wist dat ze liep met een wat oudere jongen die ingestroomd was in de tweede klas.

'Is vandaag naar zijn pa en ma in Arnhem. Ondanks mijn protest. Ik weet eigenlijk niet of hij nog wel... Kom zitten, man.'

Ze plette met haar hand het stugge gras naast haar. Ik zakte erop neer, ik zei: 'O, maar dan kun je er beter mee...'

'Vertel mij niks,' riep ze, driftig opeens. 'Ik hou wel van hem. Maar hij geeft niet echt om mij. Hij houdt meer van m'n lijf dan van mij. Z'n handen gaan waar ze willen, ik bedoel, niet overal natuurlijk, maar hij zegt al weken niet meer dan hij van me houdt.'

'Neem het heft in eigen handen,' zei ik. 'Was het dan met Ido beter?'

'O! Dat vond ik zo'n leuke jongen. Zo springerig, we zoenden voordat we het wisten. Het vroor in die tijd, we liepen dicht naast elkaar over die oude begraafplaats, mijn oor stijf tegen zijn oor, maar dat andere oor van mij bevroor.'

Ze lachte luid en vrolijk.

'Maar het was nog zo'n kind,' zei ze. 'Vijftien was hij. Het was ook zomaar weer voorbij.'

'Alsof jij zo'n vrouw bent,' zei ik.

Ze lachte weer en rechtte even haar rug zodat haar jack strak trok. We praatten over school. Ook zij voelde zich daar happy, binnen de kameraadschap van onze klas en van de schoolclub. Ze zei dat ze ons zou missen als ze einde dit jaar ergens in Nederland…

'Waarom word jij schooljuf?'

Ze wilde eigenlijk geen schooljuf worden, zei ze, ze wilde advocaat worden, maar die studie was te duur. Tweede keus dus, dat risico nam ze.

'En jij?' vroeg ze. 'Waarom wil jij meester worden?'

'Wil ik dat? Ik kon goed leren en daarom moest ik maar meester worden, zeiden mijn vader en moeder.'

Ze trok haar wenkbrauwen op, maar bracht er niets tegen in. Ze vroeg wat ik las. Zij las *De moeder* van Gorki. Net Enschede, zei ze, over een man die in opstand komt tegen zijn uitzichtloze leven in een industriestad, hij en zijn moeder gaan er allebei dood aan. Ik moest dat beslist lezen, zei ze.

Ik las de verhalen van Belcampo, reisverhalen, zwerftochten. Ze vond dat niks voor mij, zo was ik niet. Jawel, beweerde ik, en ik citeerde een zwerfzin die ik in mijn Engelse vertaalthemaboek had aangetroffen en uit het hoofd geleerd: '*I travelled with a covered cart, a tent, and a cooking-stove, camping like a gipsy in some sheltered spot on the hills, or by the side of a wood.*'

Ze lachte me uit. Allemaal theorie, zei ze, en dat die praktijk toch niks voor mij was.

Ik vroeg van welke gedichten zij hield. Ze noemde de naam van Willem de Mérode, ze kende een gedicht van hem bijna uit het hoofd, het ging over God en Jezus, over zonde en vergeving. Ze zei de laatste regels op: 'En 't bonzend hart dat ze in zich vonden / was vlekkeloos en zonder zonden.'

'Geloof je dat?' vroeg ik.

'Jij niet dan?'

'Ja, ik ook. Maar ik vind dat wij op school te veel geleerdigheid over God leren. En te weinig over God Zelf.'

Ze was een poosje stil en zei toen: 'Nu je dat zegt, daar

kon je weleens gelijk aan hebben. En van welke gedichten hou jij?'

We zaten daar zo intiem in die slootrand te praten, we hadden een stel kunnen zijn. Ik had haar naar me toe kunnen trekken en haar zoenen, ik gloeide van de gedachte. Maar ik deed het niet. Ze had immers iemand anders, hoe dan ook, en ik wist dat ik niet verliefd was op het volle meisje dat naast me zat en met wie ik warm zat te praten. Als het meer zou worden, zou ze me overheersen en dat riskeerde ik niet. In die slootrand zat er tussen ons een kleine ruimte, dertig centimeter misschien waarin oud mos stond en nieuw gras begon, en dat moest maar zo blijven, die afstand was kort en goed.

'Ik hou van de experimentelen,' zei ik en ik citeerde Hans Andreus: 'De witboekmeisjes de witboekvrouwen die zingen luid zingen in bed.'

Ze viel achterover in het gras van het lachen en riep: 'Welnee, dat ben jij niet, zo ben jij helemaal niet, jij bent heel doodgewoon. Behalve dat je zoveel van gedichten houdt.'

67
In het Volkspark

Aan de voet van de vrouw met het dode kind lag nog een verlepte krans van de herdenking, een maand geleden. Voor haar langs liep ik naar het groepje verzetsstrijders. De voorste man had een hand uit zijn mouw gestoken en onder zijn hart gelegd. De kraag van zijn jas had de vorm van een V. Dit was, zo stelde ik mij voor, de vader van Elsje Meijer, neergeschoten en doodgebloed in een korenveld. Op een plaquette las ik dat Mari Andriessen ze gemaakt had, dezelfde beeldhouwer als van de Piëta in de Jacobuskerk.

Aan de overzij stond een drietal kaalgeschoren concentratiekampgestraften dicht tegen elkaar gescholen, de armen weerloos langs het lijf naar beneden, geselecteerd om '*nach Osten abzurollen*', zoals ik gelezen had op de eerste bladzijde van *De nacht der Girondijnen*, het nieuwe Boekenweekgeschenk dat in mijn fietstas zat.

Toen ik in de zon langs al dat brons gelopen was en op de bank was gaan zitten, rook alles naar voorjaar, behalve het toneelvullende oorlogsmonument. Maar als ik mijn ogen hoger richtte, kon ik boven de groene wanden van het Volkspark kleine witte wolken langs de blauwe lucht zien drijven.

Van de drie boeken in mijn fietstas koos ik er twee, mijn *Schermer* en *Het glinsterend pantser* van S. Vestdijk. Het verhaal ging over een geheimzinnige ziekte die mensen uit elkaar dreef. Maar ik probeerde daaroverheen te lezen en vooral de taal op mijn tong te proeven. In het park was niemand te zien behalve hier en daar achter kinderwagens wat moeders die de beeldengroep schenen te ontwijken. Het was goed lezen in dit open isolement. Met het eerste zachte juniwindje rond mijn hoofd kon ik me concentreren op Vestdijk. Af en toe schroefde ik mijn vulpen open en priegelde een paar zinnen over in mijn *Schermer*.

Fietsbanden kraakten door het grind. Ik herkende de luide stemmen van Ido Drint en Frans Labots. Ze zagen me zitten, ze keken naar mijn open boek en Frans riep: 'Daar heb je Simon. Wat zit jij te lezen? Simon Poorta leest Simon Vestdijk! Wie leest er nou Vestdijk op dat schooltje van ons? Weet meneer Hazelaar dat wel?'

'Dat gaat meneer Hazelaar niks an,' zei ik. 'Ik haal Vestdijk zelf uit de openbare bibliotheek.'

'Waar gaat het over?' vroeg Ido.

Maar dat wist ik zelf nog niet goed, dus ik sloeg het boek weer open, ik bladerde even en zei: 'Luister!' Dat deden ze, hangend over hun stuur. Ik las hun voor: 'Er mag dan het verlangen zijn naar menselijke troost, er is ook de bekoring van het alleen zijn met zichzelf, méér dan alleen zijn, of ook minder: klein te zijn, een pluisje aan de boezem der eeuwigheid, een ritselend niets.'

'Schitterend,' riep Ido. 'En Marsman, ken je die?'

Zo filosofeerden we door, pochend op wat we wisten, zoekend naar een lijn die we niet vonden. Ik keek naar het ene oor van Ido dat het andere van Anna had verwarmd. Frans had zich naar de oorlogsgroep gedraaid.

'Die man daar achteraan,' vroeg ik, 'met die lange overjas, wie bedoelen ze daar eigenlijk mee? Die staat daar zo lijdzaam af te wachten.'

'De gijzelaar,' zei Frans. 'Ik ben in de kost bij een verzetsweduwe. Zij heeft me een keer meegenomen naar hier en me die hele groep uitgelegd. Die gijzelaar, daar kun je Vestdijk in zien. Je wist toch dat hij gegijzeld was in Sint-Michielsgestel? Die man zat daar een nieuw boek te schrijven en kon ieder moment doodgeschoten worden. En dat beeld met de hand onder het hart, dat is de man van mijn hospita. Ze hebben hem al z'n nagels uitgetrokken en doodgeschoten.'

Ik zei dat ik daar de vader van Elsje Meijer in zag. Die geschiedenis kenden ze niet. Terwijl zij geïnteresseerd over hun stuur bleven hangen, keek ik vanaf mijn bank naar hen op en vertelde hun over het bloed dat was weggetrokken in het korenveld. Ik haalde *De nacht der Girondijnen* uit mijn fietstas en zei: 'Dit gaat er ook over.'

We keken samen naar het omslag, een vreemde tekening van twee menselijke bovenlijven, in harde lijnen door elkaar gevlochten, de een rechtop, de ander op z'n kop.

'Ze vechten met elkaar,' zei Ido. 'Ze slaan elkaar met hun platte handen op de bek en ze zien elkaar niet, want ogen hebben ze niet.'

'Nee,' zei Frans, 'ze omarmen elkaar en leggen hun handen op elkaars wang, kijk maar, gevouwen handen.'

'Maar de achtergrondkleur is geel,' zei ik, 'hardgeel, van de haat.'

'Daar komen we dus niet uit,' zei Ido. 'Of we hebben alle drie gelijk.'

'Dat kan niet,' zei Frans. 'Er bestaat maar één waarheid. Is het een boeiend boek?'

'Ik heb alleen nog maar de eerste bladzij gelezen,' zei ik. 'Het gaat over Joden in Westerbork, las ik in de krant.'

'Welke krant? Onze krant, het *Gereformeerd Gezinsblad*?' vroeg Frans.

'Nee, de *Tubantia*. Het *Gezinsblad* heeft geen woord over de Boekenweek geschreven, zelfs niet in de advertenties van de boekhandels.'

'Mag ik het van je lenen?' vroeg Ido.

'Tuurlijk. Maar als je het zelf wilt hebben, binnen de kortste keren liggen die Boekenweekgeschenken voor een kwartje in de boekenkraam op de markt.'

'Ik koop niks wat niet nodig is,' zei Ido. 'Kunnen mijn ouders niet betalen. Ik heb niet voor niks een bijbaantje.'

Hij vertelde me hoe hij zijn kwartjes verdiende. Eerst bij een drukkerij. Daarna bij een slager die meer betaalde, maar die hem ontsloeg na een klacht dat Ido een biefstuk die bloot op straat was gevallen weer in het papier frommelde en gewoon bezorgde. Daarna flessensorteerder bij een slijterij waar hij ziek werd van een bedorven teug wijn uit een halfvolle fles. Nu was hij manusje-van-alles bij Simon de Wit, waar hij de vloer dweilde en zich voor oude vrouwtjes naar de bovenste schappen rekte.

Frans deed niks, alleen studeren. Hij moest hard werken om te slagen, zei hij, hij was al negentien.

Ze zetten nu hun fietsen op de standaard en kwamen naast me zitten op de bank. Ido trok een briefje uit zijn zak met een gedicht erop. Erboven stond 'Eenzaamheid'. Ik las korte regels over een glazen, granieten grot en over iemand die met de mensen niet spreken kon.

'Van jou?' vroeg ik aan Ido.

'Er staat I.D. onder,' zei hij.

'Idee van jou?'

'Dat zal wel. En het heeft met God te maken. Maar God is niet iemand die je als honing op je boterham smeert.'

'Dat heb je niet van jezelf.'

'Dat zei Leendert Brasz.'

'Leendert Brasz! Ken jij die?' riep ik verrast en ik wees als vanzelf in de richting van ergens achter het Volkspark waar ik op zijn kamer had gezeten en naast hem in zijn bed had geslapen.

'Ik heb een paar gedichten van mij laten lezen aan onze lerares Nederlands,' zei Ido. 'Dát is een mens, die heeft het met ons over Sartre en Anna Blaman en niet alleen over Wullem Kloos en Antoon Coolen. Ze wilde met ons naar een uitvoering van *Huis clos* van Sartre, maar het schoolbestuur heeft daar een stokje voor gestoken. Ze zei dat ik met mijn gedichten eens naar Leendert Brasz moest gaan. Ze kende hem door de kerk. Ze zei: "Dat is een jonge dichter die goeie dingen schrijft en hij is gereformeerd, maar hoelang nog, dat weet ik niet." Ik heb twee keer bij hem op dat kamertje gezeten, propvol, allemaal boeken, veel gedichten, Jacob Israël de Haan, August von Platen, Willem de Mérode.'

'Homofielen,' zei Frans.

'Wat bedoel je?' vroeg ik.

'Niks.'

'Schuwe jongen,' zei Ido. 'Hij zwijgt, behalve als het over kunst en literatuur gaat. Ken jij hem?'

Ja dus, ik kende hem. Waarom had ik nooit meer aangebeld aan de Elferinksweg? Vanuit een telefooncel had ik een keer gebeld naar de Twentsche Bank en naar hem gevraagd, maar hij stond er niet meer op de loonlijst. Ik vertelde Frans en Ido dat Leendert een half jaar in mijn klas had gezeten. Ze waren verbaasd. Ik vertelde over die wanden vol boeken, maar ik hield mijn mond over die zolder met dat brede ledikant onder balken en tussen ingeklapte zomerstoelen.

'Ik zie de cola van je ogen nog / waarin iets rilt / van dun duur glas,' zei Ido. 'Dat is van Leendert.'

'Zie je wel, homofiel,' zei Frans. 'Daar kun je weinig aan doen, 't is nu eenmaal een ziekte.'

Ido keek hem woedend aan en riep: 'Die jongen is een talent. Ik bedoel maar, Leendert heeft alle dichters in de kast, niet alleen van toen, ook van nu, de experimentelen, Kouwenaar, Campert, Rodenko. Hij zegt dat hij met z'n kop in een wolk van poëzie loopt, en ik loop met hem mee. Hij vindt mij een vrijpostige jongen met bloosangst en dat klinkt ook als een gedicht.'

'Zie je wel,' zei Frans.

'Maar ik zie hem niet meer,' zei Ido. 'Volgens hem hebben wij een conflict gehad, en ik zou niet weten wat voor conflict. Echt Leendert, geniaal en gauw op z'n tenen getrapt.'

'Ik keek tegen hem op,' zei ik. 'Maar kort voor de kop? Nee, tegen mij niet.'

'Hij was doodsbenauwd voor de militaire dienst,' zei Ido. 'En dolgelukkig dat hij afgekeurd is.'

'Toch een gezonde vent,' zei ik. 'Maar het angstzweet liep hem uit het haar als hij in een groep moest meedoen, in onze klas. Die jongen zou dood zijn gegaan tussen een troep soldaten.'

'Ze hebben natuurlijk bij de keuring gemerkt dat hij homofiel is,' zei Ido. 'Als hij het op z'n heupen had kon hij zo'n stemmetje opzetten en met z'n kont draaien, maar dat paste niet bij hem, dat was namaak. Hij heeft ze daarmee om de tuin geleid. Heeft hij mij verteld. Er kwam een tweede dokter bij en toen kon hij naar huis met een brief *Voorgoed ongeschikt*.'

'Heeft hij jou dat verteld?' zei ik en ik voelde een steek jaloezie. Waarom had Leendert dit voor mij verzwegen en niet voor de sproetige Ido die jonger was dan ik?

'Vandaag over twee weken moet ik voor de keuring,' zei ik. 'Wat kan ik daar verwachten, Frans? Jij hebt ervaring.'

Frans haalde zijn schouders op en zei: 'Kijk maar uit. Ze voelen of je ballen goed hangen en vragen of je verkering hebt en wat je doet met je meisje. Jij hebt verkering gehad.'

'Geen verkering,' zei ik. 'Alleen een beetje samen fietsen. Maar ik meende het wel.'

'Nou, dan ga je vast niet voorgoed ongeschikt terug naar huis. Ik ben gelukkig goedgekeurd, ik wil na de kweekschool naar de officiersopleiding.'

Ik huiverde.

'Die keuring stelt niks voor,' zei Frans. 'Het ergste is dat je tussen de middag een kwak glazige aardappels op je bord krijgt.'

68
Keuring

Kleinlugtenbelt klapte zijn shagdoos open, nam een prop draadtabak tussen zijn vingers en stak het mij toe.

'Als je hier morgenochtend een half uur op kauwt,' zei hij, 'en steeds je spuug doorslikt, dan ben je de hele dag kotsmisselijk en lijkbleek, dan heb je kans dat ze je afkeuren.'

'Willem, stop die rommel in je zak,' riep juffrouw Kleinlugtenbelt. 'Wou je die jongen ziek maken?'

'Bent u in dienst geweest?' vroeg ik.

'Afgekeurd.'

'Wat scheelde er dan aan?'

'Platvoeten,' zei Kleinlugtenbelt en hij greep de krant.

Zijn vrouw snoot haar neus en keek bezorgd naar haar man. Ze gaf mij een ketel heet water mee naar boven, zodat ik me voor de keuring geheel en al kon reinigen aan onze ijzeren wasbak.

De weg naar Hengelo ging voor mij uit, maar bracht mij uiteindelijk toch bij de poort van de kazerne. Ik zette mijn fiets op slot naast tientallen andere fietsen tegen het militaire hekwerk. Jongens van achttien met vetkuiven boven de kraag van hun jack kwamen aanslenteren. Ik keek onzeker omhoog langs de spekbanden van de gevel naar het wapenbord vol leeuwen en zwaarden en de spreuk *Je Maintiendrai*. Maar ik had helemaal geen zin om te handhaven omdat ik me al afvroeg hoe ik mijzelf hier in vredesnaam moest handhaven. Tussen die jongens kreeg ik een stoot hier en een duw daar en zo belandde ik in een wachtruimte in een lange rij waar een soldaat met schuine baret onze papieren nakeek en ons in een hoek dreef waar we konden gaan zitten wachten rond kale vierkante tafels.

Verbazend, wat waren veel jongens ook achttien jaar zonder dat ik hen kende. Rondom mij zaten grote bekken in leren jasjes tegen elkaar te zwetsen in dat snijdende Hengelóóós en Enskedéééś. Vanaf de wand keken Juliana en Bernhard neer op hun aankomende verdedigers. Een jongen aan mijn tafel zat besmuikt drop te eten, alsmaar drop. De baret kwam op hem af en zei: 'Geef maar hier die drop. Hoe is je naam? Ik geef door aan de arts dat je je bloeddruk zit op te pompen.'

Een knaap achter mij barstte voortdurend in een zenuwachtig lachen uit. De baret waarschuwde hem: 'Zit je niet op te vijzelen, een S5 krijg je zo toch niet.'

Verbaasd vroeg ik aan de jongen met lange bakkebaarden naast mij: 'S5, wat is dat?'

Nu barstte deze knaap in lachen uit en riep: 'Dit jongetje weet niet wat S5 is. Pas maar op, straks word jijzelf nog afgekeurd op krankzinnigheid.'

Maar toen wendde hij zich serieus tot mij en vroeg zacht: 'Denk jij dat bedplassen helpt?' Ik haalde mijn schouders op. Hij werkte bij de fabriek van Nico en daar wilde hij voorlopig maar liever handdoeken blijven weven, hij had geen trek in doodmaken. Een S5 leek hem niks, want hij had plannen om postbode te worden en dan moest je geen S5 in je boekje hebben.

Het rumoer om mij heen nam toe. Moest ik met zulke muilbekken in één zaal slapen, met hen door de hei tijgeren? Wat zou ik bij al dat zinloze marcheren met zware bepakking verlangen naar stilte en een gedicht van Achterberg. Ik zou als voorbehoedmiddel tegen uitdrogen tien gedichten uit mijn hoofd kunnen leren om ze alsmaar prevelend te kunnen opzeggen bij het bonken van mijn gedrilde stappen. Wat voelde ik me eigenlijk erg thuis in mijn kweekschoolklas, dacht ik opeens, tussen en op de banken harmonieus in gesprek, in mijn bank snel schrijvend om meer te weten te komen over Frans, psychologie, God en Jan Ligthart.

We stonden in korte rijen voor wc-potten te wachten op onze beurt voor de plas. Die van onze voorganger hoorden we ruisend vallen in het glazen potje, dat hij vervolgens onwennig grinnikend naar de volgende afdeling bracht. We ontblootten ons bovenlijf en ik zag behaarde, witte, zware en magere ribbenkasten om me heen. Er was zelfs een tanige, bruine jongen uit China bij. We stapten op weegschalen, we stonden tegen meetlatten aan de muur, een zuster in verpleegstersjas legde een centimeterband om onze borst en riep het volume naar een juffrouw achter een typemachine.

Na een borstfoto stond ik opeens onder vier ogen in onderbroek tegenover een man in witte jas. Zijn vragen regenden zacht op me neer, want de antwoorden spraken voor zichzelf. Ben je gezond? Altijd geweest? Ouders gezond? Zijn ze gescheiden? Alcoholmisbruik in de familie? Heb je altijd thuis gewoond? Het antwoord op de laatste vraag leek die dokter even te boeien. Hij vroeg door. Uit huis geplaatst? Wat voor studie? Kom je nog wel thuis? Opeens zei hij: 'Onderbroek omlaag,' streek met twee vingers vluchtig langs mijn scrotum en vroeg of ik bij landmacht, luchtmacht of marine wilde. Over verkering had hij het niet. Ik wilde bij geen van drieën, maar koos het noodlot van de landmacht.

Een andere witte jas drukte een naald in de binnenkant van mijn elleboog. Het duurde vier reageerbuisjes lang. Bloed wilde ik niet zien. Toen ik daar toch naar keek werd ik draaierig. Bij het binnenkomen in de eetzaal kreeg ik een wit stenen bord in mijn handen geduwd en waadde ik in een zware geur van spinazie en worst naar iemand die inderdaad, zoals Frans voorspeld had, een portie glasachtige aardappelen op mijn bord liet glijden met een stuk Unoxworst en een schep groene glibber. Ik voelde me wit wegtrekken. Een scheve baret schoot toe, ontnam me mijn bord, sloeg zijn armen achter mijn benen en legde me op de vloer.

Een vloer van houten planken was het. Ik viel niet flauw, ik zag benen langs mij bewegen en als ik omhoog keek zag ik handen met borden langs mij schuifelen en gezichten op mij neerkijken. Ik glimlachte naar die ogen, ik wenste niet absent te zijn. Na een kwartier mocht ik van de baret opstaan. Er was nog een stoel leeg, ik begon te eten, ik wilde geen lulletje rozenwater blijven. De worst smaakte goed, van de aardappelen liet ik de helft liggen.

'Heb je dat vaker, dat flauwvallen?' vroeg de arts toen ik weer bij hem in de kamer verscheen. Natuurlijk had ik ja moeten zeggen, ja dokter, elke maand wel een keer, dan was ik misschien afgekeurd, maar liegen kwam in mijn hoofd niet op. Ik zei gehoorzaam nee, en hij zei dat ik straks dan maar moest meedoen met het groepje van de morse-instructie, waarschijnlijk was de Verbinding wel iets voor mij.

Daar zat ik dan tussen Twentse jongens van achttien, allemaal met een seinsleutel en een morsepieper de a te leren, punt streepje. Bij streepje moest je dat ding tussen je vingers drie keer zo lang ingedrukt houden als bij punt. Voor de zoveelste keer leerde ik me bewegen in een vreemde wereld. Bijna voelde ik me vereerd toen de instructeur met baret zei dat er wel een marconist in mij stak. Ik vertelde hem natuurlijk niet dat ik naar kleine schooltjes solliciteerde om van zijn soldatengedoe af te komen.

69
Juffrouw Kleinlugtenbelt

‘Ik ken jou zo goed,’ zei juffrouw Kleinlugtenbelt, ‘ik ken jou veels te goed.’

‘Zo?’ antwoordde ik.

Ze scheen te onderzoeken wat ik mooi vond. Ik had haar iets gezegd over de kunstwinkel in de Haverstraat en dat daar zo’n mooi terracotta kinderkopje stond. Nu vertelde ze me dat ze in die winkel was gaan vragen naar de prijs.

‘Raad es, raad es, veertig gulden.’

Het oversteeg volledig haar budget. Ze had het me zo graag willen meegeven, straks, in de zomer, als ik… Ze tilde een tip van haar schort naar haar ogen. Ik ergerde me aan dat etaleren van haar voorgenomen goedheid, en ik vond haar zielig.

‘En Jacob dan?’ vroeg ik.

‘Opoe kan een sjaal voor hem breien.’

‘Een gebreide sjaal van opoe, dat wil ik ook wel graag.’

‘Och jongen,’ zei ze. ‘Welke kleur?’

‘Blauw met oranje strepen, deze kleuren.’

Ik wees naar het blauwe mannetje uit de *Chassidische legenden* van H.N. Werkman. De reproductie uit *Openbaar Kunstbezit* stond op onze kamer op tafel tegen de muur.

‘Vind je dát mooi?’ vroeg ze met een verbaasde nadruk.

‘Ja,’ zei ik, ‘heel mooi.’

Ze boog zich naar de plaat om de titel te lezen die eronder stond.

'De weg terug?' mompelde ze vragend. 'Heet dat zó? En dat vind jij mooi?'

Opeens bedacht ik dat ze het kunstwerk misschien op haar eigen manier uitlegde. Het blauwe mannetje keerde haar de rug toe, zoals ik in de komende zomer uit haar huis zou verdwijnen en naar zij vreesde uit haar leven, de weg terug. Hoe durfde ik dat mannetje mooi vinden?

Nooit leek ze te begrijpen dat het verlangen van Jacob en mij naar eind juli alleen maar sterker werd door haar plotselinge buien die, zonder slechtweerbericht vooraf, haar goede zorgen afwisselden. Het ging volgens ons om nietigheden, om een vuile voetstap in het halletje, om het petroleumblik dat door ons stinkmonstertje alweer leeggeslurpt was, om de wc die een keer niet doorgetrokken was.

Ergens in de frisse meiweken had ik onverhoeds last van een overmoedige bui. Jacob en ik stonden lachend af te wassen, juffrouw Kleinlugtenbelt lachte mee en opeens zei ik: 'Als ik dit bord nou es laat vallen, wat doet u dan?'

'Je láát het, kwajong,' riep ze schaterend.

Ik liet het bord vallen, het lag in stukken op de keukenvloer en schalks keek ik haar aan. Het was, dacht ik later met spijt, alsof ik vertrouwde op haar voorliefde voor mij. Ze keek me een moment stomverbaasd aan en riep toen: 'Hij heeft het gedáán! Hij heeft het gedáán! Kiek nou toch zo'n jong es áán!'

'Dat rijmt,' zei ik en toen moest ze opnieuw lachen.

Ik beloofde natuurlijk dat ik het bord zou betalen, maar nee, daar kwam niks van in, er sneuvelde altijd weleens wat bij de afwas.

'Ik geloof toch niet dat ze dat van míj gepikt had,' zei Jacob toen we boven weer tegenover elkaar aan onze tafel zaten. 'Ik heb het gevoel dat ik hier meer een vreemde ben. En jij een huisgenoot.'

Hij had gelijk. Zou ze daarover in haar dagboek schrijven? Misschien niet, omdat het verschil voor haar zo voor de hand lag dat ze er niet over nadacht.

'Ik vind dat ook niet leuk,' zei ik, 'maar ik durf het haar niet te zeggen. Snap jij hoe ze in elkaar zit?'

'Dat weet ze zelf niet,' antwoordde hij.

Maar ik moest ook denken aan het dierlijke schreeuwen van haar man dat we nu al maandenlang niet meer hadden gehoord, en aan de biecht die aan haar lippen was ontsnapt toen ze in dat ongelukkige moment tegenover mij met haar hoofd op de keukentafel lag te snikken. Het geheim van haar gemis had ik voor Jacob verzwegen.

70
Greetje uit de polder

Op een zomerse zaterdagmiddag in juni ontdekte ik dat juffrouw Kleinlugtenbelt voor mij een meisje op het oog had, een gezelligerd, met een moederlijke glimlach, praatlustig en wat ondiep van gedachte. Juffrouw Kleinlugtenbelt duwde me in de richting van Greetje van Damme.

Ik was Boekenweekgeschenken gaan verzamelen. Op die warme middag kwam ik terug met een donker boekje waarop een sombere watervlakte stond afgebeeld. Het was van 1948 en heette *Oeroeg*. Wat dat betekende wist ik niet en van de schrijfster had ik nooit gehoord, maar ik verzamelde die reeks nu eenmaal.

Toen ik de keuken binnenkwam zat daar aan tafel Greetje van Damme. Ze droeg weer die beige rok van de begroetingsavond en daarboven een gesloten witte bloes met korte mouwen. Juffrouw Kleinlugtenbelt en zij zaten samen in een levendig gesprek over de verschillen tussen Perkpolder en Enschede. Blijmoedig keken ze naar mij in de open keukendeur. Rexje blafte kort van plezier omdat ik er weer was, ik bukte me om haar over de kop te strelen, maar vooral om me even te herpakken, en ik zei: 'Hé, hallo, Mathilde, jij hier?'

Dat was flauw van me, ik wist het meteen, ik zei 'sorry' en 'dag Greetje'.

'Maar ik weet nu wie Mathilde is,' zei ze.

Help, dacht ik, ze heeft het opgezocht, ze wil me vleien.

'Ja,' zei ze, 'ik dacht...'

'Waar hebben jullie het toch over,' riep juffrouw Kleinlugtenbelt. 'Kom erbij zitten, Simon. Thee?'

Ik legde *Oeroeg* op tafel.

'Heeft ie weer een boek gekocht,' riep juffrouw Kleinlugtenbelt. 'Hij komt nog es om in boeken. En hij léést ze ook. Hoeveel boeken heb je nou al?'

Ik haalde mijn schouders op, maar zij wist het: 'Bijna zeventig al. Waar moet dat heen? Heb jij boeken, Greetje?'

'Van school natuurlijk,' zei Greetje. 'Maar lang geen zeventig.'

Ze lachte uitbundig, sloeg *Oeroeg* ergens in het midden open en las hardop een zin voor: 'Oeroeg was van een harmonische, gespierde slankheid, in tegenstelling tot mijn wat lompe, nog niet uitgegroeide ledematen.'

Het was toeval, maar met dat laatste had ze iets van zichzelf getypeerd. Ze bezat al wel uitgegroeide ledematen, maar ze droeg lompe sokken in smakeloze sandalen.

Ik zweeg. Zij praatten over Zeeland, over het voordeel van groene zeep boven Persil, over het grote verlangen van juffrouw Kleinlugtenbelt naar een bank, een bank in de kamer, het wachten was op het schip met geld, en dan kwam er misschien ook een televisie, maar die kostte wel 1500 gulden. Greetje vond de televisie gevaarlijk, daar kon je van alles op zien wat niet goed was en als je zo'n ding niet had, dan kon je dat ook niet zien.

'Niet dan, Simon?' vroeg Greetje.

'Klopt,' zei ik, verbaasd over haar korte logica, 'als je zo'n ding niet hebt kun je dat ook niet zien.'

Ik verveelde me, ik sloeg *Oeroeg* open, maar juffrouw Kleinlugtenbelt trok het boekje uit mijn hand, klapte het dicht en zei: 'Je gaat niet zitten lezen als je bezoek hebt.'

'Heb ik dan bezoek?' vroeg ik. 'Ben je dan voor mij gekomen, Greetje?'

Ze wilde graag mijn loepje lenen, ze moest de meeldraden en de stamper van de lelie bestuderen voor plantkunde.

Dat kon ik niet weigeren. Ik haalde het van boven en legde het voor haar op tafel. Nog een half uur bleef ze plakken.

'Wat een leuk meisje,' zei juffrouw Kleinlugtenbelt. 'Zo vriendelijk, net wat voor jou. Beter dan die andere trien. Met Greetje kun je nog es praten. Heeft overal belangstelling voor. Ik weet zowat zeker dat ze niet alleen maar kwam voor dat loepje van jou.'

'Waarvoor dan?' vroeg ik dom.

'Voor jouzelf! Waar is ze in de kost? Op Patmos helemaal? Dan had ze zo'n loepje toch veel dichterbij kunnen lenen?'

Aan de maaltijd vertelde ze met knipogen aan haar man wie er was komen aanlopen en waarom, en hij begon schor te zingen van: 'Kleine Greetje uit de polder, zeg me nu eens gauw, als het koren rijp is, word je dan mijn vrouw.'

Jacob zag dat ik mondjesmaat zoetzuur lachte en hij zei: 'Dat maakt Simon zelf wel uit.'

Jacob en ik waren in deze drie jaar niet echt vrienden geworden, maar nu groeide mijn sympathie voor hem een meter of wat.

De maandag daarop gaf Greetje mij mijn loepje terug. Ik nam het aan, maar zij drukte het in mijn hand, zij raakte mij opzettelijk aan.

'Je hebt kouwe vingers,' zei ik, en dat was onaardig van me, dus ik knoopte er snel een belangstellende vraag aan vast: 'Is het gelukt met meeldraden en stamper?'

'De lelie geeft erg af,' zei ze. 'Er kwam van dat gele stuifspul op mijn witte bloes. Dat krijg je er niet makkelijk uit.'

'Met groene zeep misschien,' zei ik, 'of Persil,' en ik wendde me naar Anko, die aan mijn mouw trok en me in het oor fluisterde dat Cato en hij van plan waren zich aan het einde van de zomer te verloven. Ik mocht het nog niet verder vertellen. Zijn ogen glansden. Opeens voelde ik me aangenaam vrij, zonder ballast die mijn vleugels verzwaarde.

71
Inpakken

Eind juni leek de tijd op hol te slaan. De laatste weken buitelden over me heen, alsof ik me haastig door het laatste hoofdstuk heen werkte van het boek dat 'Enschede' heette. Maar dat gold niet de school, niet mijn klas. We hadden elkaar beloofd snel een reünie te houden en Tom Ypkemeulen had Greetje van Damme aan haar mollige lendenen een halve meter opgetild en gezongen van: 'Over 25 jaar zal ik jou nog steeds beminnen.'

Juffrouw Kleinlugtenbelt, dat was een ander verhaal. Ze stootte met haar vork en neergetrokken mond de aardappels op haar bord stuk, nu niet uit nukkigheid, maar uit treurigheid omdat wij uit haar huis zouden verdwijnen. Ze leek zich van geen enkele boze bui meer bewust en herhaalde maar dat er nooit iets verkeerds tussen ons geweest was, niet dít, en hoe ze ons zou missen. Jacob en ik bleven blijmoedig grinniken bij de vla met aardbeien die ze ons toeschoof. Maar opeens kon er dan in die kleine keuken weer een hoosbui plenzen en verweet ze ons dat we natuurlijk niks meer van ons zouden laten horen, dat we uit haar leven zouden verdwijnen en dat juffrouw Kleinlugtenbelt kon stikken, zei ze met trillende stem.

'Drie jaar is lang zat,' zei Jacob ondiplomatiek en zij schoot in de toestand van zware bewolking: 'Heb je 't hier niet goed gehad?!'

'Dat bedoel ik niet,' zei Jacob haastig. 'Het wordt tijd dat ik geld binnenbreng. Mijn ouders hebben lang genoeg voor mij betaald. Ik hoop zo dat ik slaag. Simon slaagt wel, maar ik heb de helft kans dat ik zak. Zo'n Staatsexamen is zwaar.'

In de maand juli sloeg het Staatsexamen inderdaad zijn zwaard door de helft van onze klas. Meneer Hazelaar keek treurig en sprak moedeloos. Zijn vrouw huilde. Was dit nu de zegen van God in Wiens naam ze zich hadden kapotgeploeterd voor de enige echt gereformeerde kweekschool in het land? Maar er was hoop, in januari zouden de herexamens voor de vakken met onvoldoendes zijn. Ik haalde onvoldoendes voor fysica en tekenen en zakte voor de aantekening j waarmee ik gymnastiek zou mogen geven, maar dat kon me niet schelen, ik hoorde bij de geslaagden.

Jacob, ach, hij moest vier maanden terug naar de Steenbakkerstraat. In de zomervakantie belde hij me: 'Nog vier maanden in de pietereuliestank.'

Ik probeerde hem te troosten: 'Het duurt geen drie jaar en die kachel hoeft pas half oktober aan.'

'Maar juffrouw Kleinlugtenbelt gaat al op 1 september aan,' zei hij.

Met een bijna lege koffer in het bermgras en de duim omhoog liftte ik in de laatste week van augustus 1957 van Groningen naar Enschede. Voor het laatst keerde ik nu terug naar de Steenbakkerstraat. Nooit had ik me aangetrokken gevoeld tot liften, maar op de grens naar een ongewisse toekomst – ik had nu een benoeming op een dorpsschooltje in het noorden waar ik in september in het diepe gegooid zou worden – wilde ik ook deze teen wel een keer in het koude water steken.

Het waaide stevig. Als er een korte bui viel, kroop ik in de kraag van mijn regenjas. De handelsreizigers hadden medelijden en pikten me snel op om me vijftig of tachtig kilometer verderop weer te lossen. Het initiatief tot praten liet ik over aan de mannen achter het stuur.

Sommige zwegen, de meeste vuurden het laatste nieuws en hun hobby's op me af. Wat een storm gisteren. De dijk aan het Haringvliet voor tweehonderd meter weggeslagen. 'Als dat maar geen tweede 1953 wordt.' 'Hoog tijd dat deze snelweg vierbaans wordt.' 'DOS Utrecht tegen Feijenoord gisteren 4-4.'

Al dit gepraat over nul komma weinig werd goedgemaakt door mijn laatste lift. Achter het stuur zat een man in het overhemd van een priester, de kapelaan van de Sint-Jacobuskerk. We bespraken de Piëta in zijn kerk en de houten Jezus in het Museum. Ik verzuimde hem erop te wijzen dat hij geen beelden mocht vereren. In de vroege middag zette hij me voor de deur af. Juffrouw Kleinlugtenbelt keek over haar sansevieria's verbaasd naar het omgekeerde boordje van de man die mij de hand drukte.

Ik had dus iets uit te leggen bij de thee. Maar midden in mijn verhaal begon ze opeens te snikken en ook opoe trok haar schort naar haar ogen.

'Nu ga je weg,' zei ze hortend, 'nu zie ik je niet weer, nu ga je juffrouw Kleinlugtenbelt vergeten.'

'Nee, zus,' mompelde opoe, 'Simon komt nog wel een keer langes. En Jacob blijft nog tot januari.'

'Niemand begrijpt me,' huilde ze.

Ik begon mijn hebben en houden naar een koffer en een weekendtas te verhuizen. De blauwe pofbroek waarin ik drie jaar geleden was aangekomen en die ik al een jaar niet gedragen had. De korte gymnastiekbroek die ik niet meer nodig zou hebben want ik bezat die ongelukkige akte j gelukkig niet. Schoolboeken die ik niet wilde doorverkopen aan andere leerlingen omdat ik herinnerd wilde blijven aan de lessen in onze gelukkige klas, aan de sigarenas van dominee De Beer, aan de Godgeleerdheid van dominee Onvlee, aan meneer Ottevanger die mij Bilderdijk in de maag had gesplitst, aan meneer Tulp die mij door een kleine loep naar het leven had leren kijken, aan meneer Hazelaar die met zijn zorglijke toespraakjes over ons gewaakt had, aan François de Beer die een te groot musicus was om ons les te kunnen geven.

Ook mijn beide *Schermer*-agenda's gingen mee, met die prachtige foto's waarin ik mijzelf en mijn wensdromen had herkend en waarin de verjaardagen van mijn klasgenoten genoteerd stonden. Bovenop legde ik de donkerblauwe ringband van *Openbaar Kunstbezit* jaargang 1. Ik peuterde Vondel los van de wand en schroefde het potje Gimborn-inkt stevig dicht. Mijn gevulde boekentas paste in mijn weekendtas.

De tweede lege koffer bracht ik naar beneden om mijn plankje boeken in de kamer over te hevelen naar mijn onbeschreven toekomst. Maar algauw merkte ik dat het veel te zwaar werd om mee te sjouwen de treinen in en uit. In de keuken werd het bericht met applaus ontvangen. Er lag een kerstvakantie in 't verschiet, ik moest die lege koffer maar onder het bed laten staan. Even tastte ik achter *Garriet Jan en Annechien* op de plank daaronder, maar ik voelde het dagboek niet.

Boven stond ik daarna lang naar buiten te kijken. Rexje scharrelde in het gras. Het tuinhekje klapte, Kleinlugtenbelt kwam thuis uit het atelier. De ruggen van de ligusterheggen lagen tussen de tuintjes als lange zomergroene kussens. De walm van de fabrieksschoorstenen rafelde in de verte door de sterke wind snel uiteen. Enschede. Ik kon het missen, ik zou het gaan missen.

Die avond zaten en aten we zomaar op een doordeweekse dag in de voorkamer.

'Ik fiets vanavond nog even naar Tom Ypkemeulen,' zei ik.

'Ga je nu ook de laatste avond nog weg?' klaagde juffrouw Kleinlugtenbelt.

Tom bleek nog op vakantie te zijn. Ik nam een kleine

omweg langs de Roomweg om voorzichtig naar nummer 83 te gluren, maar Bella was natuurlijk nog niet terug voor haar tweede kweekschooljaar. Eind juli, op de vrolijke afscheidsavond van Covatjo, had ik met de geslaagden van mijn klas in de rij gestaan. Alle anderen waren langs ons gelopen om een hand te geven. 'Hoi Bella,' zei ik en 'Dag, Simon,' zei zij met een kleine spatie tussen de groet en de naam. Kort daarna had ze me een briefje gestuurd: ze had zich uilig gedragen, excuus Simon. Ik had teruggeschreven dat het evengoed aan mij had gelegen, en zo waren we er dus allebei in pais en vree van af. Behalve haar ansichtkaart met de Domtoren uit de laatste kerstvakantie bewaarde ik nu ook haar briefje in een uithoek van mijn portefeuille.

Nu fietste ik nog eens langs die trottoirrand waarop mijn voet steun had gezocht als wij naar woorden zochten, terwijl ik in mijn verlegen verliefdheid had gekeken naar haar kousen, haar lach en haar paardenstaart. Mijn mislukte kus moest daar nog ergens flets in de lucht hangen.

Ik keerde het huis de rug toe en liet op de hoek van de Roomweg vier zakjes patat en vier kroketten inpakken.

72
Verhuizingen

De volgende morgen fietste ik naar de Haverstraat en kocht in de kunstwinkel twee witte puppy's in een lijst. Juffrouw Kleinlugtenbelt had Rexje graag om zich heen, dus deze twee zouden haar ook wel bevallen. Het waren langorige, krulharige poedeltjes, zei de winkeldame. Ik bedacht dat ze aan de wand vooral die oorflappen moesten laten hangen, dan hoefden ze niet alles te horen.

Daarna koerste ik op de groene spits van de stadhuistoren. Hier had ik drie jaar geleden mijn verhuisbericht gebracht, hier meldde ik nu mijn volgende verhuizing. In de grote hal las ik boven een loket: 'Huwelijken, Geboorten, Overlijdens'. Alle drie lagen ze in mijn toekomst verborgen. Daarnaast een loket met 'Verhuizingen'. Een vrouw werd aan de balie geholpen door een jongeman. Achter haar wachtte ik, en ik schrok. De gemeenteambtenaar met stempels en nietmachine was Leendert Brasz.

De vrouw vóór mij liep weg, ik deed drie stappen naar Leendert toe. Hij keek me aan, tussen ons was de open balie.

'Ga je verhuizen?' vroeg hij.

'Tel jij geen geld meer op de Twentsche Bank?'

Hij noteerde het adres van het kosthuis dat ik in mijn nieuwe schooldorp gevonden had. Toen maakte hij zwijgend mijn papieren klaar, schoof ze naar me toe. Een zweetdruppel gleed langs zijn neus en spatte op mijn verhuisbiljet. Daarna konden we een paar minuten praten voordat iemand anders zich achter mij aansloot. Hij vond dit loket even vreselijk als de kelder van de bank. Nu had hij een kamer gehuurd aan het Singel in Amsterdam. Avondstudie gymnasium. Hij wilde de klassieken kennen. Kon hij koken? Ja, hij kon wel wat. Zijn vuile goed zou hij om de twee weken in Enschede brengen.

'Maar in Enschede is toch ook wel een avondgymnasium?' vroeg ik.

Hij antwoordde niet en na een stilte kwam ik maar weer met een vraag: 'Schrijf je nog?'

Hij keek me bijna beledigd aan en trok een blauw schriftje tevoorschijn dat hij achter de balie had verstopt. Hij sloeg het open.

'Voor als er iets bovenkomt. Poëzie gaat voor ambtenarij. Vanmorgen dit: leven is een klein lichaam aarde / dun gekleed in water.'

Hij stopte het schriftje weer weg onder een stapel formulieren en zei: 'Dit is mijn laatste week in deze dorre bende. Ik heb nog één snipperdag staan. Kun jij morgenochtend? Volkspark?'

Ik wilde antwoorden dat ik nog deze middag Enschede zou verlaten, maar achter mij kuchte iemand die aan de beurt was, en opeens zei ik: 'Morgenochtend om tien uur, bij het oorlogsmonument.'

In de tuin van het stadhuis ging ik op een bankje zitten bij de kleine naakte waternimf die uit het kroos van de vijver oprees. Waarom had ik mijn afscheid zomaar een dag verschoven? Ik had er niet eens over nagedacht. Alleen mijn intuïtie had me een duw gegeven.

Juffrouw Kleinlugtenbelt hief haar handen ten hemel van blijdschap toen ik vroeg of ik mijn pyjama hier nog één keer gebruiken mocht. Ook mijn poedeltjes vielen in haar smaak. Ze riep: 'Wat ken je mij goed, en ik jou.' Ik liet het maar zo en legde het uit van Leendert. Ze herinnerde zich hem, o ja, die jongen had hier een keer in de keuken gezeten om ranja te drinken, een wat vreemde jongen, toch, die bijna niets zei? Ook dat liet ik zo. Na de warme middagmaaltijd gingen we met z'n drieën de deur uit: Kleinlugtenbelt naar zijn pyjama's en overhemden, juffrouw Kleinlugtenbelt naar Simon de Wit voor bietjes en speklappen en ik pakte nu gretig de onverwachte middag om nog eens door het Museum te wandelen.

Aan de gevel hing een kleurige poster van de lopende tentoonstelling: Paula Modersohn uit Worpswede. Een meisje keek me met blauwe ogen aan vanonder een donkerblauwe strohoed. Langzaam liep ik de kloosterachtige gangen door, de zalen in. Het meisje van de poster had inderdaad heel lichtblauwe ogen en wat keek haar mond nieuwsgierig. Ze kon een jaar of zestien zijn, op de grens van volwassen worden. Ze was ook te zien in de folder die ik had meegenomen van de balie. In de tekst las ik dat Modersohn bevriend was met Rilke. In een kadertje stonden er een paar vertaalde dichtregels van hem bij: 'Wat is het klein waarmee we worstelen,/ wat met ons worstelt, wat is het groot.'

Tussen de schilderijen van Modersohn door koos ik mijn weg terug. Bij een vierkant schilderij van een korenveld stond ik nog eens stil. Op het kaartje las ik: '*Das Kornfield in Hochsommer mit Worpsweder Zionskirche am Horizont.*' Het stuk was niet van Modersohn zelf, maar ze had het zeker gezien toen Hans am Ende er in Worpswede aan werkte. Het slokte me op, het trok me tussen zijn halmen, geel als de zon. In de verte leken de aren klein tegen het rode kerkdak te hangen. De toren was afgedekt met iets wat leek op een helm, een beschermende helm. Het doek was van 1897, nog veilig ver van de wereldoorlogen.

De Man op de ezelin zat al een hele tijd op me te wachten. Zijn verschoten rode houten kleed golfde vanaf zijn schouders over zijn lendenen en benen tot aan zijn blote voeten. Roerloos was hij op weg in de tijd. Misschien was het juist dat bewogen mysterie van lindenhout dat mij opnieuw ontroerde.

Ik keek om me heen. Geen suppoost te zien. Ik stak mijn wijsvinger uit en streek langs de twee rechtop zegenende vingers van de rechterhand. De ezelin had haar rechterpoot vooruit geplaatst alsof ze in een startblok stond om met haar berijder op weg te gaan. Ik wilde wel mee. Ook zijn dal door, zijn berg op? Vooral heel graag het vlakke land in.

73
Een taaie muurvaren

Hij stond bij de gijzelaar en keek langs diens bronzen overjas naar hem op. Toen hij mij op mijn fiets zag naderen, liep hij langs de drie verzetsmensen naar me toe. Zijn burgerlijke jasje met stropdas had hij thuisgelaten, hij droeg nu een zachtblauwe zomercoltrui.

Eenmaal naast hem op het parkbankje begon ik te vertellen over Paula Modersohn en ik liet hem de folder zien met het meisje met de heel lichtblauwe ogen vlak onder de rand van haar strohoed. Hij keek er maar even naar, vouwde de folder open en ik zag aan de blikrichting van zijn ogen dat hij de vertaalde dichtregels van Rilke las. Met een zekere ijdelheid demonstreerde hij hardop dat hij ze al kende, uit het hoofd zelfs, en in het Duits: '*Wie ist das klein, womit wir ringen, / was mit uns ringt, wie ist das groß.*'

'Kijk,' zei hij, 'dat helpt om te leven. Heb je ook de ezel nog gezien?'

'Ezelin,' zei ik om hem nu even de baas te zijn. 'Ja natuurlijk.'

Hij tastte naar de stang van zijn fiets die naast hem tegen de bank leunde en hij vroeg: 'Is het waar dat je verkering hebt?'

'Gehad, en het was geen verkering, alleen een vage scharrel.'

'Laat me je nagels eens zien.'

Ik stak zonder na te denken mijn handen op, spreidde

mijn vingers in de richting van zijn ogen en vroeg: 'Wat heeft dat te betekenen?'

'Dat betekent dat je niet homofiel bent. Als je het wel zou zijn, zou je eerst zelf je nagels hebben bekeken voordat je ze mij liet zien. Men zegt dat het een betrouwbare test is.'

'Men zegt... Wat is dit voor onzin? En als ik jou dat gevraagd zou hebben?'

Hij aarzelde en zei toen: 'Dan zou ik eerst mijn nagels hebben bekeken, denk ik. Maar je hebt het me niet gevraagd.'

'Ik wist het al,' zei ik, terwijl ik rood werd.

'Van wie?' vroeg hij driftig. 'Dat had ikzelf je willen vertellen, vandaag, nu.'

'Van Ido Drint natuurlijk. Die vertelde het me hier op ditzelfde bankje. Hij deed er in het geheel niet lacherig of minachtend over, in het geheel niet.'

'Goed dan. Ik ga immers toch naar Amsterdam, ik laat Enschede achter me. Enschede is een dorp, Amsterdam is een stad. Ik moest mijn kamer aan het Singel al vanaf 1 augustus huren, ik heb er al een paar weekenden gewoond. Vier treetjes omlaag in de kelder van zo'n afbladderend grachtenpandje, waar je meteen vanaf de stoep de kamer binnenstapt en je kop stoot. Maar daar kun je zijn wie je bent.'

'Wel een beetje naïef,' zei ik.

'Wat weet jij daar nou van? Stoot jij je kop maar niet. Je bent in het leven zo onervaren als ik voor een schoolklas.'

'Wat een kennis, en wat een zelfkennis,' spotte ik.

We durfden nu iets stevigs tegen elkaar te zeggen, merkte ik. Maar ik wist dat hij gelijk had, ik was onervaren, ik zag op tegen mijn rol in mijn volgende leven.

'Ben je wie je bent als jij vlucht naar Amsterdam?'

'Hoor es, wat een wijsheid.'

Hij klemde nu zijn hand om het stuur van zijn fiets, hij

zei: 'Vluchten, dat moet ik afleren in Amsterdam, ik moet vrij zijn, niet bang zijn, ik ben vrij. Vanaf de lagere school ben ik vooral angstig geweest, en heel graag alleen. Ik was zo verschrikkelijk graag schoolziek, ik keek door mijn dakraam naar de maan en ik bad: maan, maak me ziek. Maar mijn moeder voerde me te veel levertraan. In de oorlog weken we een tijd uit naar Friesland en toen kreeg ik dus hier in Enschede in de tweede klas 81 verzuimdagen op mijn schoolrapport, heerlijk.'

Een tijdlang zeiden we niets. In het park vlogen gierzwaluwen vrij en blij rond sparrenbomen. Noch die vogels noch die bomen hadden part of deel aan ons gesprek. Ik dacht dat die zwaluwen wel gelukkig zouden zijn.

'Kun je met je vader en moeder opschieten?' vroeg ik.

'Dat zijn milde mensen, die houden van me, die dienen God. Mijn moeder huilde even toen ik het vertelde, van dát, en ze omhelsde me. Mijn vader gaf me zijn hand, hij zei alleen maar: ik dacht al wel eens...Gisteravond ben ik bij mijn dominee geweest. Gewoon schoon schip maken. Hij zei dat het een afwijking was en dat een psychiater me helpen kon en dat het voor God niet mocht bestaan. Ik voelde me niet beledigd, want ik wist allang dat hij zoiets zeggen zou, de oude dogmatische folklore van één plus één is twee. Het was of hij me wilde bewijzen dat zeewater zoet is. Maar ik bén van die zee en ik weet dat mijn water zo zout is als pekel. Hij zei ook dat ik me in Amsterdam maar gauw bij de kerk moest melden. Ik vroeg pesterig: welke kerk? en hij zei: dat weet jij best. Heb ik maar zo gelaten. Ik ben nogal een individualist. In een groep zal ik nooit aarden, daarom stap ik nu uit de kerk. En toch heb ik geen hekel aan die mensen, met die vanzelfsprekende ernst, degelijkheid, eenvoud. Maar ik red mezelf wel.'

Hij stond op, zette zijn fiets rechtop en zei zacht: 'Nog nooit is er een dag van mij voorbijgegaan zonder gebed.'

Ik kon het bijna niet verstaan, ik verstond het op het

nippertje en ik had best wat terug willen zeggen, maar ik had het hart niet in mijn lijf. Hoewel ik hem niet begreep, was er tussen ons iets van een dwarse harmonie.

'En nu wil ik je het Aamsveen laten zien,' zei hij. 'Kom mee.'

'Geen tijd, Leendert. Dat is een half uur fietsen, tegen Duitsland aan. Ik wil om twaalf uur op mijn kostadres zijn, koffer pakken, warme hap en vanmiddag stap ik op de trein naar mijn ouders.'

Hij keek teleurgesteld en sputterde tegen: 'Lavendel, kraanvogels, zompig hoogveen, daar loop je voorzichtig overheen en de grond golft.'

Maar ik weerstond hem, ik vroeg alleen nog: 'Waarom wilde je hier per se...?'

'Het is nu gezegd. We hebben elkaar niet heel goed gekend, maar ik vertrouw je, je moest het weten, uit mijn mond. Dan staan we vrij tegenover elkaar, als...'

'Als?'

'Het leven duurt nog een hele tijd. Misschien zien we elkaar ooit ergens terug. En dan staan we vrij tegenover elkaar, zei ik toch.'

'Ook een soort schoon schip maken dus.'

Hij knikte en lachte kort.

'Wel een behoorlijk vol schip,' zei ik.

Hij fietste met me op naar de Steenbakkerstraat, hoewel hij aan de andere kant van het Volkspark woonde. Onderweg vertelde hij me dat er gedichten van hem bij *Maatstaf* lagen. Ik begreep dat niet. Hij legde me uit dat *Maatstaf* een literair tijdschrift was, 'in Amsterdam natuurlijk', voegde hij eraan toe. En ook zei hij dat drie gedichten van hem in een boek kwamen dat *Dichters van morgen* zou heten. Voor het eerst die ochtend zag ik een volle glimlach op zijn gezicht, zoals toen meneer Ottevanger hem geprezen had om zijn opstel.

Bij de smalle gang naar de achterdeur wees hij me op de kleine varen die Jacob en ik drie voorjaren opnieuw uit een scheur in het cement tussen twee bakstenen hadden zien groeien.

'Een muurvaren,' zei hij. 'Taaie plant. Die weet zich te handhaven.'

74
Weggaan

Na het middagеten gaf Kleinlugtenbelt mij een hand en drukte stevig aan. Ik zei: 'Bedankt voor alles.' Hij gaf de groeten mee aan mijn vader en moeder, draaide zich bij het hekje om en zwaaide.

Juffrouw Kleinlugtenbelt zette haar fiets buiten en ik die van mij. Ze zou me straks naar de trein brengen. We dronken nog met ons drieën thee en daarna gaf ik ook opoe een hand. Ze keek naar me op, ik was haar in deze drie jaren flink boven het hoofd gegroeid. Ze noemde mijn naam terwijl haar kin trilde. Ik bukte me om Rexje op de rug te kroelen.

'Kom maar gauw es weer langes,' zei ze. 'Er is toch ook nog een herfstvakantie?'

We liepen naast onze fietsen, zij met mijn weekendtas achterop, ik met mijn koffer. Onderweg passeerde ik de bekende plekken, de brede stroken gras aan de singel, de gevel van het lös hoes in de achtertuin van het Museum, het gat in het gaashek van het Boerenkerkhof. Zij zag niets. Alleen aan de Blijdensteinlaan knikte ze naar de ramen van mijn school die mijn school niet meer was en ze moest even stilstaan om haar zakdoek te zoeken.

'Och jongen,' zei ze, 'vandaag gaat de zon bij ons onder.'

Ik zei niets terug. Pas toen we de grijze betonblokken van het station naderden, begon mijn medelijden het van mijn irritatie te winnen.

Ik liet haar even wachten tussen alle snelle mensen in

de grote eenzame hal om bij de vrachtafdeling mijn fiets naar mijn nieuwe dorp te verzenden. Toen ik terugkwam zag ik haar staan tussen mijn bagage. Ze had gezegd dat ik geen perronkaartje voor haar mocht kopen, daar kon ze niet tegen.

'Je boterhammen heb ik in je tas gestopt,' zei ze, 'met nog wat extra's.'

Bij de doorgang naar het perron ging ze opeens op haar tenen staan en gaf me, voor het eerst, een kus die ongemakkelijk onder mijn oor terechtkwam. Ze vroeg of ik gauw een brief schreef, en ik knikte. Op de plek waar ik eens voor het eerst meneer Hazelaar had zien staan in zijn okerkleurig overhemd, stak ik de controleur mijn kaartje toe. Ik mocht door. Mijn koffer zette ik even neer om naar haar te zwaaien, maar tussen de mensen zag ik alleen nog haar rug kleiner worden, door de glazen deur gaan en vervagen. Voordat ik mijn spullen weer optilde, veegde ik met mijn mouw de plek onder mijn oor droog.

En weer keek ik uit het raam naar de fabrieken van Hengelo en Almelo en weer passeerde ik Borne en Heino, alsof ik terugkeerde uit een buitenland waar ik winst had behaald, verlies had geleden en een grote jongen was geworden. En weer begroetten mij, toen de trein in Zwolle afremde, de firma's Talens, Pierik en Van den Berg met hun stapels antraciet en cokes in de aangename volgorde.

In de trein naar Groningen vond ik een lege coupé. Langzaam schoven de letters van Zwolle weg achter mijn rug. Ik ritste mijn tas open voor boek en boterhammen, maar mijn hand stuitte al meteen op een voorwerp dat daar niet hoorde en dat ik toch onmiddellijk herkende. Ik trok het tevoorschijn en daar zat ik dan met op mijn schoot het dagboek, het kasboek van de Steenbakkerstraat. Onder de elastieken stak een briefje: 'Simon, dit boek is bijna vol, het is voor jou, je bent nu volwassen, miskien kun je me nu begrijpen.'

Ik had geen zin haar ballast met mij mee te sjouwen en al helemaal niet omdat ze me dit hoge boek opdrong. Maar ik moest terugdenken aan een andere keer dat ze naast mij gehuild had en met haar hoofd naar de tafel gebogen gezegd had: 'Als ik verdrietig ben, ligt het niet aan jou. Ik zit met iets, maar dat vertel ik je pas als je hier weggaat.' Dat had ze niet gedaan, ze had een andere manier gekozen en 'iets extra's' in mijn tas gestopt. Wrevelig besloot ik dat ik het tijdelijk had te aanvaarden, maar het in elk geval in de kerstvakantie aan haar terug zou geven. Terwijl de trein hoog de IJssel overstak en ik uitkeek over lange groene uiterwaarden, begon mijn wijsvinger traag de elastieken weg te schuiven.

75
Het dagboek

De eerste bladzij was gedateerd 18 maart 1956. Jacob en ik woonden daar toen al meer dan anderhalf jaar. Haar stijl, spelling en interpunctie waren ongeschoold, maar ze had het leesbare handschrift van mensen die weinig schrijven.

Ik las snel en voorlopig, er stond veel koffieleut in. Diagonaal flitste ik langs zinnetjes als 'Willem vanmorgen een pleister op de vinger gedaan.' 'Buurvrouw krijgt een Kanari piet.' Zodra ik stuitte op de naam Simon of Jacob, remde ik af en las nauwkeuriger. 'Jacob en Simon komen thuis ik vind het gezellig zoon jong spul in huis.'

Ze had ons eens verteld dat ze ooit een pleegkind hadden genomen, een jongen van vijf jaar die niet deed wat zij zei en dingen wegnam, snoep uit haar kelder, een speelgoedje uit een winkel. Dat kon je niet hebben, zei ze, ze hadden het jongetje na drie weken teruggebracht. In ons had ze jongens begroet van wie ze iets beters verwachtte.

De naam Simon schoot op haar bladzijden veelvuldig omhoog als een engeltje uit een doosje. Die engel bemoederde ze, ze hechtte zich aan hem. Hij liep me in haar handschrift voor de voeten. Nieuwsgieriger was ik naar Jacob. Hoe rekende ze met hem af omdat hij niet paste in haar voorkeuren? Ze rekende niet met hem af. Hij kwam maar weinig in haar kasboek voor. Het leek of hij een nauwelijks opgemerkte passant in haar huis was geweest. Wel vermeldde ze dat Jacob samen met haar de schuur had schoongemaakt. Geen spoor vond ik terug van haar bitse kritiek op zijn kleur groen of zijn vraag of zij zijn vuile overhemd wilde wassen.

Toen het voorzichtig was gaan vlinderen in mijn buik, wierp ze zich op als mijn behoedster en wrong ze zich tussen Bella en mij. 'Simon heeft kennis aan een meisje gekregen. Wat ons niet erg aan staat. Want ze is niet vlot en dat vinden we geweldig jammer.' 'Gister middag is Greetje van Damme hier geweest dat vond ik erg aardig van haar ik wou dat Simon daar bij kwam. Greetje uit de polder zingt Willem.'

Had ook haar man te stellen met haar humeur? Als het op ons bliksemde, koos hij haar zijde, maar zonder dat hij ons verstikte in een boos zwijgen. Nooit had ik gemerkt dat ze lelijk tegen hem deed, ze boekte hem in haar kasboek steeds bij aan de creditzijde. Over zijn epilepsie en de waarschijnlijke oorzaak van haar kinderloosheid had ze het niet. Toch was het haar probleem, ze had het me bedekt verteld.

Als kenner wachtte ik tot Meppel, ik kocht door het open raam van mijn coupé een koffie en kreeg gelukkig geen medepassagier. Langzaam slurpend uit de kartonnen beker bladerde ik verder en las fragmenten. Op de zonnige Bevrijdingsdag van 1956 schreef ze: 'Naar de markt gefietst in de jurk want het is prachtig weer, bloemen voor de tuin gekocht violen leeuwen bekken lelietjes van dalen. Vanavond is er vuurwerk. Jacob en Simon gaan er ook heen. Wij blijven maar thuis want anders is Moeder alleen, ik vind het wel jammer. Ik voel me zo zenuwachtig, altijd verbonden. Het is soms om gek te worden. Dagboek ik sluit maar weer want het word nu zo treurig.'

Toen ik eenmaal achttien was en met het voorjaar het definitieve afscheid naderde, schreef ze: 'Zo gaat het altijd, alles wat mooi is gaat weg. Als ik er aan denk dan hou ik het beslist niet meer uit. Ze begrijpen niet wat ik mis als je zelf geen kinderen hebt, een vreemde kan je wel wat liefde geven maar dat is alle maal tijdelijk. Nu is het half elf ik ga koffie zetten het is ook altijd maar weer het zelfde. Moeder zit stil te kijken ze heeft het in t hooft.'

Ik legde het dagboek op de bank tegenover mij en dronk mijn laatste koud geworden slok. Toen de trein na Hoogeveen optrok en in de bocht langzaam bonkend schuin in de rails begon te hangen, schoof het boek naar de rand van de bank en viel op de vloer. Daar lag het en ik besefte dat mijn medelijden was gaan groeien. Ze was dus een eenzame vrouw geweest die haar verdriet alleen kwijt kon in haar dagboek.

Ik pakte het op van de grond en bladerde verder, sloeg stukken over, stokte hier en daar om te lezen en kwam terecht bij onze laatste Hemelvaartsdag in haar huis. Jacob en ik waren heel vroeg uit bed gekomen en met onze klas gaan dauwtrappen. Zij noteerde haar goedheid en haar eenzaamheid: 'Ik ben vanmorgen al om half vijf opgestaan eieren gebakken en kadetjes gesmeert voor de Jongens. Van middag ben ik naar bed gegaan het is erg koud en ik verveel me toch. Moeder is ook op bed. Willem luistert naar het voet ballen voor de Radio.'

Waarom schreef ze niets over haar vrolijke werkuren bij mevrouw De Beer en bij Heleen Heupers? Op die middagen had ze er immers voor gezorgd dat Jacob of ik thuis was om een oogje op de oude vrouw te houden. Maar eindelijk werd er toch een diepe wens vervuld: 'Wij hebben ook een bankstel gekocht in de Minkmaatstraat met een mooi tafeltje kost *f* 60,25 zonder tafel k ben er erg blij mee.'

Er kwam zelfs een dag waarop ze noteerde dat ze lang en luid met ons gelachen had. Haar dagboek harkte het gevalletje weer naar boven uit de opslag in mijn geheugen. Ze had het ons een dag later verteld, stikkend van de lach. 'Jacob en Simon al om twee uur naar school. Opoe zegt dan wasch ik mij gauw in de keuken ze stond net in haar broek daar komen ze weer aan. Moeder is zo lang in de kelder gaan staan, Dominee de Beer zijn les ging niet door, de jongens naar boven wat hebben we gelachen.'

Eén keer op al die bladzijden peilde ze haar bokkenbuien. 'Ik ben zelf ook wel erg kort soms.' Maar ze kon daar niets aan doen, 'je natuur heb je zelf niet in handen'.

Onherroepelijk verscheen in haar boek mijn laatste augustusdag, vandaag. Toen ik vanmorgen met Leendert in het Volkspark zat, schreef zij haar eerste zin. Ik kende die al, ze had zichzelf geciteerd toen we onderweg waren naar het station: 'Vandaag gaat de zon bij ons onder, want Simon vertrekt voor goed. Ik hoop dat ik er gauw een beetje door kom want ik ben nu op van de zenuwen. Willem kwam gister thuis met vijf en tachtig gulden hij zegt haal je dadelijk maar een nieuwe jurk, maar ik heb niet veel aardigheid. Ik ga maar druk aan het werk dat is de beste heel meester.'

Mijn vader stond aan het station met zijn fiets. Hij tilde mijn weekendtas op de stang en ik hield op de bagagedrager mijn koffer vast. Zo kwamen we samen thuis, waar mijn moeder in de keuken haar hand op mijn arm legde. Nog deze week zou zij weer mijn hemden en onderbroeken tellen. In mijn portefeuille stak een nieuw verhuisbiljet, nu met een bijna onzichtbaar ingedroogde druppel zweet.

Die avond nog postte ik een ansichtkaart voor Leendert Brasz. Voorop stond Titus van Rembrandt met rode baret, zijn duim tegen zijn kin gedrukt, zijn ogen op oneindig, zijn pen klaar om te schrijven. Aan de andere kant deed ik de hartelijke groeten van Simon Poorta.

Verantwoording

Deze roman is een kroniek van een kwekeling. Het verhaal bestaat uit autobiografische fictie, een mengeling dus van echt gebeurd, half gebeurd, anders gebeurd en niet gebeurd. De roman als geheel ademt voor mij de sfeer van mijn drie dierbare en lastige kweekschooljaren in de jaren vijftig in Enschede. Ik schreef en bewerkte het boek van mei 2018 tot maart 2023.

Dankbaar ben ik voor de inspirerende gesprekken met vele oud-schoolgenoten van de Gereformeerde Onderwijzers Opleiding, met wie ik opnieuw onze jaren vijftig beleefde. Mijn vrouw Nelie Rietveld, onze vriendin Wil Bakker-Huizinga (beiden oud-leerlingen van de GOO) en mijn zoon Aart-Wim ben ik dankbaar omdat ze het manuscript kritisch doornamen. Dezelfde dank geldt Fré Fokkens-Aarden en Rouke Broersma, ook oud-GOO'ers, die een aantal hoofdstukken meelazen. Veel dank vooral voor de onmisbare creatieve sturing van Beppie de Rooy, Jedidja Theisens-Stikkelorum, Anne Oevermans en Carl Buijs.

Op de bladzijden 206, 315 en 333 worden dichtregels van de romanfiguur Leendert Brasz geciteerd. Ze zijn gekozen uit gedichten van Luitzen Visser in *Dichters van morgen*, samengesteld door Ad den Besten, Amsterdam 1958.

Het citaat 'Luchters van stilte ...' (blz.. 205) is van Adriaan van Oordt uit de roman *Warhold* (1906), blz. 7.

De dichtregels op blz. 245 en 334 staan in het gedicht 'Der Schauende' in *Das Buch der Bilder* van Rainer Maria Rilke. De vertaling is van Hans Korteweg.

Geraadpleegd:

Archief Gereformeerde Onderwijzersopleiding Enschede, Archief- en Documentatiecentrum van de Gereformeerde kerken in Nederland, Kampen.

Archief *Gereformeerd Gezinsblad/Nederlands Dagblad*, Amersfoort.

Archief Hans Werkman 1954-1957, Amersfoort.

Niek A. Bakker, *Dat er goede schoolmeesters zijn. Ontstaan en ontwikkeling van het gereformeerde kweekschoolonderwijs*, Barneveld 2000.

Annegreet van Bergen, *Gouden jaren. Hoe ons dagelijks leven in een halve eeuw onvoorstelbaar is veranderd*, Amsterdam 2014.

Annegreet van Bergen, *Het goede leven. Hoe Nederland in een halve eeuw steeds welvarender werd*, Amsterdam 2018.

Ad den Besten (red.), *Windrozen per bos*, Amsterdam 1955.

Han van Bree, *De weemoedjaren. Het dagelijks leven in de jaren vijftig en zestig*, Houten/Antwerpen 2015.

Rouke Broersma, *De parkwachter is gek*, Amsterdam 1969.

Jaarboekje 1955 voor het Gereformeerd kerkelijk en verenigingsleven van Enschede.

René Kok, Erik Somers en Paul Brood, *Het grote jaren 50 boek*, Zwolle 2018.

Jac. van der Kolk (red.), *Arbeid van het eerste uur. 15 jaar gereformeerd kweekschoolonderwijs in Nederland*, Enschede 1965.

G. Puchinger, *Christen en kunst*, Delft 1971.

E. Rijpma, *Bloemlezing uit de Nederlandse Letteren*, Groningen/Djakarta 1953.

Schermer's Schoolagenda 1955-1956, Baarn 1955.
Schermer's agenda 1956/'57, Baarn 1956.
Tamme Spoelstra, *Verbondsonderwijs. Geschiedenis van het gereformeerd-vrijgemaakt onderwijs in Nederland tot 1985*, dissertatie VU 2016.
J. van der Steeg, *Het begin der wijsheid. Jubileumbundel ter gelegenheid van 50 jaar gereformeerde lerarenopleiding basisonderwijs*, Zwolle 2000.
Jan van der Steeg, *Tussen droom en daad. Een zoektocht naar de identiteitsontwikkeling van het gereformeerd vrijgemaakt onderwijs van ca. 1950 tot ca. 2000, met een aanzet voor een vernieuwde visie*, Soest 2012.